U0164103

亞洲閱讀：

都市文學與文化（1950-2004）

Asia In Contemplation: Urban Literature and Culture

（1950-2004）

陳大為 · 2004

目 錄

大眾文化 ──香港武俠漫畫的生產與蛻變

未竟之戰 ──三國故事的當代詮釋與消費趨勢

[IV]

亞洲閱讀：
都市文學與文化（1950-2004）

導　論：

從都市詩到歷史漫畫

陳大為

　　都市詩是我近十年來的研究重心，從碩士論文探討羅門的都市詩和理論開始踏入這個領域，接著是博士論文對亞洲十個地區的中文都市詩所進行的主題研究；至今再完成兩篇有關台灣都市詩史及理論建構方面的長篇論文，本想一氣呵成將之發展成《台灣都市詩發展史》，反正已經有相當完備的論述架構，和四萬多字的篇幅。不過這個工程將耗去我原來安排給另一部詩史著作的心力和時間，因而作罷。

　　〈對峙與消融——五十年來的台灣都市詩〉一文，我嘗試將五十年來台灣都市詩的創作劃分爲「四個紀元」，逐期論析不同世代的詩人在都市詩創作上的啓承與顛覆關係；並透過他們的都市文化視野，以及幾個「經典意象」的創造和運用，勾勒出台灣詩人對都市

文明的深層思考。最後，完成台灣都市詩發展史的脈絡建構。文學
史的分期本來就很主觀，卻又不得不做。在不同的理論視野下，「四
個紀元」的劃分可能會重新洗牌，但這個建立在自身長期讀詩、寫
詩、評詩經驗上的「台灣都市詩史」論述架構，應當可以成一家之
言。

　　至於〈定義與超越──台灣都市詩的理論建構〉，志在分析羅門
以降的台灣都市詩理念／理論之建構，並援引都市規劃及建築大師
的都市學觀點，進行都市與都市詩定義的多元辯證。羅門部分是昔
日研究成果的延伸與總結，所以這篇論文主要在討論張漢良提出的
「互為主體與互為正文」的理論，兼及林燿德的一些都市詩論述。
此外，我也試圖提出自己對台灣都市詩在定義和創作趨勢方面的一
些看法。

　　上述兩篇論文，原是九十一年度國科會研究計畫「台灣都市詩
及理論之發展（1949-2000）」的成果報告，我將一篇超長的論文拆
成兩篇，再根據「文學與美學國際學術研討會」的講評意見，和《中
國學術年刊》論文審查委員的看法，各修訂了一次；後來在教學過
程中發現若干不足之處，故再修訂一次。

　　除了台灣都市詩，過去幾年我也寫了幾篇馬華新詩的論文，後
來發現馬華散文的研究實在太貧瘠，歷來的馬華評論過度集中在新
詩和小說，於是我便轉向馬華都市散文。〈詮釋的差異──當代馬華
都市散文綜論〉原是「當代文學與人文生態：2003 年東南亞華文文

學國際學術研討會」的與會論文，主要討論兩個重點：（一）文類特質對都市文學創作的間接影響；（二）遊子身分與空間詮釋的差異。我不想援用某些流行一時，甚至被濫用的文學理論，故借用柯比意等都市計畫暨建築大師的都市學觀點，跟散文作家的都市觀在論述中對話。這種非文學理論，往往提供更專業的都市文化見解。這篇論文有三個版本，僅以第一節為主體的「簡明版」——〈論當代馬華都市散文〉——收入在該研討會的會後論文集《當代文學與人文生態》；完整版——〈詮釋的差異——論當代馬華都市散文〉——發表在《中國現代文學季刊》，後來再收入我主編的《馬華文學讀本 II：赤道回聲》，以及評論自選集《詮釋的差異：當代馬華文學論集》。本書收錄的是最後修訂版，為了版本上的區隔，特將篇名改為「綜論」。

　　另一篇〈空間釋名與味覺的錨定——馬華都市散文的地誌書寫〉也是多次修訂後的成果。原是一篇五千字的短評，只討論林春美的地誌書寫，後來擴充到一萬二，將討論範圍擴大到林春美、鍾可斯、杜忠全等三人有關檳城（本島）的地誌散文，透過「空間釋名」與「味覺錨定」兩個角度，分析他們對檳城「感覺結構」、「場所精神」或「場所結構」的經營，以及對「檳城圖景」（Penang Scene）的建構。全新修訂版的論文正式發表在台北大學人文學院出版的《人文集刊》，之後再收入《詮釋的差異：當代馬華文學論集》。收入本書的版本則再次校正一些小錯誤。

　　〈曼谷的縮影——當代泰華文學的湄南圖象〉則是參與世新大
學主持的「世界華文文學資料典藏中心之建立及網路設置計畫‧東
南亞子計畫」，到曼谷蒐集資料後撰寫的論文。長期以來，大陸學者
對泰華文學的研究，一直侷限在作家作品專論的層次，而且以泰華
作協爲主。爲了客觀呈現泰華文學中最重要的湄南圖象，我翻閱了
泰華文學歷年總出版量三分之一的書籍資料，進行宏觀與微觀交替
的全面論述。這篇論文應當是目前泰華文學研究的一篇重要論文。
本書所錄乃修訂稿。

　　我後來發現：僅僅由都市詩和散文構築而成一部都市文學研究
論文集，讀起來太過嚴肅而且狹窄，即使加上都市小說也不會有所
改變。其實大眾文學與文化讀物，才是現代都市最具代表性的產物
和消費品。但我不喜歡網路文學，其他消費性太高的言情小說也看
得不多，真正涉獵較深的是武俠小說和漫畫。武俠小說研究不乏其
人，但在學院裡研究漫畫的實在不多，用文學角度（而不是社會學
與心理學）去分析漫畫的更爲罕見。所以我用主題學理論，寫了一
篇〈大眾文化——香港武俠漫畫的生產與蛻變〉，這是主題學在漫畫
研究上的一項全新嘗試，能夠更深入地剖析武漫的大眾文化特質、
消費心理，勾勒出整個生產與消費機制。香港武俠漫畫在台、港、
澳及東南亞華人社會，有極爲可觀的讀者群，尤其《天下畫集‧風
雲》在畫風和敘述上的超水準表現，絕不容錯過。爲自己喜歡的武
俠漫畫寫一篇正式的學術論文，是一件非常快樂的事。此論文之原

導　論：
從都市詩到歷史漫畫

稿發表在「新世紀華文文學發展國際研討會」，修訂後收錄於此。

　　《三國演義》是我最喜歡的一部中國古典小說，曹操更是我二十年不變的頭號偶像。之所以會寫這篇論文，主要是看了兩套很熱門的漫畫——《蒼天航路》和《火鳳燎原》。前者太過沉溺於暴力，後者則充滿創意與驚喜，我甚至覺得《火鳳燎原》就是二十一世紀的新版《三國演義》，它可以被討論的東西真是非常多，但我還是將之納入一個更遼闊的主題，銜接古典的智慧，開啓當代的詮釋視野。這個主題便像雪球般越滾越大，成了一場永無止境的「未竟之戰」。

　　〈未竟之戰——三國故事的當代詮釋與消費趨勢〉是全書論述面積最廣的一篇，討論範圍以台灣爲主，涵蓋大陸、日本、南韓、泰國等地，主要以三國故事在東亞現代工商業社會的讀者消費需求下，所產生的各種衍生型產品——電玩、漫畫、企管書籍。三國故事的當代詮釋與消費趨勢，在正統三國學領域裡，是一項極爲罕見卻最具時代意義的研究。由於涉及的文本十分複雜，從蒐集到研讀資料，整整花了大半年時間（在此要感謝育德和惠鈴兩位研究助理的幫忙）。接著我試圖尋找一套適用的大眾文化理論，但非常吃力，主要是因爲三國故事從正史演變成歷史小說，再轉型成西方現代社會罕見的歷史連續劇、歷史卡漫、歷史電玩和企管書籍，這個龐大且多元的三國演化史與接受史，很難找到可供參考的前例。最後，我設法綜合幾種不同領域的研究方法與觀點，來解決這個難題。

　　在資料研讀過程中，發現三國學可以發展的研究方向還很多，

亞洲閱讀：
都市文學與文化（1950-2004）

而且遠比都市詩研究來得精彩，不但歷史是活的，人物也是活的，隨便一個角度皆可成書。三國論文可說是讀得快樂，寫得辛苦。

這篇論文也有兩個版本，比較精要的「研究版」發表在《中國現代文學季刊》，註解和敘述相對完整的「教學版」則收錄在此。教學版當中有許多註釋乃考慮到日後授課所需，而特別引述、詳加說明，或摘引較完整的佐證資料，尤其一些網路言論和域外作家的簡介。由於預設讀者有別，兩個版本遂有七千字的差異。

這七篇系列論文，分別處理了台灣和東南亞地區（馬華、泰華）的純文學創作，以及大陸、香港、台灣、日本、南韓等東亞地區的大眾文學創作與消費現象。從精英文類跨越到大眾讀物的論述，才能夠充分展現亞洲都市文學與文化的具體內容，讀起來也比較豐富。

取名《亞洲閱讀：都市文學與文化（1950-2004）》，其實別有用意。本想取「亞洲研讀」，但讀起來似乎過於沉重，「閱讀」較輕鬆，從菁英文學的研究到大眾文化讀物的閱讀，都涵蓋在「閱讀」範圍之內。英文書名 *Asia In Contemplation* 意思，跟中文書名實有輕重之別；「Contemplation」一詞，感覺上較「閱讀」重，但比「研讀」輕，可以巧妙地表現出對都市文學與文化「閱讀（後）」的「沉思」。所以中英文書名刻意保留一個翻譯上的錯位，在隙縫中隱藏深意。

從都市詩到歷史漫畫，是一條景致驟變的研究道路，它更是一個必要的成長。

最後，要感謝幫忙校對的彥霖、琬妮、建樑、宣伊、惠鈴。

對峙與消融

五十年來的台灣都市詩

[2]

亞洲閱讀：
都市文學與文化（1950-2004）

對峙與消融

——五十年來的台灣都市詩

一、前　言

　　台灣都市詩的研究或討論，大多以六〇年代以後的作品為主，雖然早在三〇年代就可以讀到日據時代的詩人楊守愚（1905-1959）在〈人力車夫的叫喊〉（1930）一詩，刻劃人力車夫面對現代化交通工具的挫敗感、楊華（1906-1936）在〈女工悲曲〉（1935）描寫紡織廠女工的生活辛酸、楊熾昌（1908-1994）以〈毀壞的城市〉（1936）控訴台南市都市化的現象。《日據下台灣新文學選‧詩選集》（1979）的主編李南衡認為日據時代的詩人「一般是農業社會的詩人，他們

詩的題材大都集中在田園景物，連愛情和一般感情的表達都是田園風的。但此外，很多詩人把各種職業的工作行爲和社會事件寫成詩，也有不少表現都市和工人生活的詩」[1]。其實這番話只說對了前面一半：他們大都是抱持著田園／農村意識的詩人，所以面對新起的都市文明時，最關切的主題仍舊是藍領階層的生活境況，就以〈人力車夫的叫喊〉一詩爲例，它強烈表達出農業社會的人力面對工業時代的機械動力時，令人不忍的挫敗感和生存意識：

> 也只有輕看了自己的生命，
>
> 　和機械去拼個你活我死，
>
> 也只有廉價了自己的勞動力，
>
> 　零星地掙來一錢五厘；[2]

從人力車伕與汽車之間的困獸之鬥，詩人感受到一個「容不得些兒抵禦」[3]的資本主義時代即將來臨，許多傳統行業的勞動人口終將失去存在的價值和空間。但此詩對所謂的都市文明或資本主義經濟，沒有進一步描述；詩人努力經營的重點，是貫徹全詩的那一股卑微卻不輕言放棄的生存意識，它被視爲都市化進程中，小老百姓最後且多餘的掙扎，這是相當典型的一種都市化書寫方式。

---

[1] 李南衡主編《日據下台灣新文學選・詩選集》（台北：明潭，1979），頁431。

[2] 《日據下台灣新文學選・詩選集》，頁153。

[3] 《日據下台灣新文學選・詩選集》，頁153。

從意象選擇和切入角度上來看，〈毀壞的城市〉較屬於俯視都市
文明的批判式書寫：

風裝死而靜下的清晨

我肉體上滿是血的創傷在發燒

……

灰色腦漿夢著痴呆國度的空地

濡濕於彩虹般的光脈[4]

表面上看來充斥著都市人生存的痛苦和壓力，但文字後面卻是空洞
的，全詩止於最表層的刻板印象（甚至只算是某種想像）。楊熾昌對
都市文明的了解不深，主要是因為台南的都市化才剛剛開始，許多
視覺景觀上的驟然改變，直接衝擊了詩人的思考，自然成為文化批
評的依據或焦點，使其抨擊流於表面。

若以《日據下台灣新文學選‧詩選集》作為抽樣分析，真正描
寫都市文明對農業社會形成的衝擊與變遷的「都市詩」實在沒幾首，
倒是描述工人生活的社會寫實詩篇充斥全書，信手拈來就有克夫的
〈失業的年代〉（1931）、〈爆竹的爆發〉（1931）、守愚的〈長工歌〉
（1931）、〈車夫〉（1931）、〈洗衣婦〉（1932）、〈我做夢〉（1932）等
多首。

日據時代的都市詩沒有形成令人矚目的規模，主要是因為台灣

---

[4] 收入馬悅然等編《二十世紀台灣詩選》（台北：麥田，2001），頁 96-97。

都市化的程度尚不足以激發出相對的創作慾望和條件，日據詩人的
焦點依舊環繞在農村生活和時代變遷的籠統感受。都市詩的創作質
量跟社會現代化／都市化的進度，有極爲密切的關聯。

　　台灣在六○年代正式邁向工業化與現代化的發展階段，台北和
高雄等都會地區的人口暴增，現代都市的生活形態儼然成形，並產
生諸多的負面影響，自然刺激了詩人把矛頭指向現代都市的文明流
弊。本文鎖定五○年代爲討論的起點，乃因爲五○年代出現一些具
有影響力的都市詩，對整個台灣現代都市詩史的研究，有不容忽略
的討論價值。從一九五○到二○○○年，半個世紀，足以完整鳥瞰
當代台灣都市詩的發展脈絡。

二、第一紀元：天空之城

　　自從日本人在台北建立了總督府，台北即取代清朝時期的台南
府，成爲都市化最急速的城市。一九○五年的台北市人口只有七萬
四千人，到一九三五年已暴增至二十七萬四千人，二十年間增長到
三‧七倍（在同一時期，台南市人口從五萬增加到十一萬）[5]。國民
黨入主台灣之後，台北市吸引了大量的農村人口，一九六一年全市
人口爲九十二萬人，十年後倍增到一百八十萬人，一九七六年即突

---

[5]　蔡勇美、章英華主編《台灣的都市社會》（台北：巨流圖書，1997），表
2-3，頁49。

破兩百萬[6]。居住人口暴增的背後牽動了產業結構和傳統家庭結構變化，也加速各項都市硬體的建設。都市景觀和生活內容的巨大變遷，自然成為詩人寫作的重要題材。

吳望堯（1932-）在五〇年代初開始寫詩，十年間寫下近六百首，《六十年代詩選》的主編在吳望堯的個人簡介第一行就說：「我們所期待的『原子詩人』莫非就是吳望堯？」[7]，「原子詩人」的稱謂象徵著他為當代詩壇帶來的爆炸性想像。吳望堯的第二本詩集《地平線》（1958）收錄了多首寫於一九五四～五八年的都市詩，二十歲出頭的年輕詩人面對一個（以形成大都會的標準而言）相對年輕的台北市，在沒有相關文學理論或社會學研究的支援、沒有可供參考的都市詩典範、沒有豐富生活經驗的情況下，唯有單憑一己的「想像」和「直覺」去書寫眼前的城市。於是他在〈地平線〉寫下一道現代化／都市化的曙光：

> 粉碎的昨日，鋼鐵的微粒
>
> 鑄發光的世界於東方的圓弧
>
> 圓周上的城市矗立起來了
>
> 於是，我看見十二個巨人
>
> 在東方的地平線上

---

[6]　《台灣的都市社會》，表 3-11，頁 99。

[7]　瘂弦、張默主編《六十年代詩選》（高雄：大業書店，1961），頁 68。

> 嘩笑著，跨進廿一世紀的邊緣[8]

這種對都市文明充滿希望和憧憬的感受，忠實反映了年輕詩人對新興都市的期待，而且他的鏡頭幾乎是從大氣層最高處來鳥瞰地球，台灣就在球體的東方圓弧之處。「鳥瞰」是吳望堯讓想像力狂飆的起點。他的都市書寫有兩種策略，一是透過宏觀的鳥瞰視野進行概念式、幻想式的書寫，一是對都市情境或事物進行微觀的勾勒。

在〈城市〉一詩，他展開了將都市形象「人體化／軀體化」的想像工程：

> 紅綠燈壓縮著，血管向四處伸展
> 流動的血球，往來著向全身的
> 佈滿在每個角落的微血管，擴散
> 以營養供給龐大的肌肉組織。
>
> 何處是你的心臟？（它有眾多的心臟嗎？）
> 矗立的大廈、影院、劇場、馬戲班，
> 血球瘋狂地擠入，湧出，似包圍病菌，
> 被它所吞噬，又厭惡地吐出！[9]

---

[8] 巴雷〔吳望堯〕《巴雷詩集》（台北：天衛文化，2000），頁 47。這部「吳望堯自選集」收錄了吳望堯出版過的每一冊詩集，除各酌予省略若干篇，所有代表性詩作皆收入集中。
[9] 《巴雷詩集》，頁 77。

人體器臟與都市硬體或場景的角色在此相融為一，這套大膽、生動
而且準確的譬喻系統，清楚指出都市的運作機制與生活動線。本詩
的空前創意，開啟了無限寬闊的都市想像，於是他在〈都市組曲·
大廈〉中，對於那些如春筍奮起的大樓，也忍不住作出類似的「軀
體化」描寫：

　　龐大的怪物，巨人

　　驕傲地站立在城市的中央

　　鋼的骨骼，水泥的肌膚

　　花岡石般堅硬的，冷冷的牙床

　　可吞沒黃金的落日

　　而排列得整齊的一百隻透明的眼

　　是阿葛斯的再生？……[10]

比起近二十年前楊熾昌在〈毀壞的城市〉裡的意象「運用」，吳望堯
對都市意象的「創造」實在驚人。這種超現實的視覺印象，將都市
文明的整體感覺具體化，甚至使之成為某種象徵性的符號，強烈主
導讀者的都市觀感。都市這具「不死的身軀」[11]和它背後隱藏的想
像力，不但在吳望堯其餘都市詩中繼續奔馳，「軀體化」的書寫策略
在數十年後被新一代的詩人發揚光大，形塑成另一個都市詩紀元的
新地標。

---

[10] 《巴雷詩集》，頁245。

[11] 《巴雷詩集》，頁77。

　　吳望堯的靈視並沒有停留在宏觀敘述的高空，當他展開微觀的
都市掃瞄，便出現〈都市組曲‧電線〉這樣細膩、精準的景象：

　　　這些紛亂的線索，給城市帶來所有的靈感

　　　使城市放射出許多驕傲的光輝

　　　……

　　　然後像隻大蛛網整個盤踞在城市的上空

　　　和你家的天花板、牆壁客廳、以至廁所

　　　像神經密佈城市的每一寸皮膚

　　　使它聰明，使它敏感，使它有許多驕傲

　　　使它覺得是一個城市[12]

此詩不但顯露他對都市文明抱持正面的肯定，也表現出他過人的洞
悉力。在此，他明白指出：能源，即是都市文明最核心的元素，沒
有電，所有美好的現代事物統統失效。這首詩不但觀點精確，而且
情感忠實，沒有形成刻板的反都市視野或邏輯。

　　但他對都市人的謀生（或存在）的感受還不夠深刻，像〈夜都
市的走廊上〉一詩，只能捕捉到一些看似寓意深遠，其實還停留在
抽象的、概念推演層面的都市影象：「青色的霓虹蛇管／霧的城市，
磷質的火燄／盤旋在古典城樓的簷角上的／是夢的陰影，無限止地

---

[12] 《巴雷詩集》，頁249。

伸長……」[13]。在〈都市組曲·銀行〉裡,他的表現方式是透過「紅墨水,藍墨水,吸墨紙,鋼筆,尺／算盤與算盤的咒罵,計算機們數字的接力賽／賬簿上有許多阿拉伯數字,許多許多——○」[14]來陳述資本主義世界的本質,但也僅止於事物表層的寓意,〈都市組曲·醫院〉的情形也一樣。不過,這種在「都市組曲」大量運用的「羅列物件」策略,在二十幾年後被林燿德等人操作(提昇?)成某種相當「後現代」的表現技巧。

〈咖啡館〉是另一個值得討論的例子。這個現代都市最「經典」的消費場所,吳望堯當然不會錯過,這首全長六段的短詩可拆解成兩部分,第一段寫孤獨的心境:

> 清晨我到這裡來飲一杯咖啡,
>
> 黃昏我再悄悄地來喝一杯威士忌;
>
> 我總帶著自己孤獨而削瘦的影子,
>
> 藏在一個角落裡默默坐上半天[15]

吳望堯塑造了「孤獨而削瘦」的都市人典型形象,將「我」安置在清晨和黃昏的咖啡館內的一個角落,先用咖啡來提神,再以酒來酣醉,咖啡館遂成為心靈真正的歸屬(家園),包裹並消化掉都市人所有的生活情趣。短短四行,卻有效營造出一種了無生趣的存在情況。

---

[13] 《巴雷詩集》,頁 86。

[14] 《巴雷詩集》,頁 246。

[15] 《巴雷詩集》,頁 40。

後面五段則羅列了一大串音樂家的名字和音樂如何撫慰心靈的孤
獨。吳望堯在第一段很生動地將孤獨的情境勾勒出來,但後繼無力,
無法深化都市人的孤獨。可是這個——我總帶著自己孤獨而削瘦的
影子——的意象,卻啓發了幾年後羅門發表的名詩〈流浪人〉
（1966）,他將都市人的存在境狀,描寫得更孤獨、更茫然、更虛無,
而且創造出寬闊的詮釋空間。

從文學史的「後見之明」去重讀《地平線》時期的詩作,最突
出的是「宇宙詩」,或許它是讓吳望堯被譽爲「原子詩人」的主因。
可惜吳望堯並沒有意識到將「宇宙」意象援用到都市詩裡去,都市
和宇宙是各自獨立的兩大主題,誰也無法預測到二十幾年後陳克
華、林燿德、林群盛等「後來者」,會將宇宙和都市二合爲一,開創
了台灣都市詩的全新紀元。不過,很有趣的是:在五〇年代的吳望
堯筆下,居然「提早」出現許多「未來」的科幻意象。

吳望堯的宇宙想像建立在相當豐富的天文與地質學知識基礎
上,如〈月球之誕生〉中提到「玄武岩和花岡岩的半凝體被拋出了
地球」[16];在〈銀河〉裡說「這空間的橫斷面,宇宙之動脈/以一
千億顆星的組合,十萬光年的直徑」[17];描寫〈宇宙的墳場〉時:「（這
時我走進宇宙的墳場,我的質量已小於零）//我驚矚這孤懸於太
空的立體,渾圓的雕刻,/人類百萬年前吼叫的獸鳴之聲波徘徊在

---

[16] 《巴雷詩集》,頁 65。

[17] 《巴雷詩集》,頁 68。

這裡，」[18]。地質和考古方面的知識也經常入詩，像〈眼的錯覺〉
就有：「而在我心的原始森林中／一群怒吼的恐龍正爬過黑色的土
壤」[19]；〈巴雷詩抄（一）〉裡的想像空間更是繁複迷人：

　　我相信非洲黑人的大皮鼓中有你的熱情之節奏

　　你心靈的冰磧層溶化了嗎？

　　陸相岩掩蓋的卡羅系大爬蟲的化石遂復活

　　使我的心顫抖　分裂　遊離

　　……

　　我的憂悒是那些無脊椎動物[20]

大量上古動物、植物、礦物的學名的運用，讓吳望堯的詩充滿「異
世界」的色彩，他當時的構想是將這些名詞／事物融入詩中，或作
為視覺意象，或成為效果強烈的譬喻系統。

　　一九七八年發表的《未來組曲》十一首[21]，便是結合了「科幻」
與「都市」的實驗性詩作，但在台灣都市詩史的發展脈絡上，是較
晚期的作品，在此暫不討論。但從跟他同輩卻較晚投入都市詩創的
羅門，到隔了一個世代的陳克華、林燿德等人，所受到的啟發或異

---

[18] 《巴雷詩集》，頁 92-93。

[19] 《巴雷詩集》，頁 56。

[20] 《巴雷詩集》，頁 95。

[21] 其中一首發表於一九五七年，三首註明一九七八年發表，四首可判讀為
七七～七八年的系列創作。但七八年可視為組曲的最後「定型」年分。

曲同工的想像[22]。可見吳望堯在不經意的情況下，替台灣「未來」
的都市詩埋下許多珍貴的「原始想像」與「原創意象」。

　　五〇年代創作都市詩的詩人非常少，其他人的都市詩創作理
念、策略、意象操作，跟吳望堯無法歸成一類，所以台灣都市詩的
「第一紀元」，是「原子詩人」吳望堯以相對龐大的質量和科幻式的
詩歌美學，獨佔鰲頭的時代。

　　站在吳望堯開拓的台灣都市詩地平線上，可以看出都市詩人與
都市文明的對峙尚未開始。也許是當時的年輕詩人吳望堯並沒有感
受到太多負面的生活壓力，所以對都市人的生存／存在問題無法進
行較深入的探討，然而他在都市形象的概念式（軀體化）書寫，以
及宇宙詩／科幻詩的意象運用，在文學史對都市詩的回溯過程中，
已成爲某種被後來者開發的「原型」。

　　不過，吳望堯筆下的都市缺乏真實的血肉，彷彿是一座只存在
於想像世界（詩歌文本）的「天空之城」。這個尚處摸索、實驗的都
市詩醞釀期，可視爲「第一紀元」（1950-1958）。

---

[22] 吳望堯自一九六〇年後便到越南經商，封筆十二年，直到一九七三年才
重返台灣詩壇。一九八〇年，他舉家移民宏都拉斯，再度封筆。吳望堯在
《地平線》裡的宇宙詩，以及《未來組曲》（1978）列系的都市／科幻詩，
對分別在一九七七和七八年開始創作的林燿德和陳克華，應該有某程度的
「啓發」作用；對一九八六年才開始創作的林群盛，就很難判斷了。

三、第二紀元：罪惡的鋼鐵文明

五○年代末期，余光中、瘂弦、黃用、吳瀛濤、羅門等人也陸續發表一些描述／批評社會現象的都市詩，雖然只是零星創作，但仍然可以看出「台灣五、六○年代詩人筆下的都市概念，很明顯地，則是做為一個文明象徵的地點」。[23]

一九五八年十月九日，余光中（1928-）赴美進修，在芝加哥——摩天大樓的故鄉——見識到現代都市文明最雄偉的景象之一，它與曼哈頓都堪稱世界都市文明的象徵。從發展中的落後經濟體（五○年代的台灣）到摩天大樓林立的芝加哥，登時感覺到摩天大樓群的巨大壓迫，以及台灣國力之渺小。相信余光中受到的現代都市文明的衝擊，一定很強烈。對他這麼一個遠渡重洋而來的台灣學子而言，那種感受就好比一隻來自亞熱帶的，難以消化的「金甲蟲」，落入芝加哥這隻「新大陸的大蜘蛛」雄踞的網中[24]。這首寫於十月二十五日的都市詩〈芝加哥〉（1958），除了上述「大蜘蛛 vs.金甲蟲」的生猛意象，余光中還寫下一些日後在都市詩裡反覆出現的經典意象：

---

[23] 林燿德〈都市：文學變遷的新座標〉，《重組的星空》（台北：業強，1991），頁 189。

[24] 余光中《余光中詩選》（台北：洪範書店，1981），頁 100。

> 文明的獸群，摩天大樓們壓我
>
> 以立體的冷淡，以陰險的幾何圖形
>
> 壓我，以數字後面的許多零[25]

雖然「文明的獸群＝摩天大樓」的意象不見得是首創，但這裡詩句源自余光中真實的個人感受，「立體的冷淡」、「陰險的幾何圖形」在那個年代應該都是「新鮮」的意象，在往後的四十幾年都一直被沿用。

這首詩後來發表在十一月號的《文星雜誌》，十一月十四日，余光中還寫了封信給瘂弦，信中提到：「芝加哥繁華而雜亂，黑人常常鬧事，我在城住了一天一夜，參觀了藝術館，看見許多名畫的真面目，並見羅丹之雕刻」。十二月十六日，未曾踏足新大陸的瘂弦（1932-），也寫了一首〈芝加哥〉（1959），發表在羿年二月號的《文星雜誌》[26]。在這之前，瘂弦先後寫過多首以歐洲都市——羅馬、倫敦、佛羅稜斯——爲題的詩作，在這些詩裡瘂弦並沒有針對都市文明進行正面的抨擊。他對現代都市的「憎惡」，極可能受到美國詩人桑德堡（Carl Sandburg, 1878-1967）的成名作〈芝加哥〉（1916）之影響，甚至徵引了原詩的兩句詩「鐵肩的都市／他們告訴我你是

---

[25] 《余光中詩選》，頁 100-101。

[26] 關於兩首詩的發表情況，以及余光中的信函內容，皆轉引自：劉正忠〈軍旅詩人的疏離心態——以五、六十年代的洛夫、商禽、瘂弦爲主〉《台灣文學學報》第 2 期（2001/02），頁 138。

淫邪的」[27]。這兩句詩最大的玄機是:「他們告訴我」。瘂弦對芝加哥的了解,「部分」由桑德堡的「告知」得來;然而更大的寫作動機和資訊來源,來自余光中那封信的「告知」,轉述他只花了「一天一夜」來了解的芝加哥。於是瘂弦便寫下這些「通用」於任何大都市的想像詩句:

芝加哥我們將用按鈕戀愛,乘機器鳥踏青

自廣告牌上採雛菊,在鐵路橋下

鋪設淒涼的文化[28]

除了這首毫無地誌學意義,跟現實中的芝加哥無關的〈芝加哥〉,瘂弦也用相同的想像/書寫策略發表過〈羅馬〉、〈倫敦〉、〈佛羅稜斯〉等十餘首「異國詩抄」。雖然這些純想像的作品被詩評家用「另類的角度」加以肯定[29],但就都市詩發展史的研究視野而言,只能作為次要的參考資料。不過,這首詩的「引文」卻影響了羅門對都市的

---

[27] 瘂弦《瘂弦詩集》(台北:洪範書店,1981),頁 121。

[28] 《瘂弦詩集》,頁 121。

[29] 余光中在談到瘂弦的「異域精神」時,指出兩個重點:(一)「異國風光」的描寫,在「今日的詩壇上頗為流行,但大半皆係斷片浮泛的寫景,一如抄自地理教科書」的書寫風格;(二)「瘂弦對異國有一種真誠的神往,因而他的作品往往能攫住該地的精神」。可見當時瘂弦創作這個系列詩作,實乃風氣使然。詳見余光中〈詩話瘂弦〉,收入蕭蕭編《詩儒的創造:瘂弦詩作評論集》(台北:文史哲,1994),頁 11。

觀感[30]。由此看來，余光中的詩（和信函）好比一支母帶，「進口」
台灣之後，不同程度地拷貝在瘂弦和羅門詩中。

　　余光中和瘂弦這兩位重量級詩人，在〈芝加哥〉展現了跟吳望
堯截然不同的都市觀，加上日後羅門、李魁賢等人的「跟進」，形成
一股強大的「反」都市勢力，故一九五八年爲視爲「第一紀元」和
「第二紀元」的分水嶺，正式掀開長達數十年的「詩人與都市的對
峙」。

　　從余光中和瘂弦對都市文明的罪惡化／魔鬼化的負面書寫，可
以發現一個都市詩雛型在形成，最大的繼承人就是羅門（1928-）。
其實羅門的「師承」很廣，一方面吸收了吳望堯、蓉子等詩人的意
象和技巧，一方面沿著當時台灣文壇透過存在主義而形成的世界
觀，去探討都市的存在問題。羅門對都市文明的解讀和書寫絕非草
草急就，他非常認真地把都市詩修築在存在主義哲學的基礎上面。
羅門一向強調詩作的現代感與真實的生命活動之間，存在著不容分
割的聯繫，所以他的創作視野與思考範圍，自然緊扣著現代人的生
存議題，從本體思考到現象批判，全籠罩在存在主義式的美學架構

---

[30] 羅門在〈現代人的悲劇精神與現代詩人〉（1963）一文中，首次引用作
「鐵的都市，他們告訴我，你是淫邪的」；其後，又在〈都市你要到那裡去〉
（1986）一詩，再度引用（改編）成「都市！你是淫邪的！」。詳閱：陳大
爲《存在的斷層掃瞄：羅門都市詩論》（台北：文史哲，1998），頁132-133。

底下，遂形成一套「（羅氏）存在主義式的都市詩理論」[31]。

「此在」（Dasein），即是羅門都市詩的終極關懷對象。強烈的道德批判意識，讓他義不容辭地選擇了現代都市作爲首要的書寫場域，跟這個被龐雜的資訊和思潮衝擊下的都市生存景象，展開對話，進行追擊。於是我們在台灣現代詩史的六〇年代到七〇年代，讀到一位火力強大的「攻擊型都市詩人」，以及奠定「城市詩國的發言人」地位的諸多名篇：〈都市之死〉（1961）、〈流浪人〉（1966）、〈紐約〉（1967）、〈窗〉（1972）、〈咖啡廳〉（1976）。其中野心最龐大、架構最雄偉的，莫過於那首重量級作品——〈都市之死〉[32]。

爲了充分激盪出「都市之死」的氛圍，羅門運用了兩個宏大卻相互衝突的母題——「宗教」和「慾望」——來分解現代都市文明，全詩在黑暗、幻滅、頹敗和絕望中展開：

　　建築物的層次　　托住人們的仰視

　　食物店的陳列　　紋刻人們的胃壁

　　櫥窗閃著季節伶俐的眼色

　　人們用紙幣選購歲月的容貌

---

[31] 關於羅門的理論建構及相關問題之批評和討論，詳閱：《存在的斷層掃瞄：羅門都市詩論》第二章，頁 9-43。

[32] 我在《存在的斷層掃瞄：羅門都市詩論》的「第三章・第一節：『雄渾』：都市的氣象」（頁 49-58），用朗占納斯的雄渾理論（the sublime）解讀過這首詩，在此略述大概。

> 在這裡　腳步是不運載靈魂的
>
> 在這裡　神父以聖經遮目睡去
>
> 　　　　凡是禁地都成為市集
>
> 　　　　凡是眼睛都成為藍空裡的鷹目[33]

宗教在他強大的憂患意識中不斷龜裂，而慾望鯨吞著都市，也鯨吞著都市人的惶恐。羅門感受到這股「正不勝邪」的勢力消長，遂指出「都市之死」。「死亡」在這裡意指被慾望割裂的「性靈之死」，一種較肉體之死，更為徹底且可怕的，屬於內在的根本之死亡。每一雙眼睛都為本身的慾望在狩獵如藍空裡的鷹目，全都聚集在道德的禁地；那些無力挽回都市人德行的頹塌，神父唯有以聖經遮目睡去。同樣目睹了都市文明對純樸人性的踐踏，羅門心中熊熊燃起了拯救天下蒼生的意識，然而「上帝已死」，他也只能絕望地捶擊著都市這具行屍。高度魔鬼化的都市內涵，不斷釋放出羅門對都市文明的恐懼與憂患，以及一股源自內心焦慮的道德批判勇氣。「宗教」與「慾望」兩大母題在詩歌文本之中，有十分繁複且完整的詮釋；它亦成為往後三十餘年間，羅門都市詩創作的一個重要原型。羅門這一手大氣磅礴、雄渾剛烈的敘述筆法，讓〈都市之死〉成為六〇年代台灣都市詩的傑作之一。

　　另一首比〈都市之死〉更上層樓的是羅門五年後發表的短詩〈流

---

[33] 羅門《羅門詩選》（台北：洪範書店，1984），頁 51-52。

浪人〉：

> 被海的遼闊整得好累的一條船在港裡
>
> 他用燈栓自己的影子在咖啡桌的旁邊
>
> 那是他隨身帶的一種動物
>
> 除了牠　安娜近得比什麼都遠
>
> ……
>
> 明天　當第一扇百葉窗
>
> 將太陽拉成一把梯子
>
> 他不知往上走　還是往下走[34]

「孤獨」是最「經典」的都市人存在境況，所以全詩沒有第二個人（從另一個角度而言，這間咖啡廳裡的每一個人，都是「一個」人），安娜只是被自己擬人化的影子，甚至沒有交談。羅門將寂靜的空間氣氛，跟都市人內心的苦悶、孤寂結合成一體，再抽出影子作爲孤寂更立體／具體的象徵，然後正式經營此詩的主題。在抽象和具象的符碼置換當中，羅門不會忘記添加一味茫然、虛無的生命情調，讓苦悶和孤寂發酵成更深刻的存在境況，由「一個人」提升成「一個時代」的整體象徵。於是羅門完成一個荒謬的存在邏輯：冷酷的都市文明將都市人放逐在暗角（咖啡廳），都市人的生存狀況（以及詩人對此一空間／主題的思考）卻反過來豐富了暗角的意涵。此詩

---

[34] 《羅門詩選》，頁 93-94。

雖不聞煙硝，但批評的彈頭卻穩穩擊中靶心。不僅影子的暗喻運用
得當，「將陽光拉成一把梯子」的意象轉換，非常精準且巧妙地勾勒
出「光明後面的虛幻」和「未來的迷茫」。不管從思考的深度，或詩
歌語言和技巧表現等層面來看，此詩堪稱第二紀元的巔峰之作。

　　宏觀視野的現象抨擊，和內在生存境況的微觀敘述，是羅門在
六〇、七〇年代雙管齊下的書寫路線。現代都市文明不但淪為羅門
火力全開的攻擊對象，難能可貴的是：在輝煌的戰果背後，他發展
出一套架構完整的都市（詩）戰略。羅門一面進行都市文明的解讀
和書寫，一面修築他那套存在主義式的都市詩理論。如果沒有這套
理論，羅門在都市詩方面的成就勢必遜色不少。

　　此後，羅門一直把都市當成罪惡的淵藪，揹上原罪式的形象，
為了讓他的批評放諸四海皆準，於是他以台北市為藍本，建構了一
座「無地點感」（placeless）的「符號化／概念化」的文本都市，甚
至將它形塑成一個存在主義式的「方形的黏滯空間」；如此一來，方
能讓都市人的存在情況更加具體化（活存在重重的框形和黏滯感
裡）。羅門喜歡採取宏觀的大眾代言人視野，一副替天行道的姿態，
來圍剿在他眼中一無是處的現代都市文明。所以《羅門創作大系·（卷
二）都市詩》[35]收錄的三十九首都市詩，從道德規範淪喪、物慾橫
流的〈都市之死〉（1961）、〈進入週末的眼睛〉（1968）和〈咖啡廳〉

---

[35]　羅門《羅門創作大系·（卷二）都市詩》（台北：文史哲，1995）。

（1976）、生活步調令人窒息的〈都市的旋律〉（1976）、充滿孤寂與
疏離的〈傘〉（1983）、刻劃流行文化與消費心理的〈「麥當勞」午餐
時間〉³⁶（1985）、強調深層異化的〈玻璃大廈的異化〉（1986）、控
訴生存空間被擠壓的〈都市心電圖〉（1990），到敘說傳統文化流失
的〈都市的變奏曲〉（1992），全是都市「亂象」的批評。羅門似乎
要確保映入讀者眼簾的盡是：建築空間的壓迫、機械化的生活步驟、
物質文明對人性的扭曲、自由意識的消失、空洞虛無的存在境況。

　　羅門甚至將都市人的心靈及道德的淪喪，縮寫／簡化成「物慾」
和「性慾」兩個母題，並嚴厲指責都市的物質文明大量製造物慾與
性慾，以致都市人被高度消費性的物質文明矇蔽了心靈，所有的思
想行為都環繞在慾望的滿足上。都市文明儼然成為「惡」的化身。
這種思考模式局限了羅門的都市（詩）視野，以致後期的創作無法
產生突破性的發展。他在九〇年代多次發表標榜「後現代」卻名實
不符的詩作（如〈長在「後現代」背後的一顆黑痣〉（1991）、〈據說
後現代是一隻狐狸〉（1993）等），以及企圖站在最前衛的現代主義
位置，去融合／整合後現代主義的論述。太過根深柢固的存在主義

---

³⁶ 單獨來看，〈「麥當勞」午餐時間〉是一首很值得討論的都市詩，我曾經
將它擺在速食文化的角度詳加分析（詳閱：陳大為〈胃的殖民史——台灣
現代詩裡的速食文化〉，《亞細亞的象形詩維》（台北：萬卷樓，2001），頁
48-52）；不過，它相較於陳克華等新世代詩人在八〇年代開創的「第三紀
元」詩風，顯得創意不足，所以在下一節也不予討論。

思維，使他往往產生理論上的誤讀與自相矛盾，「就純粹的後現代主義者而言，恐怕無法接受『骨子裡是現代主義卻戴著後現代主義的外殼』這樣的論調」[37]。

羅門在台灣都市詩發展史上的主要貢獻，是在現代主義／存在主義美學基礎上，開創出一套包含「第三自然」、「現代人的悲劇觀」等美學思考在內的「存在主義式的都市詩理論」，據此，他對現代都市文明展開的多層次批評，形成「第二紀元」最恢弘的文學地景。

在都市詩創作數量上，僅次於羅門的是李魁賢（1937-），他在《南港詩抄》（1966）裡的許多都市詩，在書寫策略和技巧運用方面，跟羅門頗有交集之處；不過李魁賢的「在地化」、「社會問題式」的視野，卻跟羅門那種「本質化」、「現象掃瞄式」的靈視有很大不同。如果單以六〇年代為觀察的座標，李魁賢發表的都市詩遠比羅門來得多，《南港詩抄》可說是六〇年代非常重要的一部都市詩集。

六〇年代人口暴增的大台北地區，都市詩的創作量也逐年暴增，形成一個詩與都市的全面宣戰。從事化學工業的李魁賢，在六〇年代中期發表了等多首根植在現實土壤上的都市詩。工業區的工作經歷，讓李魁賢比當代任何一位詩人都了解在台北工業化過程中，藍領階層所面對的壓力與處境，於是他不斷在詩裡反省現代化的意義與價值。他的都市詩主要從兩個層面切入：一是藍領階層的

---

[37] 陳俊榮〈羅門的後現代論〉，收入彰師大國文系編《台灣前行代詩家論：第六屆現代詩學研討會論文集》（台北：萬卷樓，2003），頁165。

工作／生活境況的微觀描繪,如〈工廠生活〉(1964)、〈值夜班的工程師〉(1964)、〈黃昏素描〉(1964)、〈鐵工廠所見〉(1965)、〈值夜工人手記〉(1965)等;其次,,是對台北社會現代化和工業化的宏觀敘述,如〈都市的網〉(1964)、〈長巷〉(1964)、〈工業時代〉(1965)、〈銀座〉(1965)、〈扭扭之夜〉(1964)。

李魁賢的〈工廠生活〉充滿戲謔和嘲諷的語調:

> 二百大氣壓使我永遠胖不起來
>
> 攝氏數百度的高溫
>
> 又蒸去了我軀體上百分之幾的水分
>
> 我變成了遊魂該多好[38]

此詩寫得實在而準確,可惜意象和敘述手法缺乏創意,太拘泥於現況的寫實。從社會主義現實主義的閱讀角度來討論《南港詩抄》,比較能夠讀出一些反映普羅大眾的生存境況、刻劃資本主義對工人階級的壓迫等書寫成果。顯然李魁賢下筆為詩,是為了「記錄」他的社會經驗,而不是為了「創造」某種形象或典範。所以這部詩集的價值,是在它「見證」了那個都市文明初啟的年代,而不是「開創」了一個都市詩的時代或地景。李魁賢也寫過一首〈咖啡店〉(1962),也用上「自己影子」的意象:

> 漩於咖啡

---

[38] 李魁賢《李魁賢詩集‧第五冊》(台北:文建會,2001),頁106。這本重新編排出版的選集,完整收錄《南港詩抄》和《赤裸的薔薇》。

> 把自己模糊的影子
> 交給不知何時將來到的明日
>
> 世紀的病容
> 映在泛不起漣漪的杯底
> 沒有什麼惑　沒有什麼
> 濃得化不開的不語[39]

以吳望堯在五〇年代詩壇的重要性，我們有理由假設李魁賢讀過他在一九五八年以前發表的〈咖啡館〉，他接收了「影子」意象卻迴避了「孤獨」的氛圍，形塑出生活中的「不確定感」（「交給不知何時將來到的明日」），可惜這首詩的後半首失去焦點，沒有構成思考的深度。「咖啡店／館」的空間意涵，留待四年後羅門的〈流浪人〉來完成。在下一本詩集《赤裸的薔薇》（1976），李魁賢持續都市詩的創作，他筆下的都市形象跟當代所有詩市詩人一樣經過「獸化」處理，譬如〈不會唱歌的鳥〉（1969）一詩描繪了都市人對硬體建築的感受：「起先只是好奇／看鋼鐵矗立了基礎／接著大廈完成了／白天窗口張著森冷的狼牙／夜裡　窗口舞著邪魔的銳爪」[40]；〈地下道〉（1970）則在描述很負面的上班情境：「每次被餵入自動屠牛機器裡／然後成為香腸的一段被擠出／／在廢氣污染的天空下／被擠出的

---

[39] 《李魁賢詩集‧第五冊》，頁 121。
[40] 《李魁賢詩集‧第五冊》，頁 31。

眼睛總是先看到／迷你裙　公共電話亭　警察局／然後是巍峨的銀行」[41]。這種寫法在六〇年代以後，漸漸成為一種制式的書寫。

擁有最深刻的工業化生活體驗的李魁賢，由於缺乏理論的支援，故無法深化他的敘述，自然不能形成創作和論述的雙重夾擊，所以在整體的聲勢上不及羅門。其次，他的高度寫實性萎縮了詩的想像空間，彷彿只在記錄都市生活底層的苦難，以及傾頹的倫理價值觀。羅門也處理相同的素材和主題，兩者最大的差別在於抨擊的氣勢和理念的貫徹。雖然李魁賢在氣勢（敘述或抨擊的力道）和理念（對都市文明的省思）方面不盡理想，但他整體構成的（台北）都市詩圖景，卻比羅門等人的詩作多了幾分血肉。

六〇年代發表都市詩的詩人還真不少，比較突出的詩篇有：蓉子〈都市生活〉（1961）、〈我們的城不再飛花〉（1964）、〈裂帛樣的市街〉（1964）、〈室窗閉塞〉（1964）、黃用〈喪樂〉（1962）、桓夫〈陋巷〉（1962）、張健〈文明〉（1964）、王憲陽〈北門〉（1966）、林綠〈都市組曲〉（1968）、郭楓〈凌晨的街〉（1970）、〈城〉（1971）、〈異鄉人〉（1971），這些都市詩都在努力刻劃新興的都市文明對市民生活產生的巨大壓力。除了少數幾首鎖定某些商圈進行社會學式的掃瞄和批評之外，大多是感受性、概念性的陳述。以蓉子（1928-）收錄在《蓉子詩抄》（1965）裡的一輯七首《憂鬱的都市組曲》為例，

---

[41]　《李魁賢詩集・第五冊》，頁 47。

從〈我們的城不再飛花〉到〈裂帛樣的市街〉，全是來自生活的真實
感受——憂鬱。長年生活在台北的蓉子，「總覺得都市是侷促不寧，
擾攘而喧嘩，冷酷復虛浮……人性的至美往往被湮沒無存」[42]，儘
管她筆下的台北生活出現諸如：「自晨迄暮／煤煙的雨　市聲的雷／
齒輪與齒輪的齟齬／機器與機器的傾軋」[43]的剛烈詩句，但最基本
的抒情筆調卻讓詩人停留在較籠統的感受層面，無法深入都市文明
的核心部分。大體而言，「當時，都市被視為一個龐大完整的結構體，
賦予它種種形上意涵的是詩人內在的焦慮，都市被創作主體重新變
形，包括將都市主體化、擬人化的描述」[44]。

　　此外，比較特別的是葉維廉（1937-）的都市詩。自從六○年代
赴美之後，他陸續發表好些較抒情的都市詩，如〈聖・法蘭西斯哥〉
（1963）、〈曼哈頓〉（1966）、〈京都〉（1970）、〈麋鹿和孩童的奈良〉
（1970）、〈殘冬四月獨遊多倫多愁思十二韻〉（1978）等，常將個人
的異地情懷融合在都市地景當中，偶爾批評幾句。如果那是一座古
城，他便努力捕捉、還原它古雅的歷史美感：「節慶的散步／在油紙
傘間／在彩布傘間／你的麋鹿和孩童的遊戲／把人們砸磨了太久的
骨骼／鬆開」[45]。他在〈巴黎詩抄〉的楔子裡如此描述都市的生活

---

[42] 蓉子《蓉子詩抄・詩序》（台北：藍星詩社，1965），頁 4。

[43] 蓉子〈我們的城不再飛花〉，《蓉子詩抄》，頁 81。

[44] 林燿德〈都市：文學變遷的新座標〉，《重組的星空》，頁 194-195。

[45] 葉維廉〈麋鹿和孩童的奈良〉，《松鳥的傳說》（台北：四季，1982），頁

景觀：「五步一樓十步一閣都是宏麗的令人駐足驚嘆的歌德式的教
堂，……每隔十來間店舖就有書店一間，……而其間你隨時看見形
形式式包羅世界名菜的飯店，常常都坐滿肯花時間盡情享受的食
客，不管是羅浮宮花園的樹下，或是路旁的咖啡廳總是擠坐著文人、
畫家、學生……」[46]，美好如天堂一般的描繪，令人不禁納悶：究
竟是詩人的見識太表面，還是巴黎歷經數百年藝術文化的錘鍊，形
成一種異於新興都市的文化特質，讓葉維廉情不自禁地去歌頌它？
同樣的飲食場景如果落進羅門手裡，必然成為物慾母題的犧牲品。
從奈良到巴黎，葉維廉的「異域見聞」跟瘂弦的「異域想像」完全
相反，究竟有沒有一種放諸天下皆準的都市詩理論呢？

　　每一座都市皆有本身的歷史和文化特質，逐漸累積成一種獨特
的市民性格，以及都市觀；在都市化程度越成熟的國際大都市，越
能培養出多層次的都市觀（正負面都有）和認同感。長年定居台北
的都市詩人，很容易被這座太年輕的都市形塑出衝動（攻擊性較高）
的書寫性格。可見都市的生活內涵與文化特質，會直接影響詩人的
書寫態度和方向。

　　總的來說，從一九五八年到一九八○年為止，長達二十二年間
的「第二紀元」都市詩創作，充斥著由「大廈／獸群」、「幾何」、「鋼
筋水泥」、「巨大的網絡」、「數字」等「上游意象」所組成「城邦暴

105-106。
[46] 葉維廉《葉維廉自選集》（台北：黎明文化，1975），頁 179-180。

力團」，並從中衍生出「撕裂的天空」、「壓迫感」、「蒼白的臉孔」、「空洞的眼神」、「虛無的日子」、「灰暗」、「疲憊」、「血管」等，統稱為「受害配件」的「下游意象」。一個惡貫滿盈的鋼鐵文明，被同仇敵愾的現代詩人正文化，同時也逐漸僵化。這個僵局有待八〇年代初期的另一批新銳詩人來革新。

四、第三紀元：末日的科幻城邦

一九八一年十月，陳克華（1961-）以一首八百行長詩〈星球紀事〉（1980）獲得第四屆中國時報敘事詩甄選獎，正式開啓了台灣科幻詩的新紀元。此後，台灣詩壇投入科幻詩創作的聲勢，遠比吳望堯孤軍作戰的時代來得驚人；而且這首詩的宇宙觀、思想縱深、意象運用、敘事手法等方面，都大幅超越三、四年前吳望堯陸續發表的《未來組曲》[47]。這首得獎後經常被評論者提及的台灣科幻詩的「開山鉅作」，林燿德對它有極高的評價：「陳克華以前衛的視野開拓了現代詩的新牧場，這種視野背後的心靈，生存在高度都市化的

---

[47] 《未來組曲》是吳望堯「重出江湖」的作品，不但創造力下滑、而且結構較鬆散，實爲多首短詩的重新組合。所謂的「未來」其實是當下對未來的一些「眺望」。即使如〈時光隧道〉、〈光子旅行〉、〈空葬〉、〈人造雨〉等，多半是當年最前端的科技，以及對外太空文明的某種揣想和發現（譬如聽說有人在澳洲發現飛碟，有感而成詩）。

經濟環境和歐美通俗文化大量滲入的文化氛圍中，已極為接近李維
史陀（Claude Lévi-Strauss）以人類學家身分提出的『西方工業文化
心靈』；他徬徨在科技文明與人文價值之間，對於文明的盲目發展充
滿了悲觀，對於人類集體自我毀滅的傾向也充滿了宿命式的無力
感……。陳克華幾乎踰越了詩人的身分而成為一個未來學的預言
家，其實他正準確地掌握到現代人類佈滿焦慮的『集體潛意識』
（collective unconscious），並勇敢地追溯其根源」[48]。林燿德眼中看
到的不止是科幻，而是其背後的「西方工業文化心靈」，以及科幻物
件如何與都市文明結合的「技術」（這也算是一種都市詩的「語言科
技」），林燿德的科幻詩也深受此詩的影響。

雖然陳克華對此詩被定義為「科幻詩」深表不以為然：「科幻不
過是層外衣，不過是我採取了一個文明滅亡後餘生者的故事，不過
是詩裡頭大量採用了些科技辭典裡頭才翻得到的名詞」[49]，但那些
「科技辭典裡頭才翻得到的名詞」，卻成為林燿德詩集《銀碗盛雪》
（1987）裡的科幻詩，在美學譜系上的始祖（也可能包含吳望堯的
《未來組曲》）；此外，林群盛詩集《超時空計時資料節錄集 I：聖
紀豎琴座奧義傳說》（1988）裡的科幻詩，應當受到〈星球紀事〉很

---

[48] 林燿德〈看騎鯨少年射虎摘星〉，《一九四九以後》（台北：爾雅，1986），
頁 227。
[49] 陳克華〈長詩之路——《星球紀事》序〉，《星球紀事》（台北：時報文
化，1987），頁 6-7。

大的啓發與鼓舞。

　　毫無異議的，都市文明絕對可視爲當代人類文明最極致的表現，而「科幻文明」則是人類對「下個紀元的都市文明」的大膽預測，是一幅「未來都市的藍圖」。其次，科幻詩那種由無比恢弘的建築形象、虛實交錯的敘述語調、沒有表情的專業術語所構組而成的「末日圖景」，對新一代都市詩（人）的影響十分深遠。台灣的都市詩與科幻詩，明顯存在著不可分割的血液關係。故〈星球紀事〉發表的一九八一年，可當作都市詩「第三紀元」──科幻城邦──的元年（雖然它只開啓一個短暫的醞釀期）。

　　兩年後，陳克華再度以長篇組詩〈建築〉（1983）榮獲第六屆中國時報文學獎新詩評審獎，讓都市詩以更龐大的體積和氣勢，躍上當時台灣最重要的新詩獎舞台。這首詩的野心和敘述架構大得驚人，而且陳克華用微觀的鏡頭，鎖定現代都市最核心、最基礎的單元──建築──來解讀都市文明較深層的精神與訊息。陳克華對都市空間的經營，仍然籠罩在科幻詩的氛圍底下，空間既是那麼具體、真實、明確（基隆路三段、信義路五段），但文本中的人物和敘述的語言卻又十分虛幻、朦朧、詩化。詩分三大章，每章再分四小節。第一章「光廈」寫的盡是建設中的都市建築，名之爲光廈，因爲它是象徵文明曙光的大廈群。爲了配合「光廈」的寓意，此章的敘述充滿希望（和它背後的反諷）：

　　　　有人在談論，拿粗短的拇指比著遠遠的拇指山

他說有一棟建築正掙扎著要站起來

他的高度，不，我想

是他的誠摯的相信，先已打動我了……[50]

我也必須依附一個巨大的信心

從前崇拜陽具

現在崇拜建築[51]

這些「反話」很努力地描繪出一幅令人期待的都市文明，可是第二章「斜塔」卻在回顧（例舉）曾經被古人期待過的古代建築，對當時的人而言，那些已成廢墟的建築何嘗不是一座一座往昔的光廈？當「考古學家們聲稱／出土了足以容納全人類的龐大墓穴／一座五千層的金字塔」[52]，現代人該如何想像眼前那些「即將」引以為傲的建築？我們的現代文明有沒有可能永垂不朽呢？第三章「空中花園」虛擬了一幅未來的都市圖景：在〈Ｂ大樓〉，「一隻剛學會手淫的猩猩正操作電腦／規劃著他光明的未來」[53]、「在人工調節的大氣裡雲朵已被清除乾淨」[54]、「而混泥土已非最年輕的岩層／我們經過

---

[50]　《星球紀事》，頁 152。

[51]　《星球紀事》，頁 154。

[52]　《星球紀事》，頁 163。

[53]　《星球紀事》，頁 172。

[54]　《星球紀事》，頁 174。

了太多相似的、鋼鐵構築的城市／如今都被巨大的蕈類所佔據」[55]。
在高度科幻本質的敘述裡，可以看到人類都市文明的末章，而進化
中的猩猩正努力──重蹈人類的覆轍──建構牠們的新興（猩猩？）
都市文明，然後一切再次變成廢墟。陳克華將時間前後推移，現代
－古代－未來的時空輪轉，在恢弘的文明圖景中，流露著強烈的「末
日感」。三者相互比較，充分印證了，也預告了都市文明的脆弱。這
種「末日城邦」的書寫概念，是前所未有的。

　　就意象運用而言，它的確充滿開創性。在〈光廈〉一節，陳克
華如此描述乘坐電梯的感覺：

　　　　流動著，我緊閉雙眼

　　　　感覺像一灘黏滯的阿米巴

　　　　相互溶合與分裂，沿黝深的甬道

　　　　緩緩流過每一個編了號碼的門口──呵[56]

「黏滯」是第二紀元詩人們愛用的舊意象，但「阿米巴」卻是新世
代的詩學符號，而且阿米巴的形體意象使得敘述主體在甬道裡的遊
走，變得更加科幻、更加虛無和空洞。陳克華的敘述並沒有急於宣
判建築的死刑，他摒棄了羅門世代那種理念先行的「反都市」書寫
模式，一切交給讀者的視感去自行感受和判斷。這就是兩代詩人最
大的差異。

---

[55] 《星球紀事》，頁 175。

[56] 《星球紀事》，頁 156。

　　如果〈星球紀事〉是第三紀元的序曲號角，那〈建築〉則是第一座正式落成的「建元地標」。

　　挾著驚人的創造力，陳克華陸續發表了〈吳興街誌異〉（1984）、〈興寧街誌異〉（1984）、〈早晨車過田間〉（1984）、〈河豚的悲劇〉（1984）、〈施工中〉（1984）、〈南京街誌異〉（1985）、〈在晚餐後的電視上〉（1986）、〈室內設計〉（1986）等多首，深度與創意俱足的都市詩，成功建立一種非常獨特的都市詩風格，並結集成《星球紀事》（1987）和《我撿到一顆頭顱》（1988）二書。除了科幻場景，陳克華對都市現象展開一連串繁複且弔詭的思考（而不是直接批評），〈施工中〉即鎖定八〇年代如火如荼的房屋建設工程，對「這高速公路由南到北唯一的天然景觀」[57]，以及大多數都市人為了「成家立業」而拚命賺錢購屋的迷思，進行一翻嘲諷式的演練，因為不管他走到哪裡「總是同樣的一個名字，阻止了我／通過：施工中」[58]。陳克華一不做二不休，把「施工中」擬人化成為「施先生」。終日忙著「種房子」的施先生一再把「我」阻擋下來，給「我」刺激，也給「我」教育：

　　　　施先生總是反覆告訴我太陽與鋼鐵

　　　　以及他所堅信的，人性的模式

　　　　人生的真實：

---

[57] 陳克華《我撿到一顆頭顱》（台北：漢光，1988），頁 134。

[58] 《我撿到一顆頭顱》，頁 134。

> 當我也分期付款搬進其中一棟
>
> 成家立業。娶妻生子。[59]

一個「成家立業娶妻生子的年代」，究竟是萌生自人性深處最真實的渴望，還是房地產業者營造出來的商務陷阱？陳克華在此處理了慾望的產生與循環，廣告創造憧憬的力量，則交給另一首〈在晚餐後的電視上〉：「我在電視上看見一位很年輕的父親／分期付款買了一幢住宅在遠遠的山坡地上／早晨他微笑著醒在被褥微皺的床上，夢境安穩，／目光飽滿」[60]。這首詩用平和溫馨的語氣，敘述了房屋廣告的催眠力量，不斷透過美好坵福的虛擬影像，引誘每一位年輕的父親「貸款」購屋。慢慢地，「貸款購屋」便成為「不許違拗的成人命運」[61]。可見都市文明的生存壓力不僅僅來自工作本身，最大的壓力來源是——炫耀性、競爭性消費（conspicuous and competitive consumption）。從小坪數公寓到山坡地住宅，表面上幸福指數的躍升，背地裡卻是賺錢壓力的躍升。廣告滋養了我們的慾望，慾望主導了我們的命運，就是陳克華從房地產蓬勃發展的現象中，洞察的「真實」。

進入九〇年代，陳克華持續發表了多首深具震撼力的都市詩：〈公寓神話〉（1991）、〈車站留言〉（1992）、〈布景〉（1996）、〈地下

---

[59] 《我撿到一顆頭顱》，頁 135。

[60] 《我撿到一顆頭顱》，頁 144。

[61] 《我撿到一顆頭顱》，頁 147。

鐵〉（1998）。但他全然放棄了科幻的敘述基調，僅以最貼近生活的
視角和口吻，去重新發現我們習以爲常（甚至麻痺）的周遭事物。
他依舊不直接措詞抨擊，只讓事物在輕快、漠然的敘述中，露出本
來面目。

　　從上述幾首都市詩的分析比較，足以突顯出陳克華跟羅門在都
市詩書寫策略上最大的不同，在於羅門慣用鳥瞰式的敘述，動輒左
右開弓；陳克華選擇穿透現象表層，深入其中，再進行舒緩、細膩
的顯微，或層層遞進的思辯、分析，找出真正的原因。他的思考邏
輯比羅門來得嚴謹、清晰。「都市建築」在許多前行代詩人筆下，或
成爲承載寓意的主意象，或淪爲都市文明的道具與布景；唯有陳克
華將它視爲一種「議題」，激發思考，產生辯證。羅門喜歡透過「大
現象」來捕捉事物的本質，尤其八○年代「後期」以降的詩作，經
常處理得太過刻板、概念化，或流於表面；譬如用雄性觀點來鋪敘
性慾沉淪的〈都市你要到那裡去〉（1986）就停留在印象式批評的層
面，並沒有成功挖掘出問題的核心；又如〈「世紀末」病在都市裡〉
（1991）一詩，根本就是一些空洞名詞在流轉；〈帶著世紀末跑的麥
可傑克遜〉（1993）暴露了羅門對流行音樂的不了解，所謂的靈視攔
淺在最表層的群眾官能反應上面。

　　總的來說，「陳克華的詩作以探索和描繪現代科技文明條件下危
機四伏的人類生存情境，表現現代人充滿不安和挫折感的心靈世界
爲主。他的部分詩作並不迴避觸目可見的社會客觀現實的直接反

映，……然而更多的筆觸卻是描繪現代人在碩大無朋的鋼鐵、水泥
叢林和螢幕海洋面前遭受心靈異化的情景」[62]。

　　不管從哪個角度來看，陳克華確實完成了台灣都市詩發展史的
世代劃分。即使在編年史上，羅門那幾首相當成功的名著：〈傘〉
（1983）、〈「麥當勞」午餐時間〉（1985）、〈玻璃大廈的異化〉（1986），
都發表在〈建築〉（1983）之後；但就其「詩想本質」（都市詩的美
學理念和技巧）而言，屬於第二紀元的延續，在此不予討論。

　　真正讓第三紀元發光的詩人，除了陳克華，還有林燿德和林群
盛。他倆的崛起，對八〇年代中期的台灣詩壇而言，也是一個不小
的衝擊。

　　林燿德（1962-1995）在第一本個人詩集《銀碗盛雪》（1987），
收錄了多首成功震驚詩壇的科幻詩，以及好幾首頗見創意的都市
詩：陳述都市文明及概念的〈都市‧一九八四〉（1984）、將所有事
物和現象數據化／數位化的〈一或零〉（1984）、描寫人工智慧凌駕
人類智慧並反為主宰的〈電腦 YT3000 的宣言〉（1985）、批評資本
主義社會生存價值觀的〈紙的迷城〉（1985）、刻劃都市人從視野、
行動到心靈的空間危機的〈上班族的天空〉（1985）。從〈一或零〉
可以看出林燿德的敘述模式：

　　　台製的仿 APPLE II 旁

---

[62] 朱雙一《戰後台灣新世代文學論》（台北：揚智文化，2002），頁 427。

　　我的思緒融入迴走的電路

　　在這個數字至上的時代

　　除了ＩＣ缺貨

　　我們終將對一切真實無動於衷[63]

林燿德深信人類已經跨入一個由電腦主宰一切的全新世界，許多舊
事物（以及詩裡的舊意象）會淡出時代的舞台，前衛的思緒都會數
字／數位化，甚至「一場戰爭的全數屍首／一個國家的失業人口／
壓縮在扁平的磁碟中／變得中性／冷漠／以絕對抽象的符號和程
式」[64]。在他看來，這種冷硬、抽離了情感和音韻感的扁平敘述，
正是嶄新的都市詩語言，也較接近都市文明的本質。而〈文明幾何〉
（1984）則是一首複雜的長詩，第一節「人的幾何意義」很冷酷地
描述了都市人的存在價值與形態：

　　我們像移動的砝碼般

　　上　　　　　　下電梯

　　在都市雜錯的線條和光束中

　　成為一顆移動的點

　　　　　　無寬幅

　　　　　　無大小[65]

---

[63] 林燿德《銀碗盛雪》（台北：洪範書店，1987），頁 125。

[64] 《銀碗盛雪》，頁 125-126。

[65] 《銀碗盛雪》，頁 210。

林燿德繼承了陳克華的科幻視野，再挾帶大量天文及物理學詞彙，讓詩的語言肌理更冷峻更剛強，造就一首接一首雷霆萬鈞的科幻長詩和都市詩，對台灣詩壇進行地毯式大轟炸。林燿德的早期詩作（譬如上述提及的幾首）確實表現出開山立派的架勢，無論在意象轉換或題旨的呈現方面，都有別於第二紀元的都市詩。

〈上邪注〉（1985）是這本詩集當中，最具創意的實驗。這首詩將原作的「情誓」發展為世界末日前夕的性愛交歡場面，在「冬雷震震夏雨雪」一節，男女交歡的體位被比喻成南北半球的恢弘地理景觀：「我們相擁融成地球的縮型／北半球的妳寂寂領受死灰如雨降臨的夏夜／南半球的我默默冥想毀滅雷鳴的冬日」[66]，天文異象即是內心的情慾活動，也是毀滅中的現實影像；內在情慾與外在末日情節的雙軌並進，在此詩對「末日意識」有精闢的演練，在「核爆同時／請容妳我完成最後的交媾／在時間被腐蝕的結構間」[67]，最後一切都隨感覺「共同滅絕」。

可惜林燿德太急於展露他的詩才，在很短的時間內大量創作，像〈南極記〉（1983）、〈瑪儂傳〉（1984）、〈聖獸考〉（1985）、〈北極變〉（1985）、〈悲愴說〉（1985）等多首頗俱潛力的題材，均是匠氣太顯，沒有達到應有的詮釋水準，只見「我的舌，已遺落／……／它被割下，鋪設在通向聖塔的梯口，這是／在千里外一個被回教強

---

[66] 《銀碗盛雪》，頁 34。

[67] 《銀碗盛雪》，頁 34。

姦的綠洲上發生的黑色喜劇」[68]之類的累贅文字；又見「在我左端
妳倒置的脣微微開啟那薄薄的雙瓣浮貼著／晶盈的唾液妳的長髮鬆
散地垂落不經意地輕輕拂拭砂灘」[69]如此重金屬搖滾的冗長敘述，
這些沒有實質意義的敗筆，在林燿德詩裡俯拾皆是。又如：〈U235〉
（1984）的圖象化手法，不但破壞了語言的節奏，也顯得太刻意、
膚淺。至於大量運用星際場景並結合神話情節的〈木星早晨〉
（1985），雖然顯露出強大的創新意圖，和遼闊的時空想像，但林燿
德卻沒有用心經營最起碼的詩歌語言，全詩鬆散失焦，亦失去支持
一首長詩的重要元素——節奏感，白白浪費了一個大好的素材。

　　這時期，林燿德的創作焦點同時朝向「古早」與「未來」發展。
這種嘗試，可視為吳望堯創意的後繼延伸，當然，他比吳望堯走得
更遠，更大膽，因為三十年來的好萊塢科幻電影（如《星際大戰》、
《星際奇航》）已經替台灣新世代詩人開闢了無限的「參考空間」。
所以林燿德在〈木星早晨〉、〈超時空練習曲〉（1985）、〈光年外的對
望〉（1984）裡的超時空想像，沒有什麼值得大驚小怪。

　　林燿德的詩作一昧追求龐大，但龐大不等於「雄渾」，失去節制
的龐大自然向「臃腫」與「累贅」靠攏。可惜一貫強調結構、講究
佈局的林燿德，在眾多評論家的吹捧之下，越來越不知節制，任由
沉甸的意象和冗長的敘述擊潰了書寫的節奏和體積不大的創意，林

---

[68]　〈聖獸考〉，《銀碗盛雪》，頁43。

[69]　〈瑪儂傳〉，《銀碗盛雪》，頁53。

燿德科幻詩的毛病難免浸透到《都市終端機》（1988）及以後的都市詩裡。《都市終端機》是林燿德在思考層次和語言技巧的一次倒退，尤其「卷三・終端機文化」，彷彿回到第二紀元，公然繼承羅門世代的都市書寫。從詩作的定稿／發表日期來看，這本詩集根本就是《銀碗盛雪》精選後的「餘孽」，論氣勢沒氣勢，說格局也無從說起。全書唯一值得討論的，恐怕只有〈終端機〉（1985）一首。他爲了表現電腦文明對都市人生活的侵襲，遂將人體「電腦化」：

> 加班之後我漫步在午夜的街頭
>
> 那些程式仍然狠狠地焊插在下意識裡
>
> 拔也拔不去
>
> 開始懷疑自己體內裝盛的不是血肉
>
> 而是一排排的積體電路[70]

無可否認，林燿德非常精確且生動地將電腦意象融入都市人的精神和肉身，同時挖掘出生存壓力的主要來源。既然坐在螢幕前工作的上班族都成了電腦終端機，那下班後便成爲「帶著喪失電源的記憶體／成爲一部斷線的終端機」[71]，殘酷地道出新一代都市人的宿命。

　　林燿德的大氣魄和大手筆總算在《都市之甍》（1989）猛然甦醒過來，但他的創意還在夢境深處。這本詩集全部十四首長詩和組詩皆完成於一九八八年，換言之，它是林燿德自己的「年度長詩精選」。

---

[70] 林燿德《都市終端機》（台北：書林，1988），頁 167。

[71] 《都市終端機》，頁 167。

林燿德急於超越陳克華在科幻與都市詩方面的成果,所以他另闢險徑,花了很大的力氣寫下所謂的跨文類(小說體)詩作〈聖器〉(1988),以及舊作〈上邪注〉(1985)的重金屬搖滾版〈上邪變〉(1988)。〈聖器〉根本就是都市小說的分行體,林燿德鉅細靡遺地描寫黎醫生與小安的同志性愛,動作、對白、情節樣樣俱全,卻忘了最基本的語言詩意,結果成就了一「篇」既冗長又乏味的「分行體·都市異色小說」。〈上邪變〉無限擴充了〈上邪注〉隱埋的情慾,林燿德「注」入過多劣質的情色意象的矽膠,讓已經飽和的「上邪」發生不可挽救的病「變」。其他詩作的情況,也相去不遠。以量取勝的林燿德,雖然品管欠佳,但偶有佳作,如政治意涵十分豐富的〈銅像〉以及〈路牌〉的前半首。

另一個值得注意的現象是:林燿德對都市文明的書寫越來越灰暗,「末日意識」在此集高漲,尤其〈廢墟〉(1988)、〈夢之甍〉(1988)、〈焱炎〉(1988)三首長詩,充斥著「傾斜覆滅」、「核爆」、「闇黑」、「劫餘者」、「輓歌」、「荒城」、「海洋寂滅」、「殘垣」、「死灰飛捲」、「宇宙空寂」等末日意象,無論視覺或感覺裡的情境都異常荒涼。最不幸的是:詩的內容也同樣荒涼。

眾多評論家在討論林燿德詩作時(尤其政治詩),都忍不住「套用」所謂的「後現代主義」觀點,來「詮釋」他的種種建樹。我們可以輕易地從各種後現代主義文論中,找到諸如:「不確定性」、「零碎化」、「非經典化」、「無深度性」、「反諷」、「種類混雜」、「狂歡」

等術語（或美學特徵）；風靡整個八〇年代台灣詩壇的後現代主義，幾乎成為前衛的「指標」，只要在詩中「套用」上述理念，必能吸引評論者「狩獵」的目光。努力將自己的現代詩「後現代『化』」，遂成為林燿德最重要的創作「策略」。於是林燿德「製造」了很多「符合」後現代主義的政治詩和都市詩，站在後現代詩創作的最前端，在「內容」、「題旨」、「操作手法」上，都可以獲得理論的「印證」。可是那些「投機性」很高的作品根本經不起時間的考驗。所有前衛的觀念都會退流行，如今「後現代」已經是上個世紀的陳年舊事了，當我們重新檢驗林燿德的「（後）都市詩」時，便發現他在語言的音韻感和精練度、謀篇與敘述的技巧、意象的創造和節制等，現代詩最核心的創作要素，他都沒有令人滿意的表現。[72]

　　整體而言，林燿德並沒有突破「陳克華障礙」，只是以雷霆萬鈞的「噸位」與「陣仗」，壯大了都市詩在八〇年代中、晚期的聲勢，並強化了末日意象／意識。在次數不多的創意背面，比詩作本身更為突出的，恐怕是林燿德成就「都市詩霸業」的野心，以及無所不在的「影響的焦慮」。

　　比林燿德稍晚一年崛起的林群盛（1969-），才是一個真正的異

---

[72] 要「降低」林燿德後現代詩的「詩歌價值」，以及他未能完成的後現代詩理論之建構工程，將會是一場「以寡敵眾」的辯證，無法在此詳細討論，將來有機會另撰文評述。

數[73]。從一九八六年到一九八八年，林群盛寫了一萬二千首詩，姑
且不論數量如何驚人，真正一新台灣詩壇之耳目的，是他獨創的「日
本卡漫式」科幻詩，跟吳望堯那種剛硬、堆砌的科幻詩截然不同。
一種童心未泯的宇宙觀，加上柔軟的科幻意象，以及毫不雕琢的書
寫語言，所組構而成的「超時空」、「異次元」全新科幻詩風，在台
灣詩壇是前所未見的。尤其幾首較具代表性的作品：以星際大戰為
背景的〈戰爭美學〉（1986）、唯美虛幻的〈那人說他口袋裡有一個
銀河系〉（1986）、被定義為ＰＴＶ的〈哈雷傳說〉（1986）、另類都
市詩〈那棟大廈啊……〉（1987）、完全以電腦語言書寫的〈沈默〉
（1987）。如果我們仔細觀察林群盛處女詩集《超時空計時資料節錄
集Ⅰ：聖紀豎琴座奧義傳說》（1988）的詞庫，便能發現許多新鮮的
名詞：「宇宙」、「銀河系」、「光年」、「億年」、「能量」、「宇宙艦」、「三
葉蟲」、「恐龍」、「獨角獸」、「冰河」。他把科幻世界的事物跟考古學
的生物「合併使用」，立時更新了台灣現代詩的閱讀印象。當年多位
詩評家對他的出現感到措手不及，也急於下定論，尤其〈那棟大廈
啊……〉和〈沈默〉兩首都市詩的評論最高。但比較具備「都市」

---

[73] 林燿德在台灣學界和詩壇的整體評價遠較林群盛來得高，後者的詩一般
認為較缺乏思考的深度。但我卻以為兩者各有優劣，不能排名；主要是林
燿德的粗製濫造的劣作與複製品實在太多，嚴重稀釋了他的創作品質。用
「異數」來定位林群盛，主要迴避二林的正面比較，改從創意的角度來肯
定他的嘗試。

空間背景的詩作——〈出生大廈〉（1989）、〈麵包店與恐龍〉（1989）、〈早安〉（1989）、〈龍襲〉（1990）、〈龍市〉（1993）、〈貓雨〉（1991）——主要結集在那本怎麼看都像日本少女漫畫的詩集《超時空計時資料節錄集 II：星舞絃獨角獸神話憶》（1995）裡頭。

科幻詩彷彿就是林群盛生活中的一環，運用得非常自在，而且自然。

早在陳克華的〈建築・B 大樓〉和〈建築・渴市〉當，中便有將都市建築物「軀體化」的筆法：「我只有緊貼住這棟鋼筋建築的，冰冷的胸膛／粗礪的骨骸，窒息的體味」[74]、「落鎖的工廠……／像摘除了腦葉的獸／有高漲的性慾／和癱瘓的四肢」[75]。對學醫的陳克華而言，將建築「獸化／軀體化」是一種自然動作，矗立在他那「司空見慣」的敘述語氣裡的「獸體」對讀者想像力的衝擊不會很大，一來是很小的敘述片段，二來是詩人本身的語言使然。在吳望堯詩中，也運用過「軀體化」的策略，但他的敘述語言並沒有配合都市圖景的異化（軀體化），而產生驚訝或感歎的情緒變化。這一點差異直接影響了科幻詩的閱讀效果。

林群盛在〈那棟大廈啊……〉用一雙因驚嘆而放大的瞳孔，去「發現」一棟連他自己都覺得不可思議的大廈（彷彿發現一架宇宙戰艦），而且大廈是唯一的敘述對象，全部想像力集中在一個位置，

---

[74] 《星球紀事》，頁 171。

[75] 《星球紀事》，頁 173。

先天上就比較具備吸引力：

> 我疑懼的緩緩走近欄杆，驚駭的看到了一顆、一顆心——一
> 顆超乎想像的、幾乎和大廈一般的巨大的心臟被放置在這棟
> 中空的大廈，平靜的跳動著；從心上蔓延的兩根粗大的血管
> 分歧出數萬根微血管繚繞糾結在大廈的內壁……啊，那似乎
> 在沉睡中的，充塞整座大廈的心脈不正和我的心跳同頻且共
> 鳴著麼？[76]

林群盛同樣運用「軀體化」技巧，不同的是：他將大廈「徹底」地
「器臟化」，並進入其中，感受它的脈搏、進行各種生命機能的描述
和隱喻工程。一棟通體透明的大廈於是被巧妙、準確地轉化成巨大
的人體。林群盛將大廈「器臟化／軀體化」之餘，還不忘加上一隻
他心愛的獨角獸，來揭開——「那棟完全由玻璃窗構築成的大廈必
定禁錮著些什麼吧？」[77]——的謎底：悲傷與孤寂。雖然「悲傷」、
「孤寂」，連同「疏離」、「冷漠」、「窒息」、「疲憊」，都是了無新意
的台灣都市詩傳統符號，屬於生存本質的一種典型境況。林群盛將
此抽象的感覺，轉換成「血管裡流動的液體」[78]竄流過大廈的心臟
和血脈，「悲傷」與「孤寂」遂獲得嶄新的形象和生命。無論從宏觀

---

[76] 林群盛《超時空計時資料節錄集Ⅰ：聖紀豎琴座奧義傳說》（台北：自
印，1988），頁63。

[77] 《聖紀豎琴座奧義傳說》，頁63。

[78] 《聖紀豎琴座奧義傳說》，頁63。

或微觀的角度來檢視這首都市詩，它在各方面的美學表現跟第二紀
元的都市詩截然不同，反而有點上承並超越第一紀元的味道，它是
第三紀元的另一座重要地標。

　　兩年後林群盛為〈那棟大廈啊⋯⋯〉寫了一首續集〈出生大廈〉。
就創意和震撼力而言，續集通常不及原作（林燿德的〈上邪注〉和
〈上邪變〉即是），不過從此詩以降，卻能夠清楚林群盛的「兒戲」
策略。他是唯一可以把都市詩寫得那麼「柔軟」的詩人，常常用一
種兒童的視野和語氣，去解讀眼前的世界，再配上他那些來自「神
話」和「考古」的「吉祥物」（獨角獸、三葉蟲、恐龍），原本烏煙
瘴氣的塵世在他筆下都變得一塵不染；其他詩人可能會猛烈抨擊的
亂象，在他口中卻化成一顆另類口味的軟糖，都市儼然變成他的遊
樂場。光看篇名，〈麵包店與恐龍〉就令人一陣錯愕！更錯愕的是林
群盛一副若無其事地敘述：

　　麵包店裡

　　有些事值得記憶

　　例如一隻誤入的恐龍

　　女店員毫不吃驚『歡迎光臨。

　　請勿在麵包上留下爪痕，謝謝』[79]

形同卡通的畫面，卻有效地嘲諷了便利店職員們公式化的問好。又

---

[79] 林群盛《超時空計時資料節錄集 II：星舞絃獨角獸神話憶》（台北：自
印，1995），無頁碼。此書整本皆無頁碼。

如〈貓雨〉一詩，對寂寞有極為生動的，「擬貓化」的描繪：

> 寂寞伸出貓的爪子
> 刮磨著城市的每尾窗子
>
> 被刮破的窗在夜的海洋裡
> 輕輕綻成清脆的漣漪
>
> 在夢中睡去的人全站在閃爍的玻璃屑前
> 撫著肩上貓的爪痕[80]

沒有陳腔濫調的敘述與描繪，寂寞變得很輕，很具體，而且清晰。舉重若輕，是此詩過人之處。從林群盛最終結集出版的詩作質量，跟他宣稱的一萬二千首（以上）的創作量相比較，成功的比例似乎很低。但透過他那十幾首獨具一格的另類都市詩，我們看到他用富於童趣的超時空視野，以及非常柔軟的語言技巧，從「側面繞過」結構嚴謹、大氣磅礴的「陳克華障礙」，也替第三紀元矗立了另一類風景。可惜他的都市詩佳作太少，非但遠不及陳克華的恢弘、遼闊的建築群；在整體形象上，也不幸隱沒在林燿德理論與創作並駕的天際線底下。但林群盛以柔克剛的書寫策略，不失為都市詩第三紀元的一道創作幽徑。

---

80 《星舞絃獨角獸神話憶》，無頁碼。

　　同一時期，都市詩質量較佳的詩人還有林彧（1957-）。林彧的都市觀察較林燿德和林群盛來得細膩，他非常擅長於刻劃都市人的孤獨心境，以及上班族的謀生意識。雖然〈名片〉、〈Ｂ大樓〉都是屢次入選各種詩選的名篇，不過那種寓意強烈的書寫方式實在談不上什麼創意，反而是〈擦肩〉一詩對「孤獨」的詮釋，比起羅門的〈流浪人〉不遑多讓。〈流浪人〉刻劃了寂靜無聲的孤獨與茫然，〈擦肩〉卻用喧囂來突顯一顆孤獨的心靈：

<blockquote>
他喜歡走到人群之中，

只為了想聽那布料互相摩擦的聲音，

細細碎碎的，

總令人有種互相接觸的輕微喜悅。[81]
</blockquote>

林彧對孤獨的心理有異常犀利的了解，從衣服的摩擦聲我們聽到「他」內心壓抑不住的渴望，何等迂迴，何等細膩的勾勒！「喜悅」二字，很諷刺地告訴我們——「他」久旱的孤獨已獲得龐沛的滋潤。而且帶著輕微的顫抖。如果這分渴望成長為更大的渴望，會出現什麼樣的情況呢？「他倒很想聽聽肌肉與肌肉，／胛骨對胛骨，／心臟貼心臟的聲音——／然而，／坦誠的聲音須要袒裎相對，／他敢嚜？／誰願意呢？／他只好把衣服裹得更緊，」[82]。原來「渴望」背後還有「信任」，在相對疏離的都市人際關係裡，誰敢向他人敞開

---

[81]　林彧《快筆速寫》（台北：自立晚報社，1985），頁110。

[82]　《快筆速寫》，頁110-111。

自己心靈世界？互相傾訴的雙方果真沒有保留最私密的事情？在這個終日與陌生人相處的都市化社會，「心臟貼心臟」是非常冒險的事。〈擦肩〉一詩對都市人孤獨心靈的詮釋，實在傳神。

　　林彧的都市詩美學可說是第二紀元的延續，但可貴之處在他能夠進一步深化羅門等前輩詩人筆下的都市現象。比如〈卡拉ｏｋ〉（1984）一詩，他很巧妙地避開肢體動作和喧囂場景的正面描繪，改從側面切入歡唱者的消費心靈：「每個人都為自己舉杯，／每個人都為別人展喉，／……／那只是一個狹小的舞台，／我看見你沉醉無憂的神采。」[83] 當其他詩人都鎖定歡唱者的疲累和自我麻醉，林彧卻看到不一樣的東西，洞悉了更深邃的消費心理——唱卡拉ｏｋ是為了開闢一個與現實世界不同的舞台，尋找自己的價值，獲得他人的肯定。所以才有「沉醉無憂的神采」。

　　林彧在許多都市生活的事物上，表現了令人驚訝的洞悉力。可惜的是，若從宏觀的都市詩發展史角度來檢視，他並沒有在整體書寫策略、語言技巧、意象形塑、思辯形式上，跟第二紀元的詩風產生明顯的區隔，故無法作為另一個世代——第三紀元——的代表性詩人[84]。至於其餘年輕詩人的敘述風格和思辯形式，就更模糊了。好比侯吉諒（1958-）在《城市心情》裡的〈卡拉ｏｋ六首〉，無論

---

[83] 林彧《單身日記》（台北：希代，1986），頁 44-45。

[84] 如果將林彧自本文的論述史觀裡抽離，就詩論詩，他的整體創作水平之高，不在陳克華之下。

敘述技巧和思維模式，非但跟第二紀元沒有任何性質上的差別，也沒有深化舊有的素材；他在《星戰紀事》裡的〈公車站牌〉、〈書報攤〉等多首都市詩，也僅止於詠物加抒情，談不上思考的深度。杜十三、侯吉諒、王志堃、譚石等人的都市詩，同樣沒有突破性的表現。

從一九八一到一九九五，陳克華、林燿德、林群盛等人所建立的都市詩帝國，是當代台灣詩壇最壯觀的風景之一。可惜林群盛自九五年以後「隱姓埋名」，轉向網路詩的創作；林燿德不幸殞沒於九六年，留下未竟的大業；陳克華自九五年出版《欠砍頭詩》之後，都市詩已經不再是創作重點，只在文學獎的舞台上偶有力作出現[85]。都市詩的第四紀元，有待下一世代的年輕詩人掀開序幕。

五、第四紀元：隱匿或無邊之城

一九八八年十二月，張漢良發表了那篇極為重要的〈都市詩言談──台灣的例子〉[86]，企圖為台灣都市詩重新定位。他透過余光中和吳晟等前行代詩人的作品，深入辯證台灣詩人的「田園心理」

---

[85] 一九九八年獲聯合報文學獎新詩第二名的〈地下鐵〉，就是一首探討都市生活與資訊網絡的力作。

[86] 張漢良〈都市詩言談──台灣的例子〉，收入孟樊編《當代台灣批評大系（卷四）‧新詩批評》（台北：正中書局，1993），頁 155-186。

對「被譴責的都市（正文）」的產生，有其決定性的影響，進而從「寫
作動機／因素」的層面，為台灣都市「重新斷代」，完成「重新界定」
的工作。簡而言之，從前那些由外力——「田園心理」——激盪而
生的「反都市詩」，不再視為都市詩；唯有不假外力，僅由都市體制
內部的因素與都市人的「自覺」，相互催發、自然生成的，才是真正
的「都市詩」。在此，都市（詩）人與都市完全進入「天人合一」的
境界，他們才是都市文明「內生」的新世代，「都市便是他們的自然，
他們的軀體」[87]。所以那將是一種沒有疆界的都市書寫，無處不是
都市，好比無邊的佛法，無邊無際的都市把書寫者籠罩在文本之中，
他們創造了都市，同時又成為都市最基本的運作零件。這是一座「無
邊之城」。

　　這個「互為主體與互為正文」（以下簡稱「雙互」）的都市詩美
學基礎，也是一個很前衛的斷代憑藉。張漢良借用幾位新世代詩人
的詩作跟前行代詩人行比較分析。很可惜，學者的都市理論太前衛，
「雙互」理論與當代詩人的實踐／實驗之間，明顯存在著思考層次
的落差，張漢良這套「超前」的理論依據至少再等個十幾二十年。
在整個第三紀元裡面，台灣都市詩的書寫者與被書寫者（都市）之
間，物我的分際絕對清楚依舊保持高度的敵對姿態，詩人展現的是
越來越激烈的批評策略。即使到了九〇年代中期，情況也沒有改變。

---

[87]　《當代台灣批評大系（卷四）·新詩批評》，頁176。

　　九〇年代後期較大的改變是從「電腦術語」開始。崛起於九〇年代後期的網路世代詩人，對第三紀元時期常用的「積體電路」、「終端機」、「記憶體」等老意象和舊詞彙漸失興趣，完全進入網路世代的他們不再強調電腦的存在，它已經是相當生活化的工具，甚至連科幻技巧都失去魅力。崛起於網路的新銳詩人鯨向海，他的第一本〔平面／紙版〕詩集《通緝犯》（2002）收錄了許多可供討論的「網路世代」的生活寫真與思考樣本。〈狐仙〉（2000）和〈彼此的病症和痛〉（2000）深入地勾勒出網路世代的微妙的情慾起伏和空洞的思維模式，都市消融在言行的背景裡頭，成為生活襯底的音樂。而他的部分詩作正朝向「數位都市」的方向邁進，電腦隱匿在情節或敘述背面，譬如〈這封信請轉交妖怪〉（2000）：

　　　早晨收到三封信

　　　有人送我雙鯉魚

　　　有人向我下戰帖

　　　呸呸

　　　有人

　　　居然寫了祭文

　　　我的朋友啊，這一別

　　　一點也不好玩

　　　那易水深處猶有未能釋懷的冰寒

……

　　你說，我怎麼敢讓你回去呢

　　你這會到處做暗號的劉子驥[88]

這首詩完全不交代三封信乃電子郵件，就開始在電腦螢幕前自言自語，甚至吼了起來。不交代，因為不需要，一起床便去收看電子郵件早已成為網路世代的日常習慣，我們甚至可以稱之為某種「都市行為」。「妖怪」、「雙鯉魚」、「戰帖」、「祭文」，四個名詞九個字，卻是非常豐富的內涵：妖怪是暱稱（暱稱在網路上屬於一種習慣，一種隱匿身分的文化現象），接下來有一封普通的書信、一封其他網路詩友向個人網頁版主（網路新聞台台長）下的挑戰書、一封友人搞怪的祭文，九個字便足以展開一個百無聊賴又百無禁忌的網路世界。再接下去就是作者的回信內容了。〈單身男子鍵結〉（2000）也是如此無聊，卻很寫實。

　　除了隱匿的都市，我們還讀到一種不同以往的「真實」，算不上內容，但可以稱之為生活態度的真實。網路詩人 Elea〔羊男〕的〈汽車旅館·保險套在檯燈附近〉（1997）就用一種親身經歷的、若無其事的語氣來逼近真實的（性）生活：「充滿橡膠氣味的愛情／撕開，穿套／這裡頭既沒有什麼道理／也談不上任何意義」[89]；我們可以想像這種題材落在羅門手裡會是何等光景。其實，這些都離第三紀

---

[88] 鯨向海《通緝犯》（台北：木馬文化，2002），頁120。

[89] 《晨曦詩刊》第三期（1997），頁40。

元不遠，只是題材和自身體驗的距離越來越近，越來越鉅細靡遺，越來越「逼真」。林婉瑜的〈抗憂鬱劑〉（2000）既透明又大膽，直指權威背面的淫威，以及憂鬱症的本源，她的語氣竟是如此不留情面咄咄逼人：

> 你也犯錯嗎？
>
> 你有一雙探進護士裙的手？
>
> 你逃稅嗎？
>
> 你想像病人的身體，一邊手淫？
>
> 你比較想和男人做愛嗎？
>
> 你為自己下處方？[90]

子建的〈手機物語〉（1999）很能夠說明手機世代的人際關係，以及使用者對手機的仰賴程度：「號碼是你尚未脫落的數字臍帶，緊緊黏住了世界的空虛／比起母親的心音；有時，鈴聲更能安撫你失眠的腦神經／……／終於，你開始被一隻暖色系手機給／豢養」[91]。許多必須被批判的敗德或頹廢行為，在都市生活中被正當化／正常化，消弭了人與都市之間的對立。最後，人與物之間的豢養關係，變得混沌不清。

　　網路世代的都市生活寫真令人對他們（以及所謂的「國家前

---

[90] 須文蔚、代橘主編《網路新詩紀：詩路 2000 年詩選》（台北：未來書城，2001），頁 127。

[91] 代橘主編《九九年詩路年度詩選》（台北：台明文化，2000），頁 47。

途」？）感到憂心，這種自然呈現／暴露的創作方式，其實是一種對都市流行文化批評的「內化」。其實他們的思維並沒有退化，只是策略不同。Den 的〈電視機〉(1999) 就比第二、三紀元詩人對電視的省思更敏銳，他關心的是大眾傳媒對訊息真相的把玩與操弄：「那些被決定的現實通過符號轉譯／……／……視野分割的不適當與不確定性／……／沒有親吻被懷疑過，沒有一次性愛曾經搞錯對象／即使證據只存在於被剪去的那格膠卷裡」[92]。他們不再大刀闊斧地抨擊宏觀的都市現象，反而鎖定一些切身的事物，穿透現象直指核心。這就是「成形中」的「第四紀元」都市詩景觀。

網路世代的詩作裡呈現跟以往不同的價值觀、生活內容、面對事物的心態，以及書寫的策略。輪廓分明的都市形象逐漸消隱在敘述當中，「獸化」或「軀體化」的策略只殘留在前行代和中生代詩人筆下，成為第二及第三紀的思維／詩學殘影。

這個「成形中」的都市詩的第四紀元，當然尚未產生代表性詩人，或者任何劃時代的文學地景（如羅門的〈都市之死亡〉和陳克華的〈建築〉）；在這個新詩垂危的時代，沒有誰敢保證上述幾位年輕詩人能夠持續他們的創造力。也沒有誰敢預測，張漢良的「雙互」理論（預言？）會不會在不久的將來全面落實，成為第四紀元最核心的價值與規範。到時，隱匿無蹤的都市詩究竟會成為無邊之城，

---

[92] 《九九年詩路年度詩選》，頁 20-21。

或者數位都市？還是徹底消失，不再需要（也無從）去討論它？如果每一首詩都成了都市詩，當然沒有分類和討論的必要。

充滿可能和未知的第四紀元，會不會成為台灣都市詩研究的終點？這個答案，至少要再等二十年。

六、結　語

五十年來台灣都市詩的發展，脈絡相當清晰。我們可以根據各時代重要都市詩人的寫作策略或美學特徵，以及它們藉以滋長的理論資源或現實環境，劃分成四個紀元。透過四個紀元的分析與比較，足以呈現台灣詩人跟都市之間，從彼此對峙到相互消融的創作歷程。

日據時期的零星都市詩創作，以及偏向寫實主義的社會批判精神，說明了剛開始都市化的環境，只能培育出相等質量的都市詩。三〇年代只能算是都市詩的萌芽期。直到五〇年代初期，以吳望堯為代表的第一紀元，才正式開創了都市文明的多元書寫，也替第三紀元的科幻詩埋下引線。一九五八年，羅門揭開了第二紀元，在強烈道德批判意識的驅使下，他和李魁賢等人展開全方位抨擊現代都市文明罪惡的負面書寫，恢弘地建立了台灣都市詩的版圖。一九八一年，陳克華開創了第三紀元，加上林燿德、林群盛等人陸續崛起，從科幻角度形塑出一幅都市末日圖景，並產生許多革命性的創意。到了九〇年代末期，都市意象逐漸消融在生活敘述當中，人與都市

互為主體,網路世代詩人紛紛冒起,啓動了另一階段的都市詩探勘。

　　台灣都市詩歷經五十餘年的發展,已成爲現代詩史上的重要地景。都市詩研究的幅員相當遼闊,可供多種理論進行論述與剖析。限於篇幅,本文僅以發展史的宏觀視野,整理出主要脈絡與代表詩人,同時留下若干有待單獨辯證的議題。

亞洲閱讀：
都市文學與文化（1950-2004）

定義與超越

台灣都市詩的理論建構

[*62*]

亞洲閱讀：
都市文學與文化（1950-2004）

定義與超越

——台灣都市詩的理論建構

一、界定：都市與都市詩

在討論「都市詩理論」的建構問題之前，必須面對「都市詩」和「都市」的界定，否則再浩大的論述到頭來也只能界定一座蜃樓。最有資格界定「都市」的，當然不是詩人，詩人只是都市的使用者與冥想者；從客觀和專業角度來看，從事都市發展計畫的建築師，以及研究都市社會學的學者，應該是更理想的人選。

曾獲美國普立茲克建築獎的義大利籍都市計畫建築師亞鐸‧羅西（Aldo Rossi,1931-1997）對都市的了解，跟詩人截然不同，他完

全是以詩人最痛恨的「建築」為根據，當他「描述城市時，浮現在腦海裡的主要是城市的造型。此造型為具體經驗中所反映出的實質形體。雅典、羅馬、巴黎的城市造型完全由其建築所歸納形成，因此我便由城市建築著手探討城市錯綜複雜的問題。……因為造型似乎歸納了所有都市人為事實的特徵及起源」[1]。在大部分台灣讀者印象中，都市詩人經常將現代都市的建築「獸化」，並賦予導致生活痛苦的各種罪名。其實在更早的年代，法國建築學暨都市學大師柯比意（Le Corbusier, 1912-1965）在一九二五年出版的名著《都市學》的前言裡，寫下他更具震撼力的都市觀：「它是人類對於自然的操控。它是人類對抗自然的行為，一種庇護與勞動的人類組織機構。它是一種創作」[2]，值得注意的是：當時他正針對一個三百萬人口的國際大都會——巴黎——提出一個都市發展計畫（即使從七十八年後的今天看來，當時巴黎的規模仍然是世界級的），所以那是一個宏觀的都會關懷下的感受。人與自然之間的關係，在柯比意的理解中竟成了「對抗」和「操控」！那可是都市詩人前仆後繼地打倒都市，極力跟大自然重修舊好的反調！

　　這種建築學的專業視野一般市民實在難以駁斥，好比軍人對戰爭的分析，生命只是沙盤推演時的統計數據。也許都市詩人會說：如果羅西和柯比意多幾分人文關懷，可能不會提出如此的看法。可

---

[1] Aldo Rossi 著，施植明譯《城市建築》（台北：田園城市，2000），頁 29-31。
[2] 柯比意著，葉朝憲譯《都市學》（台北：田園城市，2002），頁 7。

是「人與自然」、「人與都市」之間的關係,果真像都市詩人在詩中描述的樣子嗎?消滅了都市,人會活得更快樂嗎?曾任職設計師於蘇黎世、慕尼黑、維也納、台北、三藩市等地建築師事務所、現任中原大學室內設計系主任胡寶林副教授,則以另一種眼光界定都市:「城市是一個精神文化龐大的組織,也是一個物質文明生產和消費的大機器。城市消費農村的產品,也消費大地的自然:森林、水源、泥土和人力」[3]。這種「消費中心論」的看法比較能夠讓人接受,因為它跟我們的「成見」非常接近,但不夠「邪惡」。

　　台灣最具代表性的都市詩人羅門,對都市下了個簡單的界定:「『都市』顯然是借助科技力量,不斷發展物質文明,呈現不同於『田園型』生活空間的另一個屬於『都市型』的特殊生活空間:也是工商業的集居之地;甚至幾乎是經濟、政治、文化活動的中心」[4]。其實羅門並沒有正面界定都市的內涵,主要還是採用「田園排除法」來確立它的特殊性。對羅門進行過崇拜式評述的林燿德,(暗地裡)對這種排除法不以為然,他在談論八〇年代台灣都市文學時指出(並不針對羅門的看法):「『都市』一詞在讀者的聯想中太容易被化約為與『鄉土』、『山林』對立的地域和某些特殊屬性人群的集聚市場……

---

[3] 胡寶林《都市生活的希望:人性都市與永續都市的未來》(台北:台灣書店,1998),頁25。
[4] 羅門《羅門創作大系·(卷八)羅門論文集》(台北:文史哲,1995),頁93。

在此筆者賦予『都市』一詞一個非常武斷的定義——流動不居的變遷社會」[5]。這個「狡猾」的定義比羅門的「田園排除法」更空洞，更像一句流動不居的廢話。

　　「都市」是一種空間形式，也是一種文化形態；而「界定」根本就是一件見人見智的主觀行為，界定者的生活經驗和學養視野，在很大程度上主導了他對都市的成見。關於都市定義的研究，我們可以參照都市規劃與建築大師劉易士・孟福（Lewis Mumford, 1895-1990）在都市學經典鉅著《歷史中的城市》（1961），他從最根本的古代城市起源來展開四千年的城市發展史論述，他認為城市的胚胎構造原來就存在於村莊之中，它是人類社會各種禮儀、信仰、功能、機制、資源和權力的集中，集中後再不斷擴大和發展；它在四千餘年的漫長歷史發展中，成為人類文明和慾望的據點，保護著它的子民的同時，卻又引發因被征服而帶來的破壞[6]。換言之，城市的前身是由很多個大村莊的生活機能匯集而成的，大量聚集知識和資源後再生產出新的秩序和文化，所以它並非鄉村的對立面，而是鄉村的「功能提昇與文明進化階段」。

　　另一位都市規劃與建築大師凱文・林區（Kevin Lynch, 1918-1984）在其經典名著《城市意象》（1960）中指出：「城市如同

---

[5]　林燿德《重組的星空》（台北：業強，1991），頁 208。
[6]　劉易士・孟福著，宋俊穎、倪文彥譯《歷史中的城市——起源、演變與展望》（台北：建築與文化，2000），頁 27-47。

定義與超越
——台灣都市詩的理論建構

建築,是一種空間的建構,……城市不但是成千上萬不同階層、不同性格的人們在共同感知(或是享受)的事物,而且也是眾多建造者由於各種原因不斷建設改造的產物」[7]。由此可見,空間形式與規模乃都市的形下基礎,各種生活與政經機能是形而上的網絡,它聚集了全部的人類智慧和動力,不斷產生下一代的新興文化。都市是一座兼具生產(知識與文化)與消費(能源與物資)的空間建築,也是國家和歷史(興、衰、存、亡)的動力源泉。「都市詩」的涵蓋面積理應與都市「對等」,範圍極為遼闊,所有跟都市空間和生活相關的詩(至少包括:生活、消費、政治、文化、歷史、價值觀、慾望、建築、事件),都可以定義為「廣義的都市詩」;至於那些在書寫過程中特別強調「都市」的概念(進行本質性的形上辯證),或鎖定明確的單一都市(刻劃其歷史、文化、消費特質,或獨特的個人記憶)的詩作,即是「狹義的都市詩」。當然,真正決定優劣成敗的因素,在題材的取捨、表現手法和探勘的深度。

　　「都市(詩)界定」往往是眾聲喧嘩,卻無法取得共識。都市詩人對「都市」的界定不是那麼在意,他們似乎有一個約定俗成的做法:一筆跳過「都市」,直接去界定、評析、創作所謂的「都市詩」。

　　張漢良特別強調「都市詩研究」的主從關係:「許多都市文學批評言談往往閱讀的是都市,不是詩,往往忽略了正文化過程。粗糙

---

[7] 凱文・林區著,方益萍、何曉軍譯《城市意象》(北京:華夏,2001),頁1。

的摹擬論與衍生論假設素材和作品間的對應與因果關係。根據這種假設，以都市為素材或狀寫都市的詩皆可稱之為都市詩，都市詩是都市的主題化或實體化」[8]。他所謂的「正文化過程」指的是詩人在書寫都市詩之際，其實也在被都市反過來書寫，雙方互為主體又互為正文，許多隱而不見的影響會浸透到文本裡去。他認為這個書寫過程在意義上，跟過去很不一樣，值得從這個角度重新界定都市詩。

　　張漢良的都市詩界定能否成立還是一個問題，如果用他相對狹窄的觀點來省視台灣詩史，能稱為都市詩的作品實在所剩無幾。倒是被他嫌棄的看法──「以都市為素材或狀寫都市的詩皆可稱之為都市詩，都市詩是都市的主題化或實體化」──比較能夠保留都市詩史的完整面貌。「主題化與實體化」並沒有什麼不對。越狹義的界定（可能看起來也越專業、越精確），越是掛一漏萬，從來沒有任何一個「都市詩」的定義可以滿足所有的學者和讀者，以後也不會沒有。都市本身是浮動的，有關它的界定也是，所以不妨先從較寬廣的主題學角度來「暫定」它的「基本範疇」──主要探討／反映都市現象與本質，或以都市空間為主要舞台／媒介的詩作。隨著本文即將展開的論述，將進行調整與辯證。

---

[8]　張漢良〈都市詩言談──台灣的例子〉，收入孟樊編《當代台灣批評大系（卷四）‧新詩批評》（台北：正中書局，1993），頁 158-159。

二、草創：羅門的「第三自然」

六○年代的台灣文壇，幾乎籠罩在沙特的「存在主義」和尼采的「悲劇精神」的陰影底下，剛崛起於詩壇的羅門當然也無法免疫，他先後寫下〈現代人的悲劇精神與現代詩人〉（1962）、〈談虛無〉（1964）、〈對「現代」兩個字的判視〉（1968）、〈悲劇性的牆〉（1972）、〈人類存在的四大困境〉（1973）等思路粗淺的文論。稍嫌薄弱的理論基礎，卻逐漸成為羅門的核心思想，貫穿往後三十餘年的詩作和詩學理念。沙特和尼采的形上思考，在很大的程度上主導了羅門對都市（人）的觀察，並且跟他與生俱來的道德人格相互合成，漸漸形成一種羅門式的存在主義哲學思考。羅門認為存在永遠是一種悲劇，現代人除了感到生存的壓力之外，他們對一切已缺乏永恆的信心，此悲劇源自人類對生存的懷疑與默想，以及因死亡的威脅而產生的惶恐、絕望和空漠感，而人類先後藉助神祇與形上思維，企圖超越此一困境，但越是向內尋找，痛苦的程度越深[9]。這種對生命理解上的空洞，讓現代人墜入虛無之境，在悲劇的牆裡茫然地苟活著，無法像希臘人自苦難中超越。這個空洞，致使現代人崇拜物質、放縱於性慾，羅門強烈的道德批判意識，令他對現代人的沉淪不拔感到無比的悲痛，他將這種沉淪於物慾的生存趨勢，視為現代人的「悲

9　《羅門創作大系·（卷八）羅門論文集》，頁49。

劇」。這套「存在主義式悲劇精神／美學理論」[10]幾乎圍繞著他詩創
作的四大主題：（一）人面對自我所引發的悲劇、（二）人面對都市
文明與性所引發的悲劇性、（三）人面對戰爭所引發的悲劇性、（四）
人面對死亡與永恆的存在所引發的悲劇精神[11]。羅門對都市詩的思
考根據，即源自第一、第二個主題。

　　在台灣現代詩史上，從來沒有出現過如此嚴謹、形上的詩學思
考。這套以都市詩為思辨例證，進而探索現代（都市）人的生存境
況的美學理論，在很大程度上可以等同於「都市詩理論」。羅門所有
的都市詩創作，皆可納入這個理論的思考網絡，並獲得充分的印證。

　　站在一個充滿悲劇精神的現代虛無論的位置，羅門不僅僅對現
代都市文明展開充滿憂患意識的道德批判，他在「存在主義式悲劇
精神／美學理論」基礎上，進一步提出「第三自然」的超越境界。

　　羅門的「第三自然」美學理念／理論的形成，最早表現在〈詩
人創造人類存在的第三自然〉（1974）一文。再經過十餘年的創作實
驗與反覆思辨，他又發表了〈從我詩的「第三自然」螺旋型架構看
後現代情況〉（1988）、〈「第三自然螺旋架構」的創作理念〉

---

[10] 羅門的「存在主義式悲劇精神／美學理論」在拙作《存在的斷層掃瞄—
　—羅門都市詩論》的「第二章·第一節：從本體到現象的存在思考」，有詳
　盡的論述與辯證，在此僅作扼要的敘述。（詳閱：陳大為《存在的斷層掃瞄：
　羅門都市詩論》（台北：文史哲，1998），頁 9-29）
[11]《羅門創作大系·（卷八）羅門論文集》，頁 183-184。

（1990-91）、〈從我「第三自然螺旋型架構」世界對後現代的省思〉
（1992）、〈談都市與都市詩的精神意涵〉（1994）等文論。其中最完
整、嚴謹的論述莫過於經過長時間沉澱和修訂的〈「第三自然螺旋架
構」的創作理念〉。這些文章大多收錄在一九九五年版的《羅門創作
大系·（卷八）羅門論文集》，堪稱台灣都市詩理論發展史上的一座
豐碑。

　　翻開《羅門創作大系》的總序〈我的詩觀與創作歷程〉，即可看
到羅門經常不自覺表現出來的，宗教意味本為濃厚的「詩人宣言」：
詩人是人類荒蕪與陰暗的內在世界的一位重要的救世主，並成為人
類精神文明的一股永恆的昇力，將世人從「機械文明」與「極權專
制」兩個鐵籠中解救出來，重新回歸大自然原本的生命結構，重溫
風與鳥的自由[12]。他認為「詩人」必須有正義感、是非感、良知良
能與人道精神，不但關心人類的苦難，還要解決人類精神與內心的
貧窮，進而豐富、美化人類的生命與萬物[13]。這個極為罕見的道德
使命感，讓羅門站在一個鳥瞰都市各種生存環節的高度，嚴厲地指
證都市帶來的亂象與道德沉淪，再透過詩的力量來力挽狂瀾。這個
承載著現代人生存悲劇的空間，即是他所謂的「第二自然」——是
高科技的物質文明開拓出來的「都市型的生活環境」。

　　羅門對「第一自然」及「第二自然」的思考，皆以人類生存狀

---

[12]　《羅門創作大系·（卷八）羅門論文集》，頁 9-11。

[13]　《羅門創作大系·（卷八）羅門論文集》，頁 21。

態爲本位，屬於形而下的現象論層次。他將「第一自然」定義爲「接近田園山水型的生存環境」，實際上它不等於純粹的大自然，而是一片經過人類耕作及建設的「田園」。至於他筆下的「大自然」，則有兩組重要的意象：（一）「山、水」──「視覺層次」的大自然象徵。當他在描敍都市建築對自然景觀的摧毀與吞噬，「山水」必然成爲被害者的「大自然代碼」；（二）「風、鳥」──「感覺層次」的大自然精神內涵。風的逍遙與鳥的翱翔都是現代人奢望的自由，它兼具行動意義的形下自由，以及心靈舒解的形上自由。羅門對「田園／第一自然」的設計與了解，偏向西方的田園詩，他以感性的「氣氛」爲觀測點，不只抽離了牧人和農人，甚至根本沒有任何人「生活」在田園之中。所謂的「生活」遂淪爲「視覺、聽覺與感覺」的綜合印象：「人類生活在田園寧靜的氣氛裡，視覺、聽覺與感覺所接觸到的一切，均是那麼的平靜、和諧、安定與完整；寧靜的自然界好像潛伏著一種永恆與久遠的力量，支持住我們的靈魂；而在都市化逐漸擴展的現代，我們活在緊張的生活氣氛中，視覺、聽覺與感覺所接觸到的一切，都是那麼的不安、失調、動盪與破碎；於動亂的都市裡，好像潛伏著一種變幻與短暫的力量，隨時都可能將我們的精神推入迷亂的困境」[14]。可見「寧靜」的田園（構想）是爲了烘托出「不安」的都市（現況）。羅門構想中的田園只是「理想中」的優質生存空間，完全漠視現代農民在農產品行銷過程中的被剝削處

---

[14] 《羅門創作大系‧（卷八）羅門論文集》，頁81。

境，風災水禍的疾苦等因素，更別提古代農業社會在政經體制下農
奴般的劣境。

羅門的「田園型的大自然生活空間」，完全是從詩人的視覺與心
靈角度來定位的；他深信那片一望無際的遼闊田園，能使（都市）
人進入寧靜、和諧與含有形而上性的「天人合一」自然觀之心境；
有利於建立「悠然見南山」、「山色有無中」的空靈詩境。這些詩境
的產生，卻又說明了陶淵明、王維在這個存在層面裡得不到心靈的
滿足，必須借助詩歌的藝術力量，方能進入無限開展的「第三自然」
內心境界。

根據羅門的理論架構，由李白、杜甫、陶潛、王維、里爾克、
米羅、畢卡索、貝多芬、莫札特等人的靈視建構出來的「第三自然」，
等同於上帝所設造的「天國」，是一個「永恆的世界」，它是詩人與
藝術家超越了「第一自然」及「第二自然」的有限境界與障礙，將
一切轉化到更純然、更理想、更完美的「存在之境」[15]。換言之，
都市人必須透過這些具有昇華能力的「特定文本」，晉昇到「第三自
然」的存在境界。昇華都市人的心靈，遂成為現代詩人的重大使命。
羅門為「第三自然」的審美與昇華過程設計了一套「第三自然螺旋
型架構」，更表示它透過不斷超越與昇華的創作生命，確已發現與重
認到另一種永恆存在的形態，它是一種在瞬息萬變的存在環境中，
不斷展現的、永遠不死的超越的存在。

---

[15]　《羅門創作大系·（卷八）羅門論文集》，頁 115。

　　羅門的「第三自然螺旋型架構」的創作理念對物體的審美結果，
與海德格有相當程度的神似，理念與方法的「傳承」十分明顯，而
且「第三自然」理念存在著不少問題[16]，但它卻能說明羅門面對陷
入非本真結構中的都市人，所觸發的強大道德動力與思考方向。他
確實企圖透過詩的力量，將這些「常人」從生存的困境中救出來。「詩」
就是羅門的宗教，「第三自然」就是他的文化／藝術天堂，那是一個
他努力營造的境界，用來超越這個黏滯的現實。

　　不管羅門投入多大的心血，最殘忍的事實是：「第三自然」根本
無法落實，那是一個幻境，所以羅門在創作時終究離不開「現代都
市／第二自然」。羅門選擇與「第二自然」對話的其中一個重要因素，
是他察覺到「都市詩」在傳達現代人生活實況時，具有明顯的透視
力與剖解實力，尤其都市生活中不斷萌生的前衛資訊和流行思維。
他企圖緊緊扣住「第二自然」這個對話者，以貫徹他的美學理念、
道德批判、人道關懷、本體及現象論的存在思想。很弔詭的是：當
他與「第二自然」對話之際，即主動又被動地加速了詩歌語言的節
奏，被書寫對象的脈動牽著走，都市化的閱讀節奏加上都市題材本
身的不安與沉淪，所達致的第一層閱讀感受，即是另一次感覺的沉

---

[16] 有關「第三自然螺旋型架構」與海德格〈藝術作品的本源〉一文的審美
　　方法之比較，以及「第三自然」在理論架設上的缺憾，詳見：陳大為《存
　　在的斷層掃瞄》的「第二章‧第二節：從『第一自然』到『第三自然』的
　　存在境界」後半部（頁34-40）。

淪，之後才轉變成反省。這種被都市生活節奏「都市化」的文本，絕對不可能產生「第三自然」心靈境界的昇華作用。倒頭來，讀者仍然受困於「第二自然」當中，閱讀著本身的現身情態。

都市在羅門詩裡，一直被當作罪惡的淵藪，一種原罪式的形象；而且羅門採取宏觀的大眾代言人視野，一副替天行道的姿態，來圍剿一無是處的現代都市文明。所以《羅門創作大系·（卷二）都市詩》收錄的三十九首都市詩，全都屬於對「第二自然」的現象批評。從道德規範淪喪、物慾橫流的〈都市之死〉（1961）、〈進入週末的眼睛〉（1968）和〈咖啡廳〉（1976）、生活步調令人窒息的〈都市的旋律〉（1976）、充滿孤寂與疏離的〈傘〉（1983）、刻劃流行文化與消費心理的〈「麥當勞」午餐時間〉（1985）、強調深層異化的〈玻璃大廈的異化〉（1986）、控訴生存空間被擠壓的〈都市心電圖〉（1990），到敘說傳統文化流失的〈都市的變奏曲〉（1992），羅門賣力地展示都市文明的陰暗面，三十年如一日。以確保映入讀者眼簾的盡是：建築空間的壓迫、機械化的生活步驟、物質文明對人性的扭曲、自由意識的消失、空洞虛無的存在境況。羅門將都市人的心靈及道德的淪喪，縮寫／簡化成「物慾」和「性慾」兩個母題，並嚴厲指責都市的物質文明大量製造物慾與性慾，以致都市人被高度消費性的物質文明矇蔽了心靈，所有的思想行為都環繞在慾望的滿足上。在他筆下，「第二自然」儼然是形下悲劇與達達式虛無主義的最佳載體，實乃「惡」的化身。

三、辯證：張漢良與林燿德

　　台灣都市詩的前行代詩人當中，只有羅門建構自己的一套都市詩理論；新世代詩人林燿德在詩人羅門和詩評家張漢良的理論基礎上，力求突圍。基於時序前後，以及三人之間的「啟／承」、「破／立」關係，本節必須先討論張漢良的理論建構工作。

　　相對於羅門苦苦經營他的第三自然，為都市詩的理論基礎進行滔滔雄辯，更多的台灣詩人（尤其非都市地區）採取一種「城鄉對立」的書寫策略，奮力抗拒、控訴都市文明對民風淳樸的田園農村所造成的破壞。都市文明在他們的理解和感受中，將台灣社會一分為二，區分成扮演著消費角色的「都市台灣」，和扮演生產角色的「農村台灣」。

　　這種意識的形成，讓部分以鄉土素材為創作主軸的詩人，退守一方，將最後的、美好的世界簡化成所謂的「田園」。

　　一九八八年十二月，張漢良發表了一篇極為重要的〈都市詩言談——台灣的例子〉，企圖為台灣都市詩重新定位。他這篇論文企圖透過各種有關都市詩這種對象語言的後設語言的發展史，來「重新界定」都市詩；其次，以田園詩的創作意識為起點，討論台灣都市詩的發展。他在論文的第一節，作了一個大膽的假設：「假設都市詩的興起『果然』是基於城／鄉的對立，基於一浪漫主義式『田園詩（牧歌）』的形而上與心理慾求，正如它在西方被視為肇始於浪漫主

義運動（Versluys, 10-17）[17]，那麼我們逆歷史之流漫步到台灣的『田園模式』大敘述，亦即我當時惘然的情形。根據這種城／鄉對立的神話，都市與鄉村也分別被賦予對立的道德含義，其結果便是『被譴責的都市』（ "The City reviled," Versluys, 15）」[18]。他例舉了吳晟的〈路〉（1972）和余光中的〈控訴一枝煙囪〉（1986），來說明「這種化約式的城／鄉對立，使上述作品成為都市詩的邊緣變奏」[19]。

　　來自濁水溪的詩人吳晟站在田園的擁護者視角，埋怨都市文明（電器文明）的入侵，電線桿作為電器文明最根本的象徵，徹底改變了「吾鄉」原本自在、寧靜、閒散的生活。這種「未蒙其利，先受其害」的都市感受（或想像？），對生活步調被迫大幅調整的農村社會居民而言，自然特別強烈。家住高雄的余光中，則以工廠的煙囪為主要控訴對象，從反空氣污染的角度，指出工業化／都市化摧毀了南台灣原本潔淨的空氣品質。曾經久居香港十一年的余光中，好不容易住到空氣品質較佳的南台灣，自然不希望惡夢重臨。從「心理慾求」的角度而言，這種說法確實可以成立；至於論文中的第三個例子——沙穗的〈失業〉（1974）——也頗能夠說明「城／鄉對立」

---

[17] Versluys, Kristiaan. *The Poet in the City: Chapters in the Development of Urban Poetry in Europe and the United State (1800-1930).* Studiea in English and Comparative Literature 4 Tubingen: Gunter Narr, 1987.

[18] 張漢良〈都市詩言談——台灣的例子〉，收入孟樊編《當代台灣批評大系（卷四）·新詩批評》，頁166。

[19] 《當代台灣批評大系（卷四）·新詩批評》，頁171。

如何在台灣變成「北／南對立」。張漢良更進一步否定了這種化約的
城・鄉對立模式：「類似的以廣泛的田園詩（牧歌 pastoral）來化約
詩史的流弊，威廉斯（Raymond Williams）在《鄉村與城市》（1973）
中已有批駁。非但過去／現在、鄉／城的對立是假象，其中有太多
中介現實，使它們的對立關係成為辯證；在歷史洪流中，這種化約
式的對立更無法落實」[20]

　　既然高屏詩人沙穗的詩作所代表的──「城／鄉對立」在台灣
變成「北／南對立」──命題可以成立[21]，那台灣社會便順理成章
地分割成對立的南北，台灣的都市詩更應該針對南北詩人的「內在
的心理慾求」、「外在的都會生活感受」兩大要項，類分為「南都市
詩」和「北都市詩」。前者泛指「不住在大台北或北台灣都會地區的
南部詩人（隱含東台灣等更偏遠地區）」，後者則是「住在北台灣都
會區的北部詩人」。張漢良以「南詩」為例，來推論都市詩的產生，
必然產生巨大的論證偏差。他必須同時例舉並解釋「北詩」譴責都
市文明的動機，因為「北詩」才是台灣都市詩的大宗；還有為何「近
十年來，文學獎的頒贈可以大略顯示都市詩已成主導文類」[22]？是

---

[20]　《當代台灣批評大系（卷四）・新詩批評》，頁 161。
[21]　就個人的主觀印象與認知來看，要是張漢良為「北／南對立」展開大規
模的辯證，相信一定可以確立這項論點。但本文沒有足夠的篇幅去替他完
成其餘的舉證工作，所以只能暫時採納他的說法。
[22]　《當代台灣批評大系（卷四）・新詩批評》，頁 166。

住在北部都市的評審群認同了這種「一昧譴責」的書寫策略，還是
另有原因？

其次，張漢良針對「被譴責的都市」所展開的辯證，其理論根
據完全來自詩歌理論和詩歌創作文本，完全沒有參考任何（台灣）
都市社會學的研究成果，這種封閉性的「假設性的推論」，十分危險。
既然他強調都市詩乃詩人與都市「互爲主體與互爲正文」的書寫，
就不能光是以詩論詩了。

張漢良花了很大的力氣，去論證台灣詩人的「田園心理」對「被
譴責的都市（正文）」的產生，有其決定性的影響；最終目的便是企
圖從「寫作動機／因素」的層面，爲台灣都市「重新斷代」，進而完
成「重新界定」的工作。

簡而言之，從前那些由外力——「田園心理」——激盪而生的
「反都市詩」，不再視爲都市詩；唯有不假（田園的）外力，僅由都
市體制內部的因素與都市人的「自覺」，相互催發、自然生成的，才
是真正的「都市詩」。在此，都市（詩）人與都市完全進入「天人合
一」的境界，他們才是都市文明「內生」的新世代，「都市便是他們
的自然，他們的軀體」[23]；而他們對語言信念的改變，則是另一個
關鍵。

所以，「斷代」是最迫切的。

「互爲主體與互爲正文」是〈都市詩言談〉提出的都市詩美學

---

23 《當代台灣批評大系（卷四）・新詩批評》，頁 176。

基礎，也是一個斷代憑藉。張漢良借林彧的〈在鋼架的陰影下〉(1981)
和羅門的〈玻璃大廈的異化〉(1987)來進行比較分析。他認為：「台
灣都市詩的大宗師羅門，始終懷抱著象徵主義『迷思』，相信文字的
魔術與規模功能，詩作為第三自然，中介了，化解了，也超越了互
相衝突的第一自然（原始的大自然）與第二自然（都市）；而新生代
的都市詩人，如林彧、林燿德，卻往往對語言的功能質疑」[24]；唯
有林彧在此詩察覺到都市與自然其實早已分不開，他忍不住用「雨
後的菰群」來譬喻冒起的大樓，都市人眼中無法泯除的鋼筋大廈已
然書寫入都市人的軀體，自然（「菰群」）、都市（「大樓」）、發動符
號表意工程的軀體（林彧），三者已經混為一體無從區分。張漢良認
為它們的互為主體與互為正文書寫是他所謂的都市詩。對新生代都
市詩人而言，都市便是他們的自然，他們的軀體[25]。

　　其實，張漢良在〈都市詩言談〉裡引述〈在鋼架的陰影下〉一
詩，作為「互為主體與互為正文」的論證，是非常薄弱且危險的。
羅門的第三自然「理論」固然可視為「仲介了第一自然與第二自然
的衝突」，但羅門的「詩作」卻是直指第二自然的現象和本質；就「詩」
論詩，羅門對都市文明的批評心態和層次，跟林彧沒有差異，只是
表現手法和策略不同。張漢良舉的詩例乍看之下，或許能夠突顯二
者之不同；要是換上林彧的〈分貝〉、〈夢見一群人〉、〈單身日記〉、

---

[24]　《當代台灣批評大系（卷四）‧新詩批評》，頁 165。
[25]　《當代台灣批評大系（卷四）‧新詩批評》，頁 176。

〈積木遊戲〉、〈名片〉等詩作，跟羅門眾多詩作之間的差異，就小得可以不必討論[26]。個案的比較，不足以支持一個理論。

況且，我們也可以從另一個相反的角度來詮釋〈在鋼架的陰影下〉，使它成為張漢良的「反證」。〈在鋼架的陰影下〉主要刻劃都市人「在鋼架的陰影下」，逐漸養成一種機械化的生活習慣和秩序，許多都市化／現代化物件「取代」了大自然的「溪瀑」、「山光」、「花田」，都市文明「篡奪」了大自然的角色和位置，重新調整人類的生活習性與內容，正式進入另一個文明階段的統治和管理。此詩應當朝向「篡奪」的方向進行詮釋，絕非張漢良所謂的——「已經不可分」——的「相融」狀態。至於「菇群＝大樓」的思辯邏輯，實在太片面（即使擴大到全詩的意象使用也一樣），林彧清楚意識到大自然的撤退，更強烈地感受到都市文明的統治，大自然並沒有從地球上消失，只是撤出都市人的生活圈，都市建築只是另一個生活環境，並不等於「他們的自然」。「菇群＝大樓」不過是一個視覺性的比喻。都市與詩人可以歸納成一組，但還不是一體，因為書寫者（詩人）與被書寫者（都市）之間，尚處於敵對狀態。

林彧在此詩中處理都市和自然的角色關係，屬於寫作技巧或策略層面的問題，類似的情況可以在二十年前找到例子，譬如方旗在

---

[26] 林燿德認為「林彧在《夢要去旅行》（1984）和《單身日記》（1986）中仍然有羅門『第二自然』中的人性／文明矛盾」（《重組的星空》，頁213）。羅門和林彧的都市詩，交集之處很多，甚至可以歸為一類。

〈初抵紐約〉（1963）一詩中，將雨夜裡的摩天大樓群所構成的天際線，比譬成「紐約突起黑鯨觸天的脊梁」[27]，吞沒了驅車如行舟的遊子心靈。蓉子在〈我們的城不再飛花〉（1965）更把建築物（跟余光中一樣）加以「獸化／昆蟲化」：「入夜，我們的城像一枚有毒的大蜘蛛／張開它閃漾的誘惑的網子」[28]。將都市比喻為「叢林」或「獸化」本來就是行之有年的老技法，〈在鋼架的陰影下〉不具備任何「斷代」的意義，因為它依舊籠罩在前驅詩人的鋼架陰影底下。

「互為主體與互為正文」理論，即使加上張漢良徵引的另一首林彧的〈B 大樓〉（1982）和林群盛的〈那棟大廈啊……〉（1987），同樣無法完成斷代或界定的目的。儘管他強調：「詩人對凝視現象的自覺是都市正文化的開始，他們看到的現象是軀體的反射。林彧看到 B 大樓是自己的身體；更年輕的詩人林群盛看到大廈的律動是一顆巨大的心臟」[29]。「自覺／看到」是張漢良在這一節論述的主要據點，但他倆果真是「自覺／看到」自己「軀體的反射」嗎？林群盛的問題最容易解決，只要將此詩置入他的詩集《超時空計時資料節錄集Ⅰ：聖紀豎琴座奧義傳說》，就可以清楚而準確地看到林群盛受到日本卡漫的深遠影響。日本卡漫的「超時空」、「異次元」科幻思

---

[27] 收入齊邦媛編《中國現代文學選集・詩》（台北：爾雅，2002 再版 [1983 初版]），頁 240。

[28] 收入馬悅然等編《二十世紀台灣詩選》（台北：麥田，2001），頁 202。

[29] 《當代台灣批評大系（卷四）・新詩批評》，頁 178。

維已滲透到林群盛創作的源點與核心,〈那棟大廈啊……〉真正的靈感並非「自覺／看到」自己「軀體的反射」,而是科幻化的思維習慣使然,它的出現正象徵著詩壇的文化代溝,對前輩詩人的衝擊一定很巨大。這首詩當然算得上是都市詩,可是當它還原到林群盛的創作系統裡去,便可判讀出他的創作動機應該不會是「自覺／看到」自己「軀體的反射」。

這兩首詩應該視爲一種創意（別出心裁的創作設計）的表現,兩位詩人皆用最古老的擬人化手法融合寓言或科幻的視覺形象,將大樓「軀體化」,成爲一則都市寓言。如果「互爲主體與互爲正文」理論可以在這類型的詩例上成立,那羅門的每一首都市詩,以及更早以前的黃用、鍾鼎文等已故老詩人的都市詩都可以成立。其實張漢良也在化約林彧和林群盛（他對的二人詩作的論述極爲簡略）,進行一場非常主觀的詮釋。可惜的是：學者的都市理論與詩人的實踐／實驗之間,明顯存在著思考層次的落差,換言之,理論比詩作來得前衛,張漢良的理論依據必須再等十年[30],他的〈都市詩言談〉將找到更好的例證和思考方向。

第三個必須處理的問題是電腦對都市正文的書寫所產生的影響。張漢良正逢台灣電腦化時代的開端,當他讀到青年詩人作品中

---

[30] 即使到了九〇年代中期,台灣都市詩的書寫者與被書寫者（都市）之間,物我的分際絕對清楚依舊保持高度的敵對姿態,詩人展現的是越來越激烈的批評策略。林燿德便是最好的範例。

出現了許多「積體電路」、「終端機」、「記憶體」的嶄新詞彙／意象，登時驚爲天人，讓他強烈感覺到：「語言／文字符碼有了新的規模方式，這種書寫方式的革命區分了林燿德和前行代的詩人」[31]。他在論文的最後提及林燿德的〈五〇年代〉（1986），並指出以「電腦寫作」的林燿德創作的「這首八〇年代都市詩人書寫的正文中看不出任何摹擬性的都市，既無換喻，亦無暗喻。然而都市科技書寫了他，正如他書寫了一個詩中隱而未見的都市。因此我們對素材作爲都市詩的界說，應該重新考察」[32]。

我們暫且不去爭論張漢良到底是否「過度詮釋」這首詩，但工具語言的變革所帶來的書寫／思考上的裂變，能否作爲都市詩重新界定的根據？這個問題不宜急著解答，因爲電腦時代才剛剛開始。再等十年過去，極大多數詩人都使用電腦之後，「積體電路」、「終端機」、「記憶體」等詞彙／意象登時變得老舊不堪，完全進入電腦世代的詩人反而不再去強調電腦的存在，它只是一種工具，如此而已。從後見之明的位置回顧林群盛的〈沈默〉（1987），當時眾多詩評家的高論立時顯得少見多怪。至於各種字型變化和排版技術的運用，背後傳達的意念也經常被過度詮釋，可以斥之爲文字遊戲（甚至當垃圾看待），也可以套進一堆自圓其說的前衛理論。

張漢良的「互爲主體與互爲正文」理論尚處於不穩定狀況，算

---

[31] 《當代台灣批評大系（卷四）·新詩批評》，頁 180。
[32] 《當代台灣批評大系（卷四）·新詩批評》，頁 183。

是一個思考的雛型，不但例證不足，且過於主觀和偏狹。大業未竟
的他，卻成功為「後來者」提供了一個很具前瞻性的方向。林燿德
便是這個「後來者」。

　　林燿德曾經發表幾篇歌頌羅門都市詩的評論，即使在〈在文明
的塔尖造塔——羅門都市主題初探〉（1986）一文，也看不出林燿德
自己的都市觀。同年年底，發表的〈組織人的病歷表——論林彧有
關白領階級生存情境的探索〉（1986），也是延伸自評論羅門的批評
視野，毫無新意。唯有他緊接在張漢良〈都市詩言談〉之後，先後
發表的〈都市：文學變遷的新座標〉（1989）和〈八〇年代台灣都市
文學〉（1990），才比較看得出他對都市詩的繼承和主張。

　　〈都市：文學變遷的新座標〉是一篇本末倒置的文論，此文不
含注釋與標題共十一頁，區為分兩節，竟然第一節花了整整九頁來
分析六首前行代的「老式都市詩」，真正核心部分卻只有兩頁，兼論
小說，而且繼承了大量張漢良〈都市詩言談〉的見解。

　　林燿德簡略回顧了五〇～七〇年代台灣前行代詩人對都市主題
的各種處理手法和觀念，從羅門的「第三自然」到鄉土時期的「城
／鄉對立」，接著指出：「八〇年代後期，『都市文學』一辭開始以不
確定的定義廣泛流行，顯然新一代作家對於視同正文的都市概念，
以及正文中喜怒不定的都市表情產生了迥異於前輩的觀點。……他
們對都市正文的詮釋進入了微觀的層次，從結構向解構、從貫時的
時間思維挪移到並時的空間思維，甚至質疑了文學語言本身的可靠

性與有效性」[33]。林燿德為了超越前驅學者的理論視野，特將討論範疇擴大到所有的文類，不過這些「現象」都沒有任何的舉證，除了針對張大春〈晨間新聞〉草草敘述了六行。

在文章的最後，他再次提出師承自張漢良的都市詩定義：「『都市文學』就是都市正文的文學實踐，同時，創作活動本身正形成都市的社會實踐，創作者同時兼具了都市正文的閱讀者，以及正文中都市的創造者的雙重身分」[34]。這篇論文十分單薄，卻正好暴露他的思想轉型。之所以花那麼大篇幅去陳述一些不必再討論的「舊事物」，是因為他尚未離開自己原來的評論方式，而且他未能準確掌握張漢良的觀念。比較有討論價值的論述，是翌年發表在「八〇年代台灣文學研討會」的〈八〇年代台灣都市文學〉。

林燿德在論文的前半部，花了極大的力氣，先後「陳述」了他的兩個思想根源：張漢良和羅門的都市詩理論。接著他總算明確地指出：「在台灣新世代作家中，對二元對立模式觀點的質疑和顛覆有許多不餘力的例子，他們質疑國家神話、質疑媒體所仲介的資訊內容、質疑因襲苟且的文類模式，他們甚至意圖顛覆語言本身。這正是『八〇年代台灣都市文學』的重要特徵，我們可以說：『都市文學』是在舊價值體系崩潰下所形成的解構潮流。……但是我們不可忽略的是，瓦解與重建是並時發生的過程，換言之，嶄新的美學體驗和

---

[33] 《重組的星空》，頁 198-199。

[34] 《重組的星空》，頁 200。

實踐正在當代急驟成形」[35]。破（羅）與立（張），正是林燿德正著
手的大事。這篇論文比較難處理的原因，是林燿德在討論都市詩的
時候，固然因襲了張漢良的許多核心觀點；當他一旦論及都市小說，
都市文學的概念就擺向於傅柯的「差異地帶」（heterotopias）。其實，
更多時候他是在討論「都市正文」，而不是「都市詩正文」。他對都
市正文的分析跟羅門不同，比較屬於張漢良的理論層次：「都市本身
可以視為一種正文，只是它並非以文字的符徵書寫下來，而是以各
種具體的物象做為書寫的單元，這些具象的符徵指向各時代變異、
遷徙中的權力結構和生產方式，同時也透過空間模式延展，規模出
當代人類的知覺形態和心靈結構」[36]。從「空間」經驗來界說都市
已經不是什麼新鮮事，在國內，有詹宏志從「空間感覺」──人對
周遭環境的認識程度、掌握能力、使用習慣、以及情感對應等──
來區分城／鄉世界[37]。至於國外學者撰述的都市空間理論，似乎不
在林燿德的掌握當中，他在論文中對「時間」的思辨也未成形，我
們看到的是他努力觀察出來的符號學式的見解，夾雜一些後現代的
名詞。所以他「一再強調的是，『都市文學』是一種觀察的、經驗的

---

[35]　《重組的星空》，頁 214-215。

[36]　《重組的星空》，頁 222。

[37]　詹宏志《城市人：城市空間的感覺、符號和解釋》（台北：麥田，1996
新版 [1989 初版]），頁 19。

角度，而非一種先驗的理論框架或者具體的文學運動」[38]，最簡單的結論即是：「資訊的發展，進一步促成作家對時空觀念的不同理解方式」[39]。

從上述兩篇論文看來，林燿德的都市詩／文學思考還處於最初始的階段，所謂的「後現代都市美學」只研發到最雛型的階段。往後五年間，他把注意轉移到其他方面，只有在一篇很短的專欄文章裡，提到城鄉對立的關係「在近十幾年來產生根本性的改變，都市和鄉村的關係不再是剝削者與被剝削者之間的對抗，都市的體質已經滲透進鄉村。……這種改變不僅反映在近十幾年的文學藝術主流上（所謂的「後現代」乎？）也形成嶄新的消費形態和生活模式」[40]。儘管他對都市文明的追蹤與觀察持續不斷，但始終沒有完成他的都市詩理論。

一個理論的研擬，必須考慮到遼闊的文學史發展實況，當我們去「重新」定義都市詩的時候，不能僅以當前都市詩的書寫特質，回過頭來規範或否定過去數十年的創作成果。文學史上每一個文類（或次文類）都經過階段性的發展，所以我們的定義法則必須能夠觀照二〇年代以降，每個歷史時期的都市詩創作與思考，因為那都

---

[38] 《重組的星空》，頁 232。

[39] 《重組的星空》，頁 236。

[40] 楊宗翰編《林燿德佚文選 III：黑鍵與白鍵》（台北：天行社，2001），頁 124-125。

是歷代都市詩與都市「互相影響」下的產物。田園心理對「被譴責
的都市（正文）」的產生，確實有其決定性的影響，這正好說明那個
時代的思潮背景。歷代詩人不同的「寫作動機／因素」，皆可以運用
到都市詩理論的「斷代」論述上面，重新歸納出每一個階段的詩史
價值。

四、定位或歸零？

　　〈都市詩言談〉有一項非常了不起的卓見，張漢良以一九七〇
到一九八八年的台北市為例，說明「這個都市所呈現的獨特的符號
關係，我們無法以西方十九世紀以後都市的一些喻詞化約，譬如商
品化或商品拜物（fetishism of commodities）以及逛街（flaneurism）。
逛街固然是一普遍都市符號，然而光怪陸離的台北街道，以及它作
為類比的（班雅明以為是具體而微的）百貨公司走道，佔據兩者的
遊蕩者及攤販……所呈現的混亂符號關係（galaxies of signifiers，而
非 structure of signifiers）（Lehan 1986, 112）[41]，絕非班雅明所理解
的波特萊爾筆下的巴黎」[42]。

　　其實羅門也有類似的想法，他常強調作家要跳離自己真實存在

---

[41] Lehan, Richard. "Urban Signs and Urban Literature: Literary Form and
Historical Process" *New Literary History 18.1*(Autumm 1986): 99-113.

[42] 《當代台灣批評大系（卷四）‧新詩批評》，頁 162。

的處境來創作，就像站在太陽底下想跳離自己的影子一樣困難[43]，
所以他必須選擇台北人／都市人的現身情態為創作對象。他更明確
表示：「唯有主動將自己的生命推向整個人類已面臨的現代世界，透
過真實存在的感受，他的詩才可能確實地進入這一代人真實生命活
動的傾向之中，而創造出具有現代精神與現代感的作品來」[44]。換
言之，真實且深切地體驗現代都市生活，對寫都市詩的詩人而言更
是一種必要。

　　儘管羅門在文本中建設的是一座「概念性」的文本都市，只有
在少數幾首詩裡可以讀到台北的地標建築，其實他的都市文本「暗
設」的位址大多是台北。長年久居台灣的羅門，其思維一直盤踞在
台北盆地的生存境況，或揭示台北都市生活的黏滯感、或批評台北
人在物慾及性慾的沉淪，甚至由此而延伸、擴大論述，解剖存在的
虛無與悲劇。雖然本體論可以超出台北盆地之外，但現象論必須有
所喻依。然而，有關台北的文化風情、族群的集體記憶等感性元素
組構成的都市性格，卻不見蹤影。

　　從宏觀的「世界漢語詩歌」角度來重新審視，我們才得以窺見
台灣都市詩創作的另一個意義——「台北書寫」。台北市是台灣唯一
稍具國際化都市規模的現代都市，它更聚集了台灣詩壇大部分的優
秀詩人和詩論家（羅門、張漢良、林燿德都是台北人），可是它一直

---

[43]　《羅門創作大系‧（卷八）羅門論文集》，頁 40。
[44]　《羅門創作大系‧（卷八）羅門論文集》，頁 73。

定義與超越
——台灣都市詩的理論建構

沒有產生真正的「台北都市詩」。現代漢語詩歌文本中的「台北圖象」遠不及「香港圖象」或「吉隆坡圖象」，我們的詩人花太多時間和精力去書寫「本質化的現代都市」，台灣的都市詩放諸亞洲列國，已經讀不出鮮明的差異性。

到底我們需要哪一種都市詩？如果廿世紀的都市詩已經完成了「都市的詩歌美學價值」之建構，那廿一世紀的都市詩是否應該朝向「特定都市」的「都市文化特質」？從原來的「都市詩的創作」，演化成「特定都市的詩創作」（「台北都市詩」）？其次，網路世紀的來臨，都市的生活內涵、節奏跟過去很不一樣，網路科技創造了另一個都市空間、另一種都市經濟和生活方式、另一種思考和語言，以及另一種跟過去截然不同的書寫科技。想要用傳統的空間觀念，或書寫的形式，去重新界定當前都市（詩）的範疇，確實有點吃力；尤其在許多「六年級」和「七年級」詩人手中，都市早已成為一種生活的自然背景，根本不必去刻意強調都市的存在，他所有思維活動和言行皆屬都市文明的部分內容。張漢良當年提倡的「互為主體與互為正文」理念，幾乎成為一則落實的預言。任何一首百無聊賴喃喃自語，或微言大意深思熟慮的詩，皆是都市文化語境下的產物，因為那就是一種最真實的都市人生存情態。如此一來，「詩」與「都市詩」，還有加以分類或界定的必要嗎？

我們不禁要問：台灣都市詩理論的建立，是志在替台灣都市詩重新精確定位，還是想分解掉所謂的都市詩，讓原有的次文類疆界，

亞洲閱讀：
都市文學與文化（1950-2004）

一律歸零？

詮釋的差異

當代馬華都市散文綜論

[*94*]

亞洲閱讀：
都市文學與文化（1950-2004）

詮釋的差異

——當代馬華都市散文綜論

一、被忽略的（都市）散文

馬華散文創作在九〇年代以來整體水準大幅提昇，尤其以林幸謙和鍾怡雯爲首的旅台散文作家群，歷經港、台、新、馬等地數十項散文大獎的鍛鍊後，急速成長的創作技巧與日趨強烈的個人風格，以及驚人的發表質量，讓馬華散文創作從八〇年代稍嫌青澀的校園散文裡，徹底蛻變出來。受到旅台散文的激勵，九〇年代末期至二〇〇三年間，馬華本土的散文創作也交出不錯成績。可是長期

以來，馬華文學的評論焦點大多集中在詩和小說，可能是因為散文評論沒有合適的西方文學理論可以援用，所以整體的評論成果相對失色。近幾年來，只有在《南洋商報・南洋文藝》和《星洲日報・文藝春秋》兩大副刊偶爾推出特定作家或作品的評論專輯時，才出現幾篇三、五千字的評析文字；其次，在近幾場研討會上也出現幾篇篇幅較長的宏觀評論；此外，透過《馬華文學讀本I：赤道形聲》的編輯計畫，也催生了三萬多字的散文評論，陸續發表在兩大副刊上面。

　　由於馬華散文評論的匱乏，讓我們錯失許多重要的創作成果，都市散文便是其中一顆遺珠。近十年來，馬華作家發表了不少都市散文，主要包括對都市空間（街道、公寓）的敘述、生活感受的表達、存在境況的分析、乃至於最根本的都市認同等等。相較於馬華都市詩長年營構起來的文本都市，又是另一番風景。

　　本文將討論兩個重點：（一）文類特質對都市文學創作的間接影響；（二）遊子身分與空間詮釋的差異。為了增加一分不同的參照，本文徵引幾位國際有名的都市計畫專家和建築大師的都市學／建築學觀點，讓文人與建築師的都市觀在論述中對話。

二、文類特質對都市文學創作的間接影響

　　法國建築大師柯比意（Le Corbusier, 1912-1965）在一九二五年

出版的《都市學》（*Urbanisme*）中，記述了一段他對大都市的基本觀感：「儘管沿著城市中的路程，靈魂評估著整體預測的品質或無效性，儘管它意識到協調且崇高的輪廓線，我們的眼睛，相反地，順從於視力範圍的有限能力，只能看見一個接一個的基本單元：斷斷續續、不連貫、多樣、複雜且使人精疲力竭的景緻；天空被撕碎而每棟住宅表現出不同的秩序直到產生鋸齒狀的邊緣線。喘不過氣的眼睛只能感受到疲憊與痛苦，而美麗的輪廓線在此初步的失敗之後，就只能吸引煩擾、疲憊不堪且深感不滿的靈魂罷了」[1]。這位目光敏銳的建築大師，之所以感到煩擾和疲憊，主要是因為都市空間的碎裂所形成的壓迫感，並非來自都市生活的壓力。

柯比意寫下這段話的時候，正值現代都市建築史上的一個黃金時期。從一八九〇～一九三〇年代，芝加哥、紐約曼哈頓陷入一片摩天大樓的競建狂潮[2]，越來越成熟的鋼骨水泥建築技術，促使各大財團和建築師盲目追求視覺的崇高與雄渾。這場炫耀性的建築競賽一發不可收拾，「整個城市像是一個由街道分割的巨大與厚重結構物，街道純粹成為行進通廊與通風管道」[3]。一九二五年柯比意所感

---

[1] 柯比意著，葉朝憲譯《都市學》（台北：田園城市，2002），頁 81。

[2] 1913 年落成的 Woolworth 大樓就有 52 層，並於當年被某個委員會票選為世界上最美的建築物；1931 年完工的 Empire State Buiding 更高達 102 層。

[3] Edward Relph 著，謝慶達譯《現代都市地景》（台北：田園城市，1998），頁 68。

受到的「超級都市」的空間壓迫，屬於硬體建築的感受，絕對適用於只有一棟摩天大樓的吉隆坡，和島國城市新加坡。

　　當年美國詩人桑德堡（Carl Sandburg, 1878-1967）面對芝加哥這座當時美國第二大城，以及全國主要的鐵路樞紐，他的詩沒有像柯比意那般焦聚在建築物所產生的壓迫感，他用詩的快門攝取了眾多市民的形象；其成名作〈芝加哥〉的前半首，他向詩中預設的抨擊者坦然承認：芝加哥是粗暴、邪惡、殘酷、險惡的。後半首卻筆鋒一轉，回敬那些抨擊者：「你們能不能給我看另外一座城市像這樣驕傲地昂首高歌而顯得如此有活力如此粗魯苜壯精明？」[4]。粗暴與粗獷、險惡與精明，或許真的是認知與受授的不同；經過一番簡單、具體的詭辯之後，他終究肯定了芝加哥無比旺盛的生命力。若要透過〈芝加哥〉來認識芝加哥，恐怕會失之淺薄與刻板。詩本來就不具備這樣的導覽功能。

　　詩這個文類在創作時要兼顧的條件太多，尤其具象與抽象的平衡，以致許多生活中真實的情境無法原汁原味收納進來，通常免不了一些必要的轉換，把情緒意象化、使情節濃縮得更有力而簡單、而且所有的敘述必須保持起碼的節奏感……。所以，要在詩中完整地呈現一幅社會學視野的都市生活境狀、仔細分析都市人口變遷的

---

[4] 桑德堡〈芝加哥〉，收入飛白編譯《詩海·世界詩歌史綱·現代卷》（桂林：漓江，1990），頁 1325。

理由和結果、將人性的「功利」一詞擴展成一種「濃厚的計算性格」、或者想透過人物的對話、眼神和舉止來流露他們對未來的不確定感……。根本就是天方夜譚,除非有一手鬼斧神工。唯有大師,才有這麼一手鬼斧神工。

詩,是一個不宜太複雜的文類,因為它必須再經過解碼。馬華詩人筆下的吉隆坡,大多是簡單或負面的;除了一系列關於茨廠街的街道書寫,比較能融入主體的情感,其餘詩作的思考框架稍嫌固定,現象的陳述多於問題的探究。總而言之:缺乏一種學理上的縱深[5]。暫且不管馬華都市詩的質地如何,它畢竟累積了非常可觀的創作成果,堪稱馬華都市文學的地標。

桑德堡的都市景觀是詩的形式,所呈現的畫面是概念性的;柯比意的敘述則是論說性散文,視覺與感受獲得良好的共震。散文的文類特質跟詩不同,它更自由,可以從容地出入學理與抒情,可以在敘述中充分地表現主體情感對景物的共鳴,況且散文本來就具備論說的功能,是最接近學術論述的文類。所以讀者應該對都市散文在文化視野、敘述策略、情感和思想深度方面,比都市詩要求得更嚴格。從「理論」上來看,擁有高度「敘述自由」的散文,「似乎」

---

[5] 關於馬華都市詩的論述,詳見〈街道的空間結構與意義鏈結——馬華現代詩的都市書寫〉和〈感官與思維的冷盤——九〇年代馬華新詩裡的都市影像〉二文,收入於陳大為《亞細亞的象形詩維》(台北:萬卷樓,2001)。

比詩更適合都市題材的書寫[6]，雖然散文是一種易寫而難工的文類。

　　其次，散文的先天本質便是一個比較「真實」的文類。文本中的「真實」或許是生活情節和感受的剪裁，也或許是「虛構出來卻看起來非常真實」的事件與情境（其實只有作者知道甚麼才是「真實」）。不幸的是：長久以來讀者對散文的傳統認知和閱讀心態，讓這個文類擺脫不了「真實」二字（更精確的說法是：「真實（感）」三字）。這股潛在的創作／閱讀意識，在某個程度上影響了都市散文。

　　「敘述自由」加上「真實（感）」，已足夠讓都市散文和都市詩產生詮釋心態與策略上的明顯差異。

　　都市中的個人生活感受，遂成為馬華散文作家最熱門的素材。

　　了無新意的「塞車」情節是詩和散文都少不了的，那是每一個吉隆坡居民的頭號惡夢（絕對負面的真實生活感受）。土生土長的陳富雄（1977-）在〈霖〉一文中對塞車進行了最典型的描述：「在這一刻，一切都似凝滯了。我在行駛與停頓間挪移而行，電單車就在車與車之間偏身而去。都是走在夾縫中，時間也是在縫隙中流連，但是坐在車內的我，像處於囚房的犯人，甚麼也抓不住」[7]。他設計

---

[6] 這個現象可以在飲食、旅遊、自然寫作等主題的創作，獲得更明顯的印證。

[7] 陳富雄〈霖〉，《星洲日報‧文藝春秋》（2001/07/15）。

了一場大雨,配上夜色,再用綿綿不絕的形容詞去描繪塞車的感覺,還有如何從車陣中突圍而出的思緒。要是這篇散文就這麼一路濕答答淋下去塞下去,不如乾脆別寫。

所幸陳富雄另有埋伏。當大雨隱去車外全部的畫面,便傳來一陣救護車的警鳴,「從倒後鏡上仍不見其影,但是遠遠近近地傳來,尖拔的聲音叫人心急」[8];警鳴活絡了淤塞的車流和意識,像一枚巨大的問號釣走大夥兒的好奇。文章的重點不在最後揭曉的車禍內容,而是都市人對這場不幸的心理反應:「這些人不會記得她,可是卻會記得曾經有這麼一場厲害的雨,耗費了他們的時間」,「然而,又會有甚麼會長駐於記憶中?報章上每天都有車禍罹難者的照片,一聲嘆息後還會殘留甚麼呢?」[9]。從最常態的塞車所造成的「煩悶」(正),到車禍所引發的另一場因「好奇」(奇)而造成的堵塞,再轉折到事後的「冷寞」(正),這一系列「奇正互換」的情節變化,道盡駕駛人的道德心理,精準地印證,微妙的默認,假假輕嘆一聲。

這個在都市詩裡長期被眾多一體成型、陳舊不堪的塞車意象所統治的題材,或許因為散文的篇幅較為寬廣,讓作者得以在車陣中埋設起伏的情節,替大雨配上煩躁與好奇的背景音樂,塞車的心理不但細膩,還能產生階段性變化,最後再上一段力道適中的省思。

8　《星洲日報‧文藝春秋》(2001/07/15)。
9　《星洲日報‧文藝春秋》(2001/07/15)。

對塞車題材的詮釋，〈霖〉表現得比一般典型化的都市詩來得深刻、多變，而且紮實。

馬華都市詩對生活／生存境況的描寫俯拾皆是，主要傳達某種概念化的感受：孤獨、冷漠、沉淪、茫然、絕望、支離（如：方昂〈KL 即景〉、周若鵬〈酒吧即景〉、張光前〈One Night Stand〉、李笙〈冷漠是一種傷〉和〈廢墟懷想〉、呂育陶〈末世紀寓言〉和〈你所未曾經歷的支離感〉等等）。這些詩作的敘述都很集中，題旨明確，情節簡單，不會像黎紫書（1971-）的〈遊擊一座城市〉那般多層次經營與繁複鋪陳。

〈遊擊一座城市〉距離柯比意的《都市學》七十三年，但兩者對都市的視覺感受沒有本質上的差別：「灰黑色的天空懸在這城市的井口，看來像一小片寒傖的碎布」[10]，「這城市的著色日益深沉，粗糙的線條壓抑著內在的動盪。即便是在炎陽灼人的正午，唯有炭筆和 8B 鉛筆可以利用畫紙製造出極強的光影反差，卻被處處聳立的高樓大廈投射巍峨的暗影，猶如昏鴉的巨翅遮蔽人們虛無又渺小的想像空間」[11]。可見，有些本質性的感覺是歷久彌堅，永續延伸的。不同的是黎紫書筆下的都市較柯比意多了幾分似幻似真的意境。

---

[10] 黎紫書〈遊擊一座城市〉，收入陳大為、鍾怡雯編《馬華文學讀本 I：赤道形聲》（台北：萬卷樓，2000），頁 479。

[11] 《赤道形聲》，頁 481。

詮釋的差異
——當代馬華都市散文綜論

　　爲了有效突顯都市的灰黯與僵硬，黎紫書在「真實」的都市經驗中，「虛構」了一隻線條優美、色澤雪亮的白鴿，穿梭在現實與冥想的夾縫中，進行冷熱的比對，釋放壓抑在視覺底層的心靈訊息。透過這隻白鴿，以及「繪畫式」的敘述，她成功創造一幅充斥著巨大色塊的城市風景；白鴿之輕與建築之重，虛實交錯，忽而流暢忽而淤滯，產生對比強烈的視覺效果。在近四千字的散文版圖中，她充分利用鴿子和城市的「互動效應」，營造出極爲獨特的都市視野與心理景象。這種糅合了視覺與心理活動的「互動效應」，唯有較大篇幅的敘述方能承載。

　　散文較寬闊的敘述版圖，如劍之雙刃，並不保證一篇都市題材的成功，有時剛好足以鬆懈作者的自律，肢解主題、稀釋文氣。同樣是街道書寫，鄭世忠（另有筆名文征，1954- ）在〈邊走邊看邊想〉就犯了「逛街」的毛病：「我看著這十分唐人的街道，心底不禁浮出許多大城中的唐人街，總侷促於一隅，偏安一時，也不強求甚麼，因爲都是平凡人的意願，不會讓人不安。走完那條街，前頭有幾幢摩天大廈，居高臨下俯看這個已漸漸沒落的地區」[12]。在都市文本裡「逛街」，不能走馬看花，要逛出價值、要有所「發現」。尤其這條文化特質十分鮮明的唐人街（茨廠街），它「是一條以人物和店舖組織起文化面貌與性格的街道，強大的文化魅力使它在眾多詩人的

---

[12] 鄭世忠〈邊走邊看邊想〉，《星洲日報・文藝春秋》（1997/06/27）。

筆下，顯現出獨特的「地方感」（sence of place），一種經由親身經
驗、傳媒見聞、視覺意象建造而成的自主心靈之產物，雖然它在一
定程度上仍然維繫著與歷史和社會的關係。」[13]

　　這場歷時二十年的「造街運動」，可視為馬華都市詩重要成果之
一；如果將之化整為零，逐篇細讀，其中大半「茨廠街詩作」不免
失之單薄與簡略。都市詩好比廣告，突顯創意，直指核心；都市散
文則像電影，對「地方感」和「感覺結構」的經營，對都市人性的
刻劃，遠比都市詩來得從容。「每一個城市都曾經歷過興盛和衰敗的
歷程。……每個時期的建築技術、都市設計和道路的規劃方式都不
同。如果都市變遷過程的時期明顯，我們可以讀出一個城市的成長
興衰規模和背後隱藏的故事」[14]。茨廠街儲蓄了大量都市變遷的痕
跡，馬華詩人已經傳神地勾勒出它的歷史輪廓和空間質感，更細部
的工作應該由散文（或都市研究論文）來完成。鄭世忠雖然很努力
地去描述茨廠街的景象，並企圖營造出一種時間流逝的蒼涼，但他
沒有凝聚出敘述的焦點，沒有展現他的都市文化視野，所以無從「發
現」或「突顯」茨廠街的文化或社會問題。

　　另一位中生代散文作家陳蝶（1953-），在〈毒龍潭記〉裡用滿

---

[13] 陳大為《亞洲中文現代詩的都市書寫（1980-1999）》（台北：萬卷樓，
2001），頁 27。

[14] 胡寶林《都市生活的希望》（台北：台灣書店，1998），頁 90。

地的「痰」來焦聚關於茨廠街的文化批評。茨廠街不但「五步一小痰十步一大痰」,而且「有的新鮮熱辣,有的清有的濁,有的稠而粘有的白而泡,不論溝邊路面街中道左,我剛在心裡呸完,迎面而來的仁兄仰天吸納又吐一口!」[15]。陳蝶對痰的種種描繪,加上那位「仁兄」的神來一吐,非常有效地凝聚成一個令人作嘔的文化焦點。茨廠街的空間特質與文化形象,便由這遍地的,多元形態的痰,一口一口地建構出來……。從強烈的鄙視到無奈地接受,陳蝶還是忍不住反諷:「發現唐人街給人吐了滿地惡痰值得那麼大驚小怪嗎?沒有痰癮的街還叫唐人街嗎?」[16]

　　經過一番歷歷在目的噁心敘述,「痰」已成為「茨廠街低俗的市井文化」之象徵;但她並沒有就此打住,隨即又指出:茨廠街一帶共有五家中文書店,少說也有十幾萬冊書刊,加上印度人的書報攤,「絕浩瀚的文字和資訊居然教化不了一幫路過者去認識一個粗淺的公民意識——不可隨地吐痰!而我注意到多數吐痰者都是中年以上的華籍男人」[17]。「五家中文書店」跟「隨地吐痰」擺在一起,立即擴大且深化了問題,那口「痰」遂升級到「華社低俗的市井文化性格」的象徵地位,茨廠街變成一個把現象濃縮在喉,然後猛力一吐

---

[15]　陳蝶〈毒龍潭記〉,收入蕭依釗編《花蹤文匯 3》(吉隆坡:星洲日報,1996),頁 214。

[16]　《花蹤文匯 3》,頁 215。

[17]　《花蹤文匯 3》,頁 215。

的舞台。

　　陳蝶花了近五千字的篇幅，多層次地鋪敘她對茨廠街／吉隆坡
的文化批評、對國族的認同和感受、以及個人愛恨交織的都市情感。
從文化批評的深度而言，〈毒龍潭記〉確實超過所有「茨廠街詩作」；
不過詩人方路（1964-）筆下的三首「鬧中取靜」的〈茨廠街〉、〈茨
廠街習作〉、〈茨廠街店舖之書〉，卻捕捉／營造了茨廠街的另一種空
間質感：流動、朦朧、古舊、洋溢著飄忽如煙的襯底音樂，飄忽和
疏離的場所精神躍然紙上[18]，這一點是〈毒龍潭記〉遠遠不及的。
兩者一實一虛，各有千秋。散文和詩在文類特質上的差異，間接影
響了詮釋策略、焦點、技巧的運用，連都市文化視野的傳達也有層
次上的差異。不同的文類「很可能」形成兩個風貌相異的街道書寫。

　　在義大利著名建築師暨學者羅西（Aldo Rossi, 1931-1997）眼
中，古老的建築是極其珍貴的作品，他指出：「有些作品在古老的城
市組織中代表著某種原始事件，這些作品不僅能經得起時間的考驗
並能表現出特性；雖然它們的原始機能可能已經改變或完全喪失。
最後乃成為城市的『片段』，使我們不得不以都市的觀點而非建築的
觀點加以探討」[19]。茨廠街正是一件不可多得的「前賢遺作」，一個
歷史的「片段」；作為一條「唐人街」，它卻被吉隆坡大量的華人人

---

[18]　《亞洲中文現代詩的都市書寫（1980-1999）》，頁 37-44。

[19]　Aldo Rossi 著，施植明譯《城市建築》（台北：田園城市，2000），頁 170。

口稀釋掉原始的角色，殘餘一絲隨時被湮滅的史料價值。但它奇特的文化地位／角色，有十分迫切的研究價值，和書寫價值。「茨廠街散文」是值得經營的方向，它會比詩更能探究吉隆坡的社會與文化變遷。

除了茨廠街，吉隆坡可以挖掘的事物一定不少。在吉隆坡定居多年的鄭秋霞（1963-）對首都的衛星市——八打靈再也（Petaling Jaya）——有相當深入的考掘，〈變身〉一文表現出不凡的洞悉力。相信沒有誰會去追查 Jaya 的詞源或本意，其實它源自梵文，涵蓋十四個意思：神的兒子、侍衛、征服、克制、勝利、太陽等等。她大膽想像當年路經馬來半島的印度商人為何說出 Jaya 一詞，「為成功登陸一塊淳樸的土地而慶幸？抑或為讚嘆熱帶陽光的明艷燦爛？」[20]。可是「變身另一種語言的『再也』，不再有如其原文般寬闊的胸襟，而小器寒酸地以單一意思現身——馬來文的『再也』，喻成功」[21]。接著她花了另一半的篇幅去比對、去反省吉隆坡的今昔變化。鄭秋霞的長鏡頭捕捉到一些細微的事物，比如「那戰前流行的英式三角形樓頂」[22]，和它被強行現代化的怪模樣。當她赫然發現這座發育中的都市正吞噬古老的事物，也只能感嘆：「所謂的保護舊建築

---

[20] 鄭秋霞〈變身〉，《星洲日報·文藝春秋》（2002/10/27）。
[21] 《星洲日報·文藝春秋》（2002/10/27）。
[22] 《星洲日報·文藝春秋》（2002/10/27）。

計劃，簡化成保護一面據謂足以代表歷史的牆」[23]。吉隆坡該如何對待古建築的問題十分專業，超出鄭秋霞的能力範圍，她對建築風格背後的歷史意涵也所知有限；當然，那是屬於柯比意或羅西這種都會計畫建築師的本行。不過從她那心忡忡的敘述，誰都能感受到她對吉隆坡的關切。「探本溯源的關切」和「火力全開的抨擊」，乃都市散文和都市詩另一項重大差異。「對現象的（片面）攻擊」，早成為都市詩的傳統性格，或許是狹小的篇幅壓縮了文本中的討論空間，詩人遂把思維導向重點式的抨擊。

除了街道，住宅生活是另一個重要的創作素材，鄭秋霞的〈城市鴿子〉是一個相當成功的例子。

她鎖定百無聊賴的公寓社區生活，安排了兩隻棲身在後房陽台的鴿子，來承擔全文的象徵大任。在文章的第二節，鄭秋霞再度展開她考據的功夫，替兩隻鴿子找出正式的學名：Stretopelia Chinensis（Spotted Dove）和 Geopelia Stiata（Zebra Dove）。為何如此大費周章？每隻鴿子都是「咕咕咕」的，有加以區別的必要嗎？這個狀似蛇足的伏筆極為重要。

第三節，原本一片死寂的公寓，E座外，一輛菜車把悶了半天的主婦們統統召來，蝟聚成迷你的市集。「初時我百思不解，可後來，我從一張張興奮的面容一雙雙煥發的眼神中找著了答案：林叔的菜

---

[23] 《星洲日報‧文藝春秋》（2002/10/27）。

車,宛然是這些主婦們單調的公寓生活中難得的調劑之一。……三三兩兩圍攏比拚獨創廚藝或閒話他人家事,……譜成一首大都會特產的粵語交響曲」[24]。鄭秋霞不直接描寫主婦在家裡的苦悶,反而透過一輛菜車來引爆壓抑的寂寞;這幾個段落的語言和節奏,表現出令人不禁掩耳的吵雜感,居然被一群主婦炒熱了文章。

更精采的設計還在後頭:「林叔的菜車咕隆咕隆駛開了去,統稱『主婦』的城市公寓區婦女心滿意足地挽著菜籃兜著袋子,噗啪噗啪走上樓。E座外馬路上,殘菜肉屑零落攤散。這時候,統稱鴿子的公寓區禽類,……噗噗啪啪飛降下來,落足點,恰恰是先前主婦們圍攏佔據的空間」[25]。

鴿子們「噗噗啪啪」鼓翅聲,正好契合主婦們上下樓時「噗啪噗啪」的拖鞋聲;無需分類的「公寓區禽類」,和面目一致的「城市公寓區婦女」(同樣沒有加以區別的必要),都慘遭大環境的「統稱」。不斷咕咕咕的「牠們」,根本就等同於高唱粵語交響曲的「她們」。巧妙且準確的情節設計,加上生動的譏諷語氣,深化了本文的寓意。散文的文類特質容許鄭秋霞處處伏筆,層層鋪述,用「咕咕咕」的聲音貫穿全文,成為電影般充滿暗示的背景音樂;最後再用「噗噗啪啪」和「噗啪噗啪」的聲音關係,把人鴿合一,完成所有的象徵

---

[24]　鄭秋霞〈城市鴿子〉,《星洲日報・文藝春秋》(2002/09/01)。

[25]　《星洲日報・文藝春秋》(2002/09/01)。

和寓意。這種寫法在近二十年的馬華都市詩裡，不曾出現。很多有
關公寓居住心理的詩篇，大都抽除了主體情感，並脫離真實的生活
情境，改以某個既成的概念來驅動全詩，人物心理較平面、單一、
模式化，「孤獨」、「疏離」等詞彙俯拾即是。都市詩的創作在自我設
限的書寫空間裡，對公寓生活的詮釋策略，很容易導向概念性書寫。

　　用散文來處理都市的社會議題，會不會比詩來得周全呢？

　　鄭秋霞的〈城市電影〉輕輕碰觸過這個議題。它的篇名很容易
讓人錯以為是一篇關於看電影的散文，其實她透過都市捷運系統對
空間的穿透力，暴露了吉隆坡市政建設的敗筆。本來鄭秋霞對自己
「有緣在自己的國土乘搭最先進的公共交通工具而自豪」[26]。儘管
這種輕運量的ＬＲＴ單軌火車的出現，比新加坡的ＭＲＴ晚了十幾
年，這分遲來的自豪照樣在文中披露無遺。

　　單軌火車即是一間活動的電影院，把乘客帶到平時不會深入的
城市腹地。當她自車窗望見：人造湖、回教堂、高尚豪宅、木屋區、
中下層密集住宅區，「儼然是一齣絕不欺場的吉隆坡縮寫紀錄
片。……所有美麗的謊言都無法掩蓋暴露眼前的事實，所謂的貧富
懸殊、粗糙失策的發展；越是誇張的現代化設計，越突出落後的、
受忽略的一群，這醜陋的一面」[27]。原本美好的都市觀感和興奮的

---

[26]　鄭秋霞〈城市電影〉，《南洋商報‧南洋文藝》（1999/02/05）。

[27]　《南洋商報‧南洋文藝》（1999/02/05）。

詮釋的差異
──當代馬華都市散文綜論

期待，立時被現實的黑暗面摧毀，「取而代之的，是一絲絲難以按捺
的悲哀和無力感，為這座擁有世界最高大樓的城市」[28]。可惜鄭秋
霞沒有進一步延伸她的觀察，憤慨的思維僅僅停留在車上，停留這
篇近千字的散文裡面。或許，用一首三十行的短詩，即可完成她的
觀感與敘述；然而，真正導致〈城市電影〉深度不足的主要因素，
並非文類特質，而是作者的創作意圖和生活經驗[29]。

　　從文類特質的差異，來評量散文和詩在都市題材上的表現空
間，是一件危險的工作。所有的論點都是相對的，備受爭議的。所
以暫時只能「相對而言」，散文「顯然」比詩擁有更自由、更廣闊、
更接近都市社會學研究的敘述空間，作者能夠從容地敘述他的生活
感受，去關切、分析都市社會及民生問題，或者主動吸收都市學者
的研究洞見，強化本身對都市的觀察成果。這個觀點並不意味著詩
不能適任於都市題材的書寫，只不過詩要兼顧的創作條件實在太
多，比較適合進行思辯性、批評性、本質性、概念性的都市論述，
把龐大的濃縮，把複雜的簡化，讓創意去驅動詩筆。

　　文類本身的特質和創作形態之差異，足以影響作者選擇詮釋的
角度與策略，進而發展出兩種不同的都市文學風景。

---

[28]　《南洋商報·南洋文藝》（1999/02/05）。

[29]　都市社會問題在馬華散文作家和詩人筆下都沒有令人滿意的作品，主要
原因是社會關懷之不足。新華作家蓉子以老人院裡的老人生存情境為題的
「城事系列」，極具參考價值。

三、遊子身分與空間詮釋的差異

　　展開這一節的文本分析之前，不妨再看看身爲建築師的柯比意進入一座都市時，他的視覺和思考的方向——「讓我們進入城市的客觀事件中並暫時畫出視覺印象與視力的範圍，看看那些引起疲憊與舒適、喜悅或沮喪、高尚與自豪或漠視、憎惡與反叛的種種。城市都像一陣渦流：必須對它的印象作出分類，認出對它的感覺並選擇有療效且有助益的方法。」[30]

　　一位初次踏入吉隆坡的外地學生，會如何調整、適應像一陣渦流的城市？

　　張慧敏（1978-）遠從檳城來到吉隆坡念馬大物理系，開始她〈一個人的城市生活〉。當她舉目無親地「走在人群裡，沒有人會理會你是誰，你來自哪裡。大家都走得急促，只有擦肩而過的眼神交會」[31]。一股強烈的疏離感侵占了她的都市印象，但她沒有放棄對人群的觀察，遂「發覺大家形色匆匆，似乎沒有好好停下來看周圍的景物」[32]。這些趕路的眼睛，對吉隆坡的情感究竟是疲憊、漠視、憎惡，還是

---

[30]　柯比意著，葉朝憲譯《都市學》，頁 68-69。
[31]　張慧敏〈一個人的城市生活〉，收入林茹瑩、溫麗琴編《6 個女生》（吉隆坡：嘉陽，2001），頁 8。
[32]　《6 個女生》，頁 9。

反叛?那可不是張慧敏能夠在彼此眼神交會的瞬間,所能判讀出來的。

或許她終將成為吉隆坡的上班族,獻出一雙趕路的眼睛,「進入」眾多詩人筆下的情況:「模糊的臉孔讓煙霧/慢慢地燃燒」[33]、「靈魂都傷痕累累」[34],最後「時鐘的表面逐漸溶化成一張猙獰的臉」[35]。然而她還是學生,可以作出自主性較高的生活選擇:適性逍遙。她沒有強行擴大本身的交際範圍,反而「有時候為了避免應酬似話題和空洞的笑聲參雜在食慾裡,選擇了一個人吃餐飯。一個人,不會寂寞,反而可以靜靜享受食物的味道。」[36]

張慧敏「認出對它(吉隆坡)的感覺並選擇有療效且有助益的方法」,所以她很輕鬆地在文末表示:「一個人的城市生活可以自得其樂」[37]。遊子只是都市的過客,不必永久面對一座都市的全部內容,況且她的生活仍然以大學城為軸心,對都市生活的了解和壓力十分有限。不過,並非每個都市遊子都懂得去轉化這種孤立感;每逢周末鬧空城的宿舍生活,逼使韋佩儀(1974-)寫下〈城市孤兒的

---

[33] 沙河〈悸〉,《蕉風》第 462 期(1994/09,10),頁 51。

[34] 劉育龍〈後現代主義的際遇〉,《哪吒》(吉隆坡:彩虹,1999),頁 79。

[35] 呂育陶〈和日子閒聊〉,《在我萬能的想像王國》(吉隆坡:千秋,1999),頁 69。

[36] 《6 個女生》,頁 9。

[37] 《6 個女生》,頁 10。

自白〉：「寂靜舉兵入侵我周末的領土，……置身空曠寂寥之地，正好細細品嚐叫天不應，叫地不靈這道美味佳餚」[38]。

　　同樣來自檳城的林茹瑩（1978-），在大二那年遷入離馬大不遠的一棟十六層公寓的三樓，這裡每棟公寓都十分相似，足以誘導年輕作者將都市觀感完全傾向典型化的負面書寫。她慢慢發現：「不同的是每一戶人家裝飾在家裡的燈是不一樣」[39]，一亮起燈來「整座公寓似有了生命力，活了起來。有人影在屋裡走動。風扇奮力打轉而投影在天花板上。電視畫面不停閃爍。就如皮影戲。皮影戲需要燈光才能將故事呈現出來。而人在夜間室內的活動也因燈光的關係暴露出來」[40]。林茹瑩巧妙運用了「皮影戲」意象，間接地解讀出公寓生活的內在差異，化解了都市印象中的枯燥感和平面感。

　　接著她把「燈」推向記憶的上游，回想起在家裡睡覺時候，因為怕黑，總是亮著一兩盞小燈，後來與同學共租公寓就中斷了多年的習慣。於是家和宿舍被一盞「燈」重新界定、區隔，〈公寓的燈〉便在視覺中融入一盞溫馨的鄉愁。

　　溫麗琴（1978-）的〈雙城記〉則把鄉愁放大，形成異鄉和故鄉兩座城市的對話。砂勝越河緩緩流過古晉的鬧市，有老廟和老街道，

---

[38] 韋佩儀〈城市孤兒自白〉，《星洲日報・文藝春秋》（1998/08/09）。

[39] 林茹瑩〈公寓的燈〉，收入《6個女生》，頁55。

[40] 《6個女生》，頁55。

還有更老的布洛克家族時期的老城堡。「在這麼一個節奏慢得行走時可以觀賞兩邊風景的城市中，我於是用靜觀的眼神去搜索屬於這一座城市的歷史」[41]。從靜觀的心態，和舒緩、細緻的描述，流露出她對家鄉城市的濃厚情感。幾年前她到吉隆坡旅行，當時的感覺「是擁擠，是喧嘩，是忙碌的」[42]，直到她正式進駐這個僅有粗糙印象的都市，求學生涯豐富了她的視野，「它又讓我對它有了另一番詮釋，……（可以）細細的探賞躲在面紗背後的容貌」[43]。

溫麗琴迴避了吉隆坡的白晝（可能被課業佔去），她「喜歡夜晚的吉隆坡，它是迷幻中的小上海，是一個華麗的弄堂。在這霓虹燈閃爍的空間中，我常讓自己漫漫的遊走。民歌餐廳、咖啡館、街邊的大排檔、入夜才打烊的書店，……都讓我從簡單變成了豐富起來。於是，我開始變成依附在這一個城市命脈的一體，貪婪的吮吸著一切曾經被遺忘的精華」[44]；這種浪漫式的都市認同，十分罕見。比溫麗琴多了三年都市生活經驗的馬大學生蘇燕婷（1975-），在〈城市時間〉裡寫下她「和城市時間的拉鋸戰有多麼的絞心力瘁」[45]，

---

[41] 溫麗琴〈雙城記〉，收入《6個女生》，頁178。

[42] 《6個女生》，頁178。

[43] 《6個女生》，頁178。

[44] 《6個女生》，頁179。

[45] 蘇燕婷〈城市時間〉，收入蘇燕婷編《月照滿條街》（吉隆坡：佳輝，1999），頁31。

白晝的時間永遠不夠用，最後她「開始享受夜晚的陌生生活。也開始體會到在城市裡偷出一片寧靜空間只有在夜深時刻」[46]。

　　遊子的生活形態、日常生活動線、逛街的時間，影響了她們對都市空間的感受和認知，自然避開了較黑暗、沉淪的一面。如此一來，她們的散文較能真誠地記錄自己在吉隆坡的生活感受，雖然它們缺乏一種思想性和深度。然而，不同的作者身分，所使用的都市空間與時間不同，因而產生詮釋上的出入。最好的例子莫過於陳蝶和鄭世忠（文征），前者曾經長期在吉隆坡工作，與茨廠街結緣二十餘年，對當地文化的了解自然遠勝於定居麻坡的後者，所以他們解讀茨廠街的角度和深度有別。

　　某些文人對都市的全盤否定令人很難接受，再差的都市也會有一些樂子，以調劑枯燥的生活。那些被文人「過人的洞悉力」定義成：沉淪於物慾之中的搖頭族、終日為金錢打拚的上班族、沒有生活目標的菜籃族，說不定他們的日子過得比所有的文人更逍遙更快樂，天曉得？！知識分子的價值觀並不等同於真理，有時他們「內部」也會產生觀點的分歧。譬如「幾何線條」的出現，在都市詩裡一定是負面的，但柯比意卻認為幾何學是「意味著完美與卓越象徵的物質基礎。……機械源自幾何學。因此所有當代的一切均完美地

---

[46] 《月照滿條街》，頁27。

源自於幾何學」[47]。都市生活應該是多元的，相對的，不同身分的都市人會接觸到不同層面的訊息；同樣的道理，其中必然有不同的痛苦和樂趣。

曾經留學台灣的張瑋栩（1977-），就用一種非常世俗化、物質化的消費者心態，去〈尋找 Orchard 的出口〉：「Cartier／TIFFANY & Co.／GUCCI／BURBERRY／LOUIS VUITTON／Hugo Boss。這些是與 Takashimaya 毗鄰的名字。從這些羅馬字母拼湊而成的符號，可以說明這座 Takashimaya 身處的義安城（Ngee Ann City）奢華與富貴的品德」，而且「每一個名字都熟悉地叫我進去探視它們」[48]。新加坡的烏節路，儼然就是一個夢幻的，消費文化的核心地帶，眾多名牌構成炫耀性的消費空間。「尋找新商店（及其新商品）來窮盡光陰，是一種城市人的生活特色。對不熟悉的事物的認識（訊息取得的一種型態），有時候是令人驚奇的」[49]。如果說茨廠街象徵沒落的唐人街移民文化，那烏節路則象徵徹底的現代消費文化。身為旅客（深受期待的消費者），他確實無從了解這座島國城市的市民生活，所以他在消費中的「發現」變得重要起來。

張瑋栩的消費活動是直接的，全是念頭的起落，單純沉溺於各

[47] 柯比意著，葉朝憲譯《都市學》，前言第三節（無頁碼）。
[48] 張瑋栩〈尋找 Orchard 的出口〉，《星洲日報·文藝春秋》（2001/11/11）。
[49] 詹宏志《城市人——城市空間的感覺、符號和解釋》（台北：麥田，1996），頁98。

種物品的美感和價值感，沒有任何延伸或分析。他僅用自己的行動和赤裸的思緒，雕塑一個消費主義的活樣本。在這座物質之城，他發現一處不可思議的地方：「我從透明的落地長窗看進去，書架排列整齊，衣著入時的少女端坐在鐵椅上閱讀。我還不肯相信它是圖書館，直到我看見每本書上貼著的條碼與編號。我洩氣了，一點也不想走進去。可惡的新加坡人」[50]。充滿忌妒的語氣，正好突顯新加坡值得驕傲的閱讀風氣，爲這個物質都市添一股珍貴的氣質。新加坡人如何在名牌和圖書之間，取得最理想的生活比例？如何形成他們的價值觀？這些較深刻的問題，並非張瑋栩所能回答的。

　　然而，他面對都市的心態卻值得重視：「我想，我是喜歡城市的，因爲城市可以讓我買到快樂。實在。沉穩。美麗。不二價。的快樂，讓我（暫時）逃離人生的不安」[51]。一如在柯比意眼中：「天空中房子的齒狀邊緣是都市美學中首要的元素之一；它於第一眼即映入眼簾，引發決定性的感覺」[52]；那些映入張瑋栩眼簾的消費品牌，決定了他對新加坡的美好感覺。對張瑋栩而言，品牌才是都市美學中首要的元素。

　　最後要討論的，是跟物質消費一樣備受都市文學創作者批評的

---

[50] 《星洲日報・文藝春秋》（2001/11/11）。

[51] 《星洲日報・文藝春秋》（2001/11/11）。

[52] 柯比意著，葉朝憲譯《都市學》，頁89。

摩天大樓。

　　長期居住在吉隆坡的林春美（1968-），她在系列散文〈我的檳城情意結〉中，就有一種獨特的鄉愁，對摩天大樓的強烈鄉愁。她「是一個愛上回家的人，而每次回去，那種到了『光大』便快到家的感覺便會油然而生」[53]。「光大」（Komtar）曾是亞洲最高的摩天大樓，矗立在老舊的檳城市區，獨一無二，自然成為檳城人最引以為傲的超級地標。自小在檳城長大的林春美（以及文中所提及的眾多市民）對 Komtar 的認同感，完全吻合凱文‧林區（Kevin Lnych）對地標的定義：「真正的『地標』應是市民都認同且引以為傲，甚至成為精神象徵的傳家寶。」[54]

　　在外地人看來，Komtar 只是一個兼具商務和娛樂功能的超級商業中心，極大部分的市民都不會去思考它真正的商業生產價值。換上一位建築師或都市研究專家，他可能會仔細地分析：「所有建築物的設計，其炫耀排場的目的大於獲得最大的商業回饋，而它們都是那些處於高度競爭性的保險業、報業、電信業的總部；他們了解高聳、壯麗、值得紀念的建築輪廓，對於建立商業形象或提升業績的價值。」[55]

---

[53] 林春美〈我的檳城情意結〉，收入《赤道形聲》，頁 397。
[54] 轉引自：胡寶林《都市生活的希望》，頁 86。
[55] Mark Girouard, *Cities and People: A Social and Architectural History.* New

　　在林春美這個歸鄉的遊子眼中，看到的是：「它象徵檳城的繁榮
與進步。外地人靠它指引迷津，本坡人在那裡解決生活瑣事，更有
一代新人粘著它長大。他們名叫 Komtar Boy ／ Komtar Girl。『光大』
培養了他們的氣質，也塑造了他們的形象」[56]。她的詮釋並不幼稚，
即使在高度現代化的美國社會，「對美國人而言，摩天大樓具有象徵
性的功能，作為一個地標和進步的肯像」[57]；而且這棟摩天大樓儼
然成為一座「垂直的城市社區」，其中一定滋生許多社會問題。可能
是愛鄉心切，林春美迴避了摩天大樓對都市的宏觀與負面影響，放
棄了更值得探討的內部狀況，任憑情感凌駕於思辨之上，將心中的
隱憂一筆帶過（雖然她略略提及可能跟光大有關的一些社會問題：
賣淫、收保護費、曠課遊蕩）。林春美筆下的 Komtar，是美好的。

　　羅蘭‧巴特（Roland Barthes）覺得：「四邊形、網狀的城市（例
如洛杉磯）被認為會使人深感不安：它傷害了我們對那個城市的通
感（syneasthetic sentiment），我們嚮往的那種城市需要有一個可以往
返的中心，它應該是一個完整的場所，讓人夢想著從那裡前進或撤

Haven: Yale UP. 1985. p.322。

[56] 《赤道形聲》，頁 397。

[57] David Nye, "The Geometrical Sublime: The Skyscaper". *City and Nature: Changing Relations in Time and Space*. ed. Thosmas Moller Kristensan et al. Odense: Odense UP. 1993. p.33。

離。一言以蔽之,讓人發現自己」[58]。雖然遊子或旅客不必永久面對一座陌生的都市,為了生活得更愉快,他們必須找到一個可以「發現自己」的場所,或者柯比意強調的一個「有療效且有助益的方法」。林春美、張瑋栩、溫麗琴等人的身分略有不同,當他們進入陌生或久違的都市,很自然地截取/節錄了該都市的某個面貌,然後注入個人的生活習性和情感,完成一幀簡單的都市名信片。

四、詮釋的差異

本文選取了十四篇發表於九〇年代後期至今的都市散文,分別出自馬華文壇 5、6、7 字輩作家之手,橫跨三個跟現代都市關係最為密切的世代。此外也旁徵了一些「非文學類」的都市觀點,作為參照之用。作為一項主題性的文本分析,論者必須同時評量都市散文的文學技巧(文學性)與都市視野(社會性),唯基於論述策略以及樣本素質的考量,本文第一節兩者皆重,第二節則較偏重後者。文學研究的立論是沒有絕對的,本文的「推論」基礎建立在論者過去八年對亞洲華文都市詩的研究心得,以及對台灣和馬華都市散文的閱讀記憶。限於篇幅,無法展開大規模的「都市散文 VS.都市詩」的文類辯證,以及「在地人 VS.遊子」的比較。馬華都市散文的創

---

[58] Roland Barthes, trans. Richard Howard. *Empire of Signs.* New York: Hill & Wang. 1982. p.30。

作，「因文類特質和作者身分的不同，而產生詮釋的差異」──這個
論點本身很容易引起學者們的詮釋差異。希望這個差異得以引發更
多關於馬華都市散文的討論。

空間釋名與味覺的錨定

馬華都市散文的地誌書寫

空間釋名與味覺的錨定
——馬華都市散文的地誌書寫

一、文學的地誌書寫

近二十年來，都市文學在台灣、香港、馬華等地，逐漸累積了相當突出的創作和研究成果。大部分學者慣用現代主義、後現代、性別論述、消費文化，或後殖民主義來分析那些以「都市」爲舞台的訊息和議題，淪爲布景或道具的「都市」經常被忽略（或「括弧」起來，存而不論）。在都市散文的創作成果中，「概念化」（亦可美其名爲「本質化」）的都市書寫成爲主流的技巧，我們只能夠在林燿德的都市散文裡讀到「現代都市文明的共象」，讀不到「台北圖景」，

都市詩也同樣陷入「概念化」的書寫窠臼。類似維金尼亞・吳爾芙（Virginia Woolf）小說裡建構出來的「倫敦圖景」（London Scene）[1]，或許只能在台灣現代小說裡找到。

不是每一座城市都可以輕易地透過書寫活動，便能矗立在文本之中。不但城市本身必須具備歷史與文化的厚度，創作主體的空間意識（以及對都市空間的形象、內涵之刻劃）足以影響文本都市的輪廓。文學並不是最理性、完整的都市紀錄，它只是飄浮、片面、主觀的都市觀察；也許「地誌學」的視野和心態，可以成為強化（文學的）都市書寫的基石。

J. Hillis Miller 在《地誌學》（*topographies*, 1983）的導論中說明了「地誌學」（topography）一詞的由來：它結合了希臘文的「地方」（topos）和「書寫」（graphein）二詞而成。就字源上的解釋，所謂「地誌學」即是「對某個地方的書寫活動」。他引據韋氏字典（*Wedster's New Collegiate Dictionary*, 1949）的三種解釋：（一）對某個地方的書寫活動（這是一個早已過時卻又最傳神的定義）；（二）對某個地方或區域所進行的鉅細靡遺、精確描繪的藝術或實踐成果；（三）包含河川、湖泊、道路、城市在內的各種立體地形在內的地表輪廓之描

---

[1] Susan M. Squier, "Virginia Woolf's London and the Feminist Revision of Modernism." *City Images.* ed. Mary Ann Caws , New York: Gordon and Breach, 1991. pp.99-119.

繪[2]。雖然 Miller 很無奈地指出地誌學最後越來越趨向於繪圖而遠離了文字，但他接著談到小說的敘述力量，對地景形成的巨大影響。文學地景包含了由自然地理、生活風俗、人為建築等事物，它們共同形成一種根植在土地上的文化，小說能夠將這外在／真實的一切，轉換成內在／文學的空間。小說即是一種「形象化繪圖」（figurative mapping）。[3]

越客觀的地誌學，其觀察結果便越瑣碎，而且不一定能夠形成焦點，更休想產生閱讀的吸引力。地理學家 Mike Crang 在《文化地理學》（Cultural Geography, 1998）一書中，談到人文地理學如何取回——作為地理學的核心關懷的——人類的地方經驗時，便明確指出文學作品在「地方的書寫」上，所具備的優勢和參考價值：「文學顯然不能解讀為只是描繪這些區域和地方，很多時候，文學協助創造了這些地方」，並「主觀地表達了地方與空間的社會意義。因此，我考察了不同的書寫城市方式，以及不同時期與地方的不同故事形式，如何告訴我們都市生活的特質。在這個基礎上，我認為不同的文學類型訴說了變化中的時代——文學裡的現代性，以及實際上的後現代性的興起，如何對應於不同的體驗世界與組織相關知識的方

---

[2] J. Hillis Miller, "Introduction," *Topographies*. California: Stanford U.P. 1995. pp.3-4。

[3] J. Hillis Miller, "Philosophy, Literature, Topography: Heidegger and Hardy," *Topographies*. California: Stanford U.P. 1995. p.19。

式」[4]。很顯然的，「感覺結構」（structure of feeling）[5]和「場所精神」
（genius logi）[6]必須透過主觀情感的文學性描繪，才能豐富、多面地
呈現出來，文學裡的陳述替地方經驗提供了一個更生動、立體的洞
察。所以地誌學所為一門地理學問，有賴文學性描述的輔助。

反過來思考，「文學的地誌書寫」應該是一種充滿創造性的嘗
試，尤其對文本都市在空間結構與文化內涵的形塑，會有很大的幫
助。正如 Mike Crang 所言：「城市不只是行動或故事的布景；對都

---

[1] Mike Crang 著，王志弘等譯《文化地理學》（台北：巨流，2003），頁 58-59。

[5] 雷蒙・威廉斯（Raymond Williams）在七〇年代創造了「感覺結構」的
理念，並定義為：「在特殊地點和時間之中，一種均活特質的感覺；一種特
殊活動的感覺方法」結合成「思考和生活的方式」。而且不同的世代透過自
己反應世界的方式，在繼承或複製中，創造出本身的感覺結構。它更清楚
地知道社會及歷史脈絡對個人經驗的衝擊，甚至被視為民族、地方文化等
整體複雜關係中不可分離的形成過程。（詳見：雷蒙・威廉斯〈結構歷程和
地方──地方感和感覺結構的形成過程〉，收入夏鑄九、王志弘編譯《空間
的文化形式與社會理論讀本》（台北：明文書局，1994），頁 92-93。）

[6] 「場所精神」本是古羅馬人的信仰，每一種獨立的物體都有自己的靈魂
（genius），守護神靈（guaraian spirit）這種靈魂賦予人和場所生命，自生
至死伴隨人和場所，同時決定了他們的特性和本質。至於「場所精神」的
形成，則是利用建築物給場所的特質，並使這些特質和人產生親密的關係。
因此建築基本的行為是了解場所的「使命」（vocation）。（詳見：諾伯舒茲
（Chritian Norberg-Schulz）著，施植明譯《場所精神：邁向建築現象學》（台
北：田園城市，1997），頁 18-23。）

市地景的描繪，也表達了社會與生活的信仰」[7]，所以透過都市散文的地誌書寫，可以造就一座更立體、更多面的文本都市，進而發掘該都市的文化特質。

　　僅就寫作素材的角度而言，歷經五百多年殖民史的馬來西亞，加上多元種族的文化積累，在兩岸三地以外的華文文學當中，馬華文學最具發展潛力。而馬六甲和檳城則是最具地誌書寫潛能的兩座殖民地古城，可惜馬六甲文風不盛，空有古蹟而找不到將之發揚光大的作家。曾在一八二六年～一八三一年被英政府選為「海峽殖民地」首府的檳城，則是目前馬來西亞北部第一大城市，人口成分以華人居多。作為一座現代都市，它的硬體建設和機能遠不及吉隆坡，沒有值得吹噓的天際線，或令人矚目的消費文化，不過它起碼擁有一棟曾經傲視全亞洲的摩天大樓 Komtar、一座亞洲數一數二的跨海大橋，加上長達數百年的殖民史，這座既古老又現代的城市，先天上就有足夠的資源發展出它自己的文學。更令人慶幸的是：檳城的文風一直很盛，數十年來文人輩出，他們逐漸意識到檳城這座歷史古城的書寫價值，並以一種記錄人事、節慶、風俗，回顧歷史，進而建構都市空間質感的策略，來描寫他們的故鄉。

　　本文將鎖定林春美、鍾可斯、杜忠全等三人有關檳城（本島）的地誌散文，透過「空間釋名」與「味覺錨定」兩個角度，分析他們對檳城的「感覺結構」、「場所精神」或「場所結構」（structure of

---

[7] 《文化地理學》，頁 66。

place）[8]的經營，以及對「檳城圖景」（Penang Scene）的建構。

二、林春美的「檳城情意結」

　　林春美在九〇年代前期發表了許多系列小品，部分作品與其夫婿張永修的詩作結集成《鴛鴦書》（1994），其餘則散落在各種專欄和選集當中。她的系列小品可以區分成三類，一是洋溢著濃厚中文系修辭色彩的，與古人對話的書信體；一是以馬大中文系為背景的生活雜感；一是對檳城老家的懷鄉之作。第三類應該是她全部作品中最具分析價值的部分，因為它繞過了都市文學日益僵化的書寫模式，以在地人的情感和視野，生動地刻劃了檳城，進而完成一則以個人生活經歷為中心的地誌書寫。那可以說是一種經由散文形式來呈現的，關於某個地方（或區域）的「形象化繪圖」。

　　本節將以「空間釋名」為主，「味覺錨定」為輔，從這兩個角度來分析林春美在懷鄉小品當中所呈現的地誌書寫；對象是一篇由〈風車路〉、〈報攤〉、〈垃圾堆旁的人家〉、〈天公誕〉、〈檳城光大〉、〈人車伯〉、〈五盞燈〉、〈聚寶樓〉等八則小品統合而成的系列小品或分組散文〈我的檳城情意結〉（1994），篇幅長達六千多字，它未曾結

---

[8] 場所結構的呈現很明顯，像環境的整體一樣，包括了「空間」和「特性」（氣氛）的觀點；這些場所是疆土、區域、地景、聚落、建築物。（詳見：《場所精神：邁向建築現象學》，頁 11-18。）

集，僅以單篇散文的形式收錄在《赤道形聲》的散文卷裡。

每一座城市都有它的一般性和地方性（獨特性），前者早已成為極大部分都市詩的主題，後者常常被忽略，然而它卻是更重要的部分。檳城的一般性已經早已失去誘讀的力量，它值得書寫的是地方性，也就是檳城之所以成為檳城的特質。這一點不容易做到，林春美的這篇散文（或系列小品）邁出了期待中的第一步。

對林春美而言，檳城不僅僅是一個客體，一個準備下筆的城市，它是一個意義、意向或感覺價值的中心；一個有感情附著的動人焦點；一個充滿意義和回憶的家鄉。她對檳城的地誌書寫或許是無意的（沒有意識到「地誌書寫」這回事），但基於專欄形式使然而化整為零的城市光景，卻契合了地誌書寫的某些條件，生活圈內的每一個節點都充滿真摯的地域認同、詳實的街道位置、地域性的文化特徵、風土民情，以及各種見聞的敘述，足以拼貼出一幅新陳代謝的城市圖景。其實，「地景本身並非一個先驗性的存在物體（pre-existing thing），它是一個透過在地的生活，被人為創造出來的富有意義的空間」[9]。在命名的背後，其實累積了大量的集體價值。經由命名行為和集體價值，才能將一個地點轉變成地景。「風車路」便是林春美必須進行「空間釋名」的地景。

她的敘述從街道開始：「風車路銜著檳榔律的一端，一路橫直鋪

---

[9]　J. Hillis Miller, "Philosophy, Literature, Topography: Heidegger and Hardy," *Topographies.* California: Stanford U.P. 1995. p.21。

亞洲閱讀：
都市文學與文化（1950-2004）

展開去，一側通向幾條落寞的小巷，另一側牽著頭條路、二條路、
三條路直至八條路。我小時候從來都不好意思告訴別人我家住在這
裡。這一帶不是有好名聲的地方，說起來彷彿是檳城多數華裔痞流
仔的原產地，是各路英雄『拼陣』的舞台。我想大概是我入學之前
吧，還是初小的時候？有人『拼陣』『拼』進了我家。一地的碎玻璃。
我站在樓梯口看，覺得像看電影」[10]，這種械鬥通常在晚飯後，以
後只聽到風聲就立即關門。她企圖精確地說明風車路的位置，然後
用黑社會火拚的場面來敘說這地方的文化特質。黑道故事對風車路
的「場所精神」之形塑，起了決定性的作用，因為「故事將生命中
抽象的情緒、感受和夢想，以具體、可感知的圖象形式表達出來，
故事正是抽象連繫到具象、精神連繫到物質的橋樑，不但是將概念
化為可被了解的真實，並且將之帶到一個更豐富的思緒和境界」[11]。
作為「華裔痞流仔的原產地」，風車路的「場所精神」就必須經過老
舊的街景建築、具體的「拼陣」描述、親身見聞（家裡的一地的碎
玻璃）、自然反應（晚飯後聽到風聲就立即關門）等多層次的要素加
以呈現。如果林春美改用一篇散文的篇幅來敘說風車路的惡故事，
讓街道得以全面體現空間與社會之間的互動關係，讓更多的事件沉

---

[10] 林春美〈我的檳城情意結〉，收入陳大為、鍾怡雯編《馬華文學讀本Ⅰ：
赤道形聲》（台北：萬卷樓，2000），頁 393。
[11] 陳維祺〈空間的故事〉，《省思建築：尋找詩性的智慧》（台北：美兆文
化，1998），頁 44。

積在此，勢必更加動人。

　　風車路，顯然是檳城的次文化地區，她從自卑、抗拒到最後只好無奈地接受了這裡的「住民風格」，默默生活了二十年。可是這裡為什麼叫「風車路」呢？林春美很費力（也很焦慮）地進行「空間釋名」的工作，她剛交代完黑道的猖獗，便緊接著說：「這現象隨著風車路上不曾存在的風車年年歲歲的轉，上一代隨風老去，下一代跟風長大，就成了風氣」[12]，文章最後也用「風車路的歲月在風中流轉」[13]來結尾；雖然她細膩地刻劃出風車路的生活圖景（在〈天公誕〉一文中更是鉅細靡遺地描述此路的節慶街容），意象化的風車也被提昇為時間運轉的象徵，但這些動作仍舊無法解釋路名的由來。所以她耿耿於懷。

　　鬆開她那環緊箍咒的，是「五盞燈」。

　　經由一張檳城博物院裡頭的黑白照，林春美才知道這個地方原本真的曾經有五盞燈，並成功地運用釋名策略，解讀了「五盞燈」的身世。「『五盞燈』原本是一個地方的代稱，後來變成了某個年紀的記憶。是在少年與兒時交替的年代嗎？五盞燈漸漸地暗了下去。燈下的交通圈被鏟去了，一頭連接它的風車路被改成單行道。從外婆家回來，三輪車再不能直接從柑仔圓或中路拐一個彎進入風車路，回家從此作了繞圈子的事」。顯然她筆下的「五盞燈」同時作為

---

[12]　《赤道形聲》，頁393。

[13]　《赤道形聲》，頁394。

一個地標，以及市容變遷的時間據點而存在。「五盞燈」見證了生活
路徑的巨大變化，一切歷歷在目，又彷如隔世。在這裡，她觸及空
間命名的議題，由於空間內容的變異，「加馬百貨」取代了「五盞燈」
成為新的地標與生活「節點」（node），於是「媽不再對人車伯說『去
五盞燈那邊』，而是『去加馬對面多少錢？』」[14]。這是一個現實，
但林春美內心深處卻還掂著它，因為那裡曾是日軍屠殺市民的地
方，屍體躺了滿街，有人因此發了死人財，夜裡還聽見操兵的鬼影。
在時間舞台上退場的「五盞燈」，因而添上一層難以磨滅的內容。儘
管「五盞燈在口頭上漸漸成了頭條路。可是走在頭條路上，想起舊
時這個地方是 Apom 的攤子，那個地方是賣炒粿條的，說出來的卻
是『那陣時五盞燈這邊……』」[15]。

　　空間的命名有時是不自覺的，由生活中某些口頭語濃縮或裁剪
而成，林春美筆下最生動的例子是「頭家那邊」。

　　「頭家」就是老闆。檳城（甚至整個馬來西亞）到處都是吉靈
人（印度人）開設的，由幾片鋅幾板木搭就的小報攤，同時賣一些
雜物和零食。她說過死後要把骨灰分別葬在平生五個最牽心的地
方，其中一個就在中路恒毅小學附近吉靈人的報攤旁。或許對其他
市民而言，那只是一個生活的節點，但她「少年檳城的日子，候車
上學就在那報攤旁的車站。放學回家路過攤子，經常就只是放下錢，

---

[14]　《赤道形聲》，頁 399。
[15]　《赤道形聲》，頁 399。

也不須招呼一眼賣報的老頭，拿起一分報紙就走。那老頭，我現在記不起他的具體面容了。勉強記得的只是他盤腿坐在台面上售報時那種孤獨、落寞而又有點麻木的神情」[16]。在此累積了太多不經意的生活情節，充裕得足以產生地方意象。

她外婆家旁邊也有一個報攤。賣報紙的老人，她們都叫他「頭家」。對於外婆家過去與現在的孩子而言，頭家報攤的存在意義，在於「糖果零食和像牙膏一樣可以擠在吸水管上吹成泡泡的一類小玩意兒。童稚之心，一個小報攤就可以使之滿足了，所以大人們總是說：『不要吵我就帶你去頭家那邊買東西。』雖然老頭家已經故去多年，但我們今天哄小孩還是說『頭家那邊』。似乎只要頭家報攤的門面不變，這種感情就可以同歲月終老」[17]。

這個空間的命名背後儲蓄了濃厚的記憶，「頭家那邊」其實只是林家私有的命名空間，正因為私有而顯得更為珍貴。上述三個命名特殊的空間，分別承載了林春美對其生活之所在——檳城——的感受和回憶，這裡的變遷、人情、文化等元素相當立體地構成了一種林春美「私有」的地方感。

她對這片土地的高度認同充盈在字裡行間，不僅僅是舊事物，連現代建築也不例外，當渡輪航向檳城本島，她的目光首先落在摩天大樓「光大」。被視為地標建築的「光大」是她家的方向，每次回

---

[16] 《赤道形聲》，頁394。

[17] 《赤道形聲》，頁395。

家，「那種到了『光大』便快到家的感覺便會油然浮生。……它象徵
檳城的繁榮與進步。外地人靠它指引迷津，本坡人在那裡解決生活
瑣事，更有一代新人粘著它長大。他們名叫 Komtar Boy／Komtar
Girl。『光大』培養了他們的氣質，也塑造了他們的形象」[18]。她沒
有很粗糙地指出「光大」即 Komtar 的中譯，而是透過 Komtar Boy
／Komtar Girl 來達成聯想。其實在她心中，「光大」不單是個建築
空間的譯名，她希望它能真正光大起來。因為檳城人的小孩都將在
它的腳底下長大。

　　在林春美筆下每個空間都有鮮明的名字，勾勒出在地人的生活
意義及印象，這點對地誌書寫而言很重要，因為「空間的名字是一
種溝通的媒介。我們常以一個互相熟稔的空間來作為一場約會開始
前碰面的地方，……簡單的名字卻能勾勒一個難以釐清的空間座
標。空間的名字加上都市的經驗可以作用出令人難以置信的空間溝
通語言，而空間的名字在轉述中也相互傳遞著空間的意」[19]。

　　「聚寶樓」是另一個令她難以忘懷的老地方，只因為那裡有「檳
城最好的東西」，「不是隨便什麼人都吃得到的」，聚寶樓儼然成為她
味覺的宗廟或祠堂。「聚寶樓是一間咖啡店，在本世紀初年的艱苦歲
月裡由一個唐山阿伯創立。唐山阿伯是福州人，雖然已經過世多年，

---

[18] 《赤道形聲》，頁 397。
[19] 黃衍明〈空間命名學〉，《都市空間筆記》（台北：探索文化，1995），頁
77。

但祖傳的紅糟雞、福州魚丸、燕皮和豬腳黑醋，卻還是帶著一種鄉
土的意緒，吃下胃裡，會化成一種情意結，以供日後難分難解」[20]。
家鄉的美食不但是鄉愁的象徵，同時又是構成感覺結構的重要元
素。也許對某些人而言，「鄉愁」與「美食」早已劃上一道心照不宣
的等號。從林春美的敘述，可見出檳城的美食非但強化了她的鄉土
認同，更成為一種在地人的驕傲。當她提到聚寶樓現在的頭家嫂時，
忍不住誇耀：「她煮的檳城小食——抱歉你沒吃過——那才真的檳城
呢！」[21]

　　如果悄為留意她對檳城老事物的敘述，便能發現美食早已滲透
到記憶深處，如前述的「五盞燈」，儘管在口頭上漸漸成了頭條路，
可是走在這路上，卻想起舊時賣 Apom 和炒粿條的攤子。後來林春
美到吉隆坡求學和工作之後，常常「跑到『SS2 為食街』」，叫一碗標
榜著檳城的小食來解解鄉愁。卻常常是舉筷消愁愁更愁。哪有得比
的？這裡的福建炒的是大肥麵，我們檳城何其『幼秀』。這裡的豬腸
粉雜七雜八，我們新巷裡矮女人和她的胖丈夫的那一檔，只要想到
蝦膏澆在豬腸粉上的情景就可解饞了。這裡的粿條湯很不是味道，
遠不及我們戲棚腳下的。就連雜飯，我們社尾的那才夠雜呢。那是
小時候爸爸用腳車載我去吃的」[22]；鄉愁，就在味覺無盡的挑剔中

[20]　《赤道形聲》，頁 400。

[21]　《赤道形聲》，頁 400。

[22]　《赤道形聲》，頁 400。

量開來。林春美的檳城不僅僅是空間的描寫，還包含了味覺的旁白。如數家珍的美食，把檳城活生生地錨定在每一個攤子上，彷彿檳城便是美食的代稱，各種美食和攤子構成檳城的重要地誌內容與標的。

儘管檳城在硬體建設方面不及吉隆坡，但它保留了較人性的一面（不管是黑社會或垃圾堆），它更擁有吉隆坡無法比擬的美食，就是這一種「檳城美食甲天下」的口吻，形成一股檳城人的自尊（或狂妄），在情感層次上大大豐富了林春美的地誌書寫。檳城，也因此而顯得鮮活有勁。

在街道經驗大幅消褪的現代都市，林春美以街道為中心的地誌書寫，呈現了不一樣的視野。其次，她拒絕尊崇都市文學慣用的表層化現象批評，以自身的體驗去再現美好與醜惡的事物，讓情感與城市互相滲透，滲透到柔軟的時間裡去。或許時間才是真正的建材，所有的回憶都附著在充滿磁性的時間長廊：風車路的黑道和天公誕、消失前後的五盞燈、SS2 為食街的鄉愁引爆、聚寶樓的滋味、吉靈人報攤、三輪車夫、垃圾夢魘等等事物，構成一個以真實生活經驗為憑的符號系統，混合了高度的鄉土認同與驕傲，在林春美的敘述裡，營造出一種可以稱之為「檳城式」的生活特質。

三、鍾可斯和杜忠全的「老檳城記憶」

鍾可斯跟林春美一樣是「以吃為天」的檳城人，他筆下的「檳

城式」生活特質當然離不開味覺印象／意象。不同於林春美在一九九四年發表的系列小品，他發表於二〇〇三年的長篇散文〈那一條街·那一座城·那一叢書〉，表現出高度的「檳城書寫」的意圖，特別著墨於街道空間的質感經營，生動而感性地記述了都市景象的興替：「很多文人重新書寫檳城的歷史，那些走過的街角巷末，殖民地遺留下來的古老建築物，舊宅騎樓古厝浮腳屋，都將逐漸逐漸的消失。我們一點都不能阻止現代化的城市發展，就像我們不能阻止年齡的增長歲月的滄桑，所以只能給自己留下一道深刻的記憶，直到皺紋滿臉，白髮蒼蒼」[23]。這種類似地誌書寫的創作自覺[24]，在馬華現代散文十分罕見；從字裡行間的懷舊口吻，可以想像出他眼前那些殖民地時期遺留的古老建築——舊宅騎樓古厝浮腳屋——非常具體保存並傳達出一種珍貴的時間質感，籠罩全文，然後才徐徐展開他對檳城市井的立體敘述，讓視覺與味覺相融、回憶與現實交錯。

　　林春美用味覺來深化、豐富她的檳城，鍾可斯則以歷時性的味覺記憶來營構檳城的「場所結構」。場所結構主要由「空間」和「特

---

[23] 鍾可斯〈那一條街·那一座城·那一叢書〉，《南洋商報·南洋文藝》（2003/11/29）。

[24] 我曾經用地誌書寫的角度分析林春美〈我的檳城情意結〉，以近全版的篇幅刊登在《南洋商報·南洋文藝》（2001/09/10）。一週兩版的《南洋文藝》是馬華文壇兩大副刊之一，而且鍾可斯一向都以《南洋文藝》為主要發表園地，〈那一條街〉也發表在這裡。所以，他有很高的機率讀過那篇地誌書寫的評論，雖然未必產生影響，但可能會有某種程度的啟發與參考作用。

質」來組成，殖民地建築與現代化建築的消長交替，形成檳城市景
的主要內容，然而作者明顯將感情根植在殖民地建築及其街景當
中。所以在文章的最前面，他描述了市容的劇烈變化：「檳城也沒什
麼地方可去，或走得更遠，舊的圍城拆掉了，新的高樓平地建起，
雙程路改成單行道，車輛環繞城市中心一圈又一圈，霓虹燈交通燈
轉紅轉綠，走走停停，社尾桊市集就快憑空消失了，那些凌晨卸貨
吃飯的苦力就要說拜拜了。吃完最後的一道潮州粥芋頭飯油炸鬼豆
漿水也就分道揚鑣了。這就是現代的城市發展規劃，再過十年，那
些古老的紅牆綠瓦也就不存在了」[25]。不過，更值得注意的是鍾可
斯「不自覺夾帶」在敘述裡的那一句「潮州粥芋頭飯油炸鬼豆漿水」，
它才是場所結構的重要「特質」。

　　鍾可斯的檳城地誌書寫具有高度的「意象性」（imageability），
由諸多美食堆砌而成的都市，透露出一股不能自拔的巨大慾望——
食慾。食物儼然成為檳城市井生活最重要的符號，而他的檳城記憶
則不斷地「重複著符號，使城市得以存在」[26]。譬如他談到啓蒙就
讀的中華孔聖廟小學時，筆觸迅速掠過古樸的學校建築、儒家色彩
的校訓，先把校歌唱成「鹹浸餅油炸鬼」，再繞過隔壁的麗澤小學，
直取百樂門戲院——「專門上映歌舞滿場飛的興都片，看過最賣座

---

[25] 《南洋文藝》（2003/11/29）。

[26] 伊塔羅・卡爾維諾（Italo Calvino）著，王志弘譯《看不見的城市・城
市與符號之二》（台北：時報文化，1993），頁31。

的電影是《人生地獄》，敘述從小父母離異而天涯各一方的兄妹所經歷的冷暖情天，交織著迷幻淚眼和歡唱。戲院裏彌漫著印度人的茉莉香。百樂門戲院後面是樂宮戲院，聚集著印度人販賣 Kacang Putih 的小攤檔，各式各樣的花生香果豆類，也有賣煙草檳榔葉的，賣 Mayung、Chendol 的檔口，都是傳統的小生意」[27]。百樂門和樂宮戲院的「印度文化（風味）」是形成場所結構的主要元素，尤其強烈的嗅覺和味覺記憶，瀰漫了整個敘述。對馬華本地讀者來說，以上的描述已經足夠產生完整且立體的都市景象，記憶的味蕾輕易被 Kacang Putih（水煮豆子）、Chendol（一種以椰糖調製的印度冷飲）活絡起來，加上濃郁的茉莉花香，自動完成所有的空間想像。

　　鍾可斯的味覺錨定十分細膩而且深刻，當他懷念起學生時代的美食，便能營造出一種色香味俱全的記憶氛圍：「在學校門口擺檔的多粉魚丸湯，那透明的粉絲仿佛夜空劃過的流星滲透著一絲絲的驚喜，沸騰的湯水上面浮泛著魚丸蔥花，一小塊的油炸鬼點綴其中，味道好極了，口感也不錯，就是那麼簡單的下午茶。有人喜歡吃香喝辣，那麼就叫一碗道地的檳城叻沙好了，味道濃烈酸甜，可以清腸刺激食慾，在豔陽天底下感覺還有涼風習習」[28]。原本作為知識殿堂重要意象的「學校門口」，卻被諸多美食篡奪了所有的回憶內涵，百味雜陳、令人垂涎三尺的「食慾」取代了枯燥乏味的「求知

---

[27]　《南洋商報・南洋文藝》（2003/11/29）。

[28]　《南洋商報・南洋文藝》（2003/11/29）。

慾」，成爲該處時空記憶的全部內容。論述至此，我們發現鍾可斯對
檳城的認同根植在年少的「味覺記憶」，即使後來百樂門和樂宮戲院
等少年檳城的生活節點，都被摩天大樓「光大」取代了，所以的光
芒消隱在新時代的消費潮流背面，但以強烈味覺爲主體的「印度風
味」，卻牢牢地把那個消逝的場所結構，錨定在（城市的）少年記憶
的刻度上。正如諾伯舒茲（Chritian Norberg-Schulz）所言：「我們的
環境不只有能夠造成方向的空間結構，更包含了認同感的明確客
體。人類的認同必須以場所的認同爲前題」[29]，鍾可斯的檳城認同
其實就建立在美食攤／街的場所認同上，更明顯的是沉積其中的少
年情懷（時間因素），因爲「有認同感的客體是有具體的環境特質的，
而人與這些特質的關係經常是在小時候培養的」[30]。

　　當鍾可斯完成百樂門一帶的美食敘述之後，終於感受到時間「老
化事物」的力量：「我們是少年不識愁滋味，細數著街道的向晚，我
們並沒有想過有一天我們也會變老」[31]。作者的懷舊精神無力面對
時代潮流的變遷，於是他「感歎的是那一條街的獨立風朵竟而變得
滿目瘡痍，我的讀書時代的那一座城到那裏去了，當滄海變成桑田，
我們卻遺留下來更多的廢墟。我的童年就在新春滿園掇拾那走過的
片斷風景，那角頭古老的照相館，新都戲院欄杆垂掛的電影海報，

---

[29]　《場所精神：邁向建築現象學》，頁 22。

[30]　《場所精神：邁向建築現象學》，頁 21。

[31]　《南洋商報‧南洋文藝》（2003/11/29）。

吊得琅琅滿目的漫畫書攤」[32]

　　然而美食並非檳城的全部，這座文風很盛的華人城市，曾經有過令鍾可斯難以忘懷的氣香。如今，那一座曾經蘊釀、造就許多作家文人的「書城」竟然失蹤了，他要把它找回來：「它就在中華孔聖廟小學的後街，那條叫德順路的短短街巷，兩排參差不齊的舊書檔口，老闆大多數是吉寧人，祖傳印度飄洋過海落地生根，有點文化以賣書爲生養家糊口，他們賣的都是英文的工具書，出租的都是外國的言情小說西洋漫畫或過期的英文雜誌書報，中文書則以香港漫畫文藝武俠小說爲主。……書雜誌都賣得很貴，所以租借是最便宜的，讀小說是最閑情意致不過，也是最自得其樂的消遣」[33]。鏡頭緩慢而細膩地記述了昔年的書城光景，由食而書，原欲爲他要帶我們瀏覽檳城的另一面；豈料緊接下來的敘述：「這裡還有一家釀製椰花酒的小型酒廠，經過發酵的椰花芳香四溢，也是印度人花天酒地的所在，最廉價的酒精，最瘋狂的麻醉，也是最深沈的悲哀」[34]，書籍遂被包裹進酒意裡去。

　　鍾可斯筆下，充滿個人懷舊情結的「老檳城」圖景，其中有很大的面積籠罩在味覺記憶裡頭；至於「老檳城」的大歷史，就必須從美食的氛圍裡撤離，退去閒雜人等，只留下街道和它的歷史建築。

---

[32] 《南洋商報·南洋文藝》（2003/11/29）。

[33] 《南洋商報·南洋文藝》（2003/11/29）。

[34] 《南洋商報·南洋文藝》（2003/11/29）。

杜忠全那篇文長五千八百字的〈路過義興街〉(2003)，即是一篇歷
史感很重的都市散文，它企圖還原義興街的歷史時空。

　　歷史是一種集體記憶，每條街道的命名背後，必有一個偶然或
沉積的理由。杜忠全挑選義興路作為檳城街道書寫的實驗對象，主
要是因為這條百年老街，是當年義興黨的總部所在地，其中的華人
領袖更是「邦咯條約」的與會代表之一。因為歷史的累積而產生了
義興路的（書寫）價值，「歷史文化的基地一直不斷地挑戰時間：紀
念物累積記憶以對抗遺忘，一直喚起人們對開創的個人、行動或機
構的記憶。場所如同根基一樣，深藏在地表下方，使得文化能夠找
到本身的認同，以對抗時間的消逝，利用儀式與神話企圖讓時間停
下來。反映文化的建築變成是代表根基、記憶與永恆性的這些儀式
的一部分。」[35]

　　杜忠全對殖民地建築的著墨頗多，而且試圖塑造某些典型形
象，例如華人傳統咖啡店的描述，就從一張張潔白平滑的大理石桌
展開：「傳統咖啡店的木質圓形靠背椅，那通體烏黑油亮的色澤，又
透射了它歷經的悠久年歲。這樣的一家咖啡店，在古老的喬治市裡，
在我們全島各地的小鎮裡，都有著不少呢」[36]。這種典型很重要，
它是構成華人傳統咖啡店印象的視覺要素，從古至今，放諸全國皆

---

[35] Ignasi de Solà-Morales 著，施植明譯《差異：當代建築的地誌》（台北：
田園城市，2000），頁 129-130。

[36] 杜忠全〈路過義興街〉，《星洲日報・文藝春秋》（2003/11/15）。

準。但杜忠全不急於展開義興街的空間釋名活動,他先重現/重構教堂街的地誌景觀:「沿著土庫街(Beach Street),向著康華麗堡的方向直行,見到 India House 就逕直左拐進去,就是教堂街了」,「那是一條單向道,路的尾端正好對著一家古老的天主堂,那是喬治市裡最早建起來的,代表大英帝國國教的一家教堂了。早在一八一八年,還在喬治市開埠的初期階段,它就一直矗立在那裡了。因為這個緣故,……便被市政當局安上了這樣的一個路名,此後就沿用至今了」[37]。

在文章的後半段,他接著指出「教堂街」原來那只是市政當局在路邊豎立起來的「路牌」在這座古城的華人居民嘴裡通用另一個路名,而且與官方的正式命名並行不駁地廣泛流傳:「我們少年時說的教堂街,老人家們說,那是義興街啦!唔,當年義興黨的總部,不就在那條街上囉!當年哪,到底有多久呢?哈,那是比咸豐年間還要久遠的歷史年代了」[38]。而且義興路上具有歷史意義的地標建築不止一處,十九世紀末以後,鄭景貴海山黨的總部就在海記棧,再過去一點是堂皇富麗的慎之家塾,也就是當年鄭景貴的生祠。鄭景貴不但是當時的幫派老大,他曾經捐金抗戰,後來也為清廷封賜的一員二品官。

原來教堂路便是義興路,空間的釋名行動到此水落石出。杜忠

---

[37] 《星洲日報・文藝春秋》(2003/11/15)。
[38] 《星洲日報・文藝春秋》(2003/11/15)。

全把分別屬於華人和英國人的空間感，交疊在一起，完成義興路最
根本的歷史面貌。

　　同樣創設在檳城，廣府人的「義興公司」和客家人的「海山公
司」，都是具有強烈黑社會色彩的錫礦公司，雙方先後在一八六二年
和一八七二年，爲了爭奪礦源而引爆大規模火拚，史稱「拿律戰爭」
（可見動亂及死傷規模之大）。這兩家敵對勢力的總部居然設在義興
路，當時的火爆場面真是不敢想像，它們的存在與對峙，正是義興
路最雄厚的歷史資本，可惜杜忠全沒有善加處理。

　　這條百年老街的感覺結構，是透過作者在街景（空間）中穿梭
與描繪的文字，以及老人家如數家珍般地說著已然湮遠的陳年舊事
（時間）來還原，現實與歷史時空的交錯融合，讓他「突然覺得那
條街突然變得好陌生，彷彿教堂街是教堂街，義興街是義興街，它
們從來都是兩不相及的」³⁹。在建築物歷史背後的顯赫人物──當
年參與影響這片土地的歷史發展至爲深遠的邦咯條約的與會代表─
─隱然出沒在地誌書寫的最邊緣，像一座飄渺不定的地景。

四、成形中的都市圖景

　　在馬華散文的地誌書寫裡，人與都市表現出綿密不可分的情
感，以及真誠的都市認同。我們不再讀到馬華都市詩裡的模式化創

---

³⁹　《星洲日報・文藝春秋》（2003/11/15）。

作，那種一味控訴都市文明，卻失之膚淺的陳調濫調。馬華散文的
書寫者總算成熟，開始追索都市的身世與價值，將人與都市的對話，
晉升到另一個層次。毫無疑問，「檳城圖景」是當代馬華都市散文最
值得討論的創作成果之一，從林春美、鍾可斯、杜忠全（以及本文
不及討論的方路、林金城等人）的系列小品和散文，我們清楚讀到
「空間釋名」和「味覺錨定」兩個主要書寫策略，並由此產生不同
質地的「感覺結構」、「場所結構」和「場所精神」。

　　類似「檳城圖景」的「馬六甲圖景」或許還在成形中，但「吉
隆坡圖景」早已沉積在各大文類的暗處，我曾透過「造街運動」的
角度，討論了八〇年代以降十首書寫「茨廠街」的現代詩[40]。馬華
詩人唯有面對歷史古蹟時，才會卸去許多刻意的都市詩前衛意識或
僵化技巧，認真詮釋那條吉隆坡最著名的歷史老街，遂產生令人動
容的地方感。至於都市散文裡的「吉隆坡（茨廠街）圖景」，似乎還
在成形中。地誌書寫的觀念，應該可以為當代馬華散文創作，開闢
一個很有發展潛力的路徑。

---

[40] 陳大為〈街道的空間結構與意義鏈結——馬華現代詩的街道書寫〉，《亞
細亞的象形詩維》（台北：萬卷樓，2001），頁 109-145。

[*148*]

亞洲閱讀：
都市文學與文化（1950-2004）

曼谷的縮影

當代泰華文學的湄南圖象

[*150*]

亞洲閱讀：
都市文學與文化（1950-2004）

曼谷的縮影

——當代泰華文學的湄南圖象

一、泰華文學的河圖

　　展讀當代泰華文學，勢必聽到無所不在的湄南水聲，讓人錯以為滿紙的漢語，都是魚。

　　孕育出無數漢語和魚的湄南河，它「真正」的名字叫「湄南昭披耶」（Mae Nam Chao Phraya），Mae Nam 即是泰語的「河」，Chao Phraya 才是這條河的名字，它是暹羅王室頒贈給貴族或有功人仕的最高爵位；「昭披耶河」意即最尊貴崇高的河流，是一條聖河。本文

所謂的「湄南圖象」，在語意上便是一幅泰式的「河圖」。

　　這條聖河是泰華文學各文類作品中最突出的意象，隨手翻閱一部詩文集或選集，都能輕易讀到它柔軟的身影。柔軟，不但是湄江的「天性」，更是泰華新詩和散文的基調。現實裡的湄南河，由源出泰北山區的賓河和旺河在那空沙旺匯流而成，穿過土地肥沃的中部平原，下游再匯接那空猜西河以及巴薩河，注入暹羅灣，全長三百六十五公里，落差只有二十四公尺，故水勢較平緩。在農業時代，每年的洪水期就是大自然為曼谷三角洲施肥的時機，肥沃的淤塞物藉此進駐稻田。湄江沒有滔滔的水勢，它緩緩流經大自然和文學的平原，溫馴的個性十分附合那個極其柔軟的暱稱──湄江；季節性的洪汜，在泰華文學裡並沒有構成明顯的災難性書寫。湄江，在泰華新詩裡最激烈的表現，莫過於遙想屈原的殉難，它卻讓泰華詩人擁有一片很肥沃的抒情舞台，足以自成一個龐大、永續的抒情詩歌傳統。即使散文和小說出現寫實性的筆觸，大多仍舊是消極的、低迴的，連對命運的陳述或控訴只像一聲嘆息，默默消匿在潮汐之中。想必是政治上的諸多禁忌，迫使泰華作家減輕了抨擊，迴避了問題。

　　湄南河是曼谷最重要的都市地景，它創造了曼谷的都市生活形式與文化氛圍，河流比任何林蔭大道更富詩意，坐船上下班和公務往來的獨特景致，不但成為觀光要素，也讓曼谷市民對它產生自豪與認同。長期以曼谷為創作根據地的泰華作家，幾乎無一倖免地，被這條柔軟的聖河改變了他們對（曼谷）都市文化的書寫角度與策

略，甚至產生某種河川文化的移情作用（汨羅－湄江）。經過數十年
來眾多泰華作家灌注在湄江裡的都市認同與國族情感，「湄南圖象」
遂成為泰華文學裡最突出的意象。從另個角度而言，它將泰華都市
文學的發展方向，從最可能出現的批評性視野（如台灣、馬華、新
華等地），轉移到都市認同的軌道。所以，用傳統都市文學的意象系
統去蒐尋或解讀泰華都市文學，意義不大，更無法突顯泰華（都市）
文學的特色。唯有拋開固有的論述策略，專注在「湄南圖象」的分
析，才能有效讀出潛藏在「湄南昭披耶」裡的，曼谷都市文化及住
民認同的縮影。

　　本文在一百四十部泰華詩文集的閱讀基礎上[1]，蒐尋泰華文學作
品中刻意或不經意營構的湄南意象，進行多角度的分析，企圖歸納
出一個由「船舶生活的記述」、「生活情感的依附」、「對前賢的追悼
與詠嘆」、「泰國文化與鄉土認同」等四大母題構築而成的「湄南圖
象」。

二、抒情傳統

　　翻開九〇年代的泰華詩文集，便發現泰華作家筆下的湄江，幾

---

[1] 根據曾心編撰的〈泰華文學著作書目（1927-2000）〉，歷來泰華文學（創
作類）的出版品約三百六十部。

乎籠罩在一個強大的抒情傳統底下，彼此相互孕育又相互滋養。能不能有一些比較學理性的敘述呢？針對於湄江的洪氾或風土人情。史青（1924-1996）的詩篇〈洪氾的河〉（1957）在半個世紀以前的時空位置上，吸引了關注這個議題的讀者目光。

在曼谷尚未發展成現代都市的五〇年代，古老的堤岸根本禁不住每年的洪汛，姑且不論這個「準都市」需要的是建設或者灌溉，這首寫於洪水季節的詩篇，卻以歌頌的語調來描述洪氾，甚至將它形塑成一種美好的力量：「這裡住著的是善良的人民，／勤勞的雙手播下等待發芽的種子。／黃渾渾的洶湧的水——／多少年代多少人的汗珠；／灌溉著一望無際的綠色田野。／啊！洪氾的河呀，洪氾的河！／……／像一支巨大的血管，／流過崎嶇的山地和肥美的平原，／整天整夜沒有停息」[2]。這種鳥瞰式的情緒、高亢的筆法，自然錯過許多應該深入描述的民生細節，洪氾對田地的作用也太籠統。詩的第三段，史青甚至將洪氾譬喻成某種進步的力量，按照紅馬的說法是：「歌頌著一股沒法阻撓的勞動群眾的力量，在時代的潮流裡匯成了一支一定勝利的洪流，去走向廣闊幸福的大海」[3]。自史青以降，這種抒情基調漸漸形成詩人描寫湄南的趨勢，幾乎淹沒了

---

[2] 史青《洪氾的河》（曼谷：新藝，1984），頁 102。

[3]《洪氾的河》，頁 177。史青把這篇評論收錄在詩集中，顯然是肯定紅馬的評析。

單純地理或史料意義上的描述，僅作爲抒情的載體。

　　曾天（1927-1999）的〈湄南河的歌〉（1987）是一首比較屬於地理性書寫的詩作。他在文本中對河的流勢與地理有粗略的描述：「我來自泰北的山嶺，／由濱、汪、戎、難匯成，／宛似巨龍，由北欖坡向南奔出北欖口，／經過大平原的谷倉、椰林、城市、村莊，／大芭蕉的旗幟，果子園的清香！」[4]。很明顯的，曾天企圖交代湄南河主要的支流和物產，既然這全是泰國本地人民所熟悉的訊息，所以這首詩的預設讀者應該是國外的華文讀者（否則就沒有意義了），可是光從這幾行簡略的描述，無法虛擬出立體的實況，以及這條河的個性。詩在這方面的表現欠佳，那散文呢？

　　多英（1922-）有一篇散文〈湄南河之戀〉（1994），同時提到湄南地理和洪氾。他把湄江擺在記憶的位置上來寫，所以對河勢與歷史著墨不多：「它就像一片闊葉樹的葉子的脈絡那樣，支流縱橫交錯，從北部奔瀉而下，來到這個國家的心臟……。這裡的人們自豪地談到，因爲有了湄南河，這裡每年只消播種一次就得到豐盛的收穫；只要有一次豐收，人民就足食幾年。……每當我看見它那滾滾奔騰的英姿，我自然想起那些流傳著它的兒女們英勇捍衛自己的山山水水、抵禦外侮、反抗侵略者的故事」[5]。從這一大段引文可以看

---

[4] 曾天《微笑國度之歌》（曼谷：黃金地，1989），頁 23。

[5] 泰華作協編《亞細安散文集·泰國卷》（曼谷：泰華作協，1994），頁 25。

出，湄南河擁有可歌可泣的英雄故事，那是它最動人的身世，多英爲何不善加處理呢？文本中雖然提到豐收的喜悅，但對事實的刻劃不夠深廣，一筆就帶過去了。河勢呢？他的筆法著重於譬喻，尚不及曾天來得詳實。難道就不能有一篇文章，沿著湄南河的流勢，把發生在船上的英雄野史，或兩岸的人民血淚娓娓道來？

從人文地理學角度來特寫湄江的河性與民生文化，這種文章或許是太過苛刻的期待，因爲它必須同時具備學術知識、生活經驗、宏偉的關懷與筆力；關於湄江的英雄野史，在泰華文學作品中實在難找，泰華文學創作得顧及太多的政治禁忌，很多題材不容下筆；至於水上人家的生活寫實倒是不少，它們多半出現在散文、雜文和小說，形成一個關於「船舶生活的記述」母題。新詩在這方面的書寫依舊貧乏。

三、船舶生活的記述

黎毅（1930-）的短篇小說〈夜航風雨〉（1960）便是一個很好的例子。黎毅把鏡頭鎖定一艘從泰北穀倉沿著湄江南下曼谷的米船，船上有泰籍主人侖湛夫婦和嬰孩，以及順道搭乘的敘述者。黎毅對空間的描述很細心，每一段河道的地景都有不同的變化，在泰北開船時：「五豐火礱低矮而陰暗的礱棚和那座龐大的粟倉慢慢後退了，高高的煙囪亦後退了，兩岸傍水而立的櫛子厝和佛寺古老的塔

尖漸次慢慢向後移動了,向後移動了……」[6],到了下一段水域,兩岸盡是高矗的椰林和蒼翠的果樹;到了猜納便看見密密麻麻的米船匯成一片水上鬧市,飄蕩著小提琴和口琴伴奏的清婉歌聲。細膩的地景變化讓這篇小說產生了立體感,人物在場景變化中表現出他們的習性、思維和命運;米船,是他們的謀生和起居的所在,敘述者(我)在米船上目睹了他們全部的生活內容。文末強烈傳遞著「船在人在,船亡人亡」的船夫宿命,讓小說蒙上一層灰暗的色調。或許,這就是典型環境(湄南河上的船舶生活)裡最典型的人物命運。

黎毅在一篇散文〈街頭狂想曲〉(1994)的第一節「過奈河橋」裡,提到湄南河的水性:「要是它飽含赤色泥沙,濁流滾滾,同時帶動了無邊無際的綠色水蓮順水流闖,這便是它向居於曼谷的市民發出訊息,宣告一年一度的洪水季節已經來了。」[7]由此可見他對湄南河的了解很深,絕對有能力寫出湄南河的洪氾,可他卻一筆帶過。

陸留(1914-1987)有一篇相當寫實的散文〈湄江頌〉(1976),沒有半點風花雪月,沒有空洞的「頌」味,舉目望去盡是工人和貨船:「無數的工人正踏著跳板,從米倉揹馱著沉重的米袋到船上。江心,流動著來去的舟船是多的,不時有縛成一起的『椰山』浮過拖

---

[6] 黎毅《黎毅文集》(廈門:鷺江,1998),頁 60。

[7] 《黎毅文集》,頁 296。

過，也有長長的大木排……。江上的畫面，是動的，亂的」[8]。文本中的人物眾多，大都相當鮮活，生動地刻劃了當年在湄南河上謀生的百姓面貌；此外，還夾雜了許多方言土語和當地特有的船舶，在一個脈絡清晰的敘事架構上，「人」「物」接踵登場，紛而不亂。

這種微觀的，有血有肉的湄南書寫並不孤立，在繁忙的河道中還有陳博文（1929-）的文化雜文〈湄南河水上人家〉（1994）。陳博文的博聞在泰華文壇是眾所周知的，他曾在《新中原報》發表了三十萬字有關泰國風土的專欄文字，並精選三十篇結集成《泰國風采》（1994）一書，〈湄南河水上人家〉便是以理性的工筆來描繪水上人家生計的一篇。他透過客觀的角度來敘說各種船舶的特性和角色，從運貨的谷清船、駁運的鹽船和鐵舶，到自上游河床吸沙的沙船，一一川行在陳博文筆下的湄江；不僅如此，透過沙船主人的描述，連貨運的價碼和生活實況都寫了出來：「當船在航行時，一家四口就只能活在那數方尺空間，孩子們或許會鑽到船蓋下沙堆玩，老的就只有呆在那數尺方圓之地」[9]。由於作者對湄南河的人事物有深刻的了解，下筆成文即是湄江經濟史的一幀斷層掃瞄。

上述三篇書寫船舶生活的作品，分別從人物的宿命、生活哲學、船舶經濟的結構等方面，多角度地形塑了一幅湄江版的清明上河

---

8 陸留《陸留散文集‧上集》（曼谷：亞太文學，1998），頁155。
9 陳博文《泰國風采‧上下卷全集》（曼谷：八音，1998），頁77。

圖。這類文章當然不只三篇,陳博文的散文〈湄南河上的舊景觀〉
重現了五十年前的湄南兩岸的曼谷景觀:碾米廠(火礱)的高聳煙
囪、舵公吃力地撐擺的木渡船、泊船的浮木桴、在河裡洗衣沐浴的
男女、從上游順流而下的木排;最吸引人的便是這些由十來二十根
巨大樹幹鍊綁而成的木排,那是當年伐木業的奇景,從北欖坡順流
而下,二三十排為一批,「蓋滿了半個河面,木排上盤繞著青青水蓮,
還搭著兩三間小板屋,那是押木排工人住宿之處」[10],木桐是船也
是屋。這篇鉅細靡遺的,記實很高的河圖特寫,強化了湄南圖象的
經濟及文化肌理。而司馬攻(1933-)的〈小河流夢〉(1993),從側
面替這幅河圖補上一筆,因為他寫的是曼谷的運河開發史。這篇以
運河為焦點的散文,從現實時空推溯到一七八二年叻打納哥王朝定
都曼谷,拉瑪一世徵用民工開鑿小運河;剛柔並濟的敘述語言,精
準地扣住了昔年運河華工的心境與身影:「飛蛾、蚊子好奇的停在這
些新到的『唐人』的長長的辮子上。開河者一鋤一鋤地周旋於旱天
的龜裂與雨季的泥濘之中」[11]。這篇散文的時間跨度很大,視野十
分開闊,不但融合了大小河渠的歷史,同時也注入深厚的感嘆。

　　從冬英的文章片段可以推想,這條河所見證的歷史與變革一定
非常豐碩迷人,可惜沒有找到足夠的例子,只見黃水遙(1927-1989)

---

[10] 陳博文《佛都憶舊》(曼谷:八音,2000),頁38。
[11] 《亞細安散文集·泰國卷》,頁3。

在〈火，燃燒在湄南河上〉記述了第二次大戰期間，日軍轟炸湄南
河畔英軍的軍用油庫，燃燒汽油全數流入湄南河，「散開的火焰隨著
水波向新尾路的河面流去，雖不似火海，但也夠使人感到驚心動魄
的」[12]。可惜那只是一幕戰後四十年的簡略回憶，無法構築出戰火
中的湄南故事或圖象。倒是林牧（1933-）的〈沉思，在素可泰古城〉
（1994），可以讀到作者還原歷史的筆法與能力：「恍惚中，我好像
看到坤南甘杏大帝，正在皇城中巡視宣慰庶民，諭示人民的識字拼
音法，陛下正幸臨陶瓷作坊，賜與中國陶瓷技工晉見，觀賞中泰工
匠合製的宋膠洛瓷器！」[13]素可泰城就在湄南河中游附近，歷經二
百五十年共九位國王的統治，不但創造了泰文字母、寫下泰國最古
老的文學作品《佛教的三個世界》、精美的陶器工藝、卓越的佛教藝
術和建築，都是值得大書特書的史實。如果司馬攻和林牧這兩篇文
章「直取」湄江的歷史事蹟和文化地理，加上黎毅、陸留、陳博文
等人的作品，這個湄南圖象就比現在更宏偉且深邃了。

　　湄江的理性輪廓固然清晰，但規模不是很大，真正統治著湄南
圖象的是抒情性質的文章。對一座建立在三角洲平原上的都市而
言，河的角色當然十分重要；在「十五、十六世紀，『理想的』地景
經常是在人類聚落的附近有一位居中心的河流或湖泊，耕地更由此

---

[12] 黃水遙《琴與花朵》（曼谷：自印，1989），頁 158。

[13] 《亞細安散文集・泰國卷》，頁 128。

擴展。後來水被恰當地理解或描述成表現特性最重要的地方元素，在浪漫地景中，水又成為一種動態的大地力量（chthonic force）」[14]；尤其湄江這麼一條與曼谷市民生活息息相關的河流、一個最突出的地方元素，自然成為生活情感的「依附」據點，同時又是一股支配創作的力量。所以，抒情是必然的。

四、生活情感的依附

夢莉（1938-）在散文〈在水之濱〉（1990）裡敘說了她跟湄江之間的緣分，搬了幾次家都離不開湄江，成天看著船來船往，她甚至覺得自己的家就像一艘擱在湄南河邊的巨舫。湄江佔據了她生活及思維很大的面積，所以她便從日常生活的視角去寫湄江，繞過它的大歷史和野故事，直取湄江最樸實的形象與脾性：「它好像並沒有什麼旖旎的風光，也沒有磅礡的氣勢；它不喧嘩，也不發脾氣，它是一條沉默的河。沉默，我學會了沉默。湄南河它沉默地對著我，我也沉默無語地伴著湄南河」[15]。文本中的湄江並不是一條視覺上的河，它是心靈的流域，生活的感受紛紛投映成水上的唯心風景。

---

[14] 諾伯舒茲著，施植明譯《場所精神——邁向建築現象學》（台北：田園城市，1997），頁27。
[15] 夢莉《在月光下砌座小塔》（曼谷：八音，1992），頁123-124。

夢莉一邊敘述著時間對湄江兩岸的改變，一邊又突顯了某些不變的
情感，交織成一幅虛實交錯的美麗河圖。

泰華作家對湄南河的情感，有時實在是難以名狀。曾心（1938-）
在他的散文〈大自然的兒子〉（1993）裡寫到坐船的感覺，當他「迎
著伴有野草花氣息的大自然的風，和滲著浪花濺起而飄流的水霧，
好像服了一劑芳香清竅的蒼耳散加味，平時常不順暢的兩只鼻孔，
頓覺通竅開塞了」[16]。這段感性、柔軟的文字，在它的語境中讀起
來真誠而且自然，好像真的就是那麼回事，也不必解釋。這種湄江
情結在泰華散文裡十分常見。

或許這條河流真的有一股支配、驅動創作的莫名力量，讓詩人
身不由己地去擁抱它、「依附」它。土生土長的中生代詩人張望
（1939-），寫了很多以湄南為題的詩篇：〈當春天開在湄南河上〉、〈在
湄南河畔讀離騷〉、〈跟著湄南河向前走〉、〈湄南河風景線有一首
歌〉、〈湄南河永不寂寞〉、〈湄南河想說些什麼〉、〈我在湄南河畔等
你〉、〈湄南河的呼聲〉、〈湄南河交響曲〉。如果加上其他提到或援用
湄南意象的詩篇，真是不計其數。張望花了很大的力氣去寫湄江，
但他不去營造湄南河的空間結構或地點感，湄南河似乎是他抒發情
懷的主要媒介，甚至是創作動力的來源；好比一尾魚在水中告解時，
每一句話都離不離湄江之水，最後湄南意象成了張望詩中最重要的

---

[16] 曾心《曾心文集》（廈門：鷺江，1998），頁 23。

元素,更「依附」了大量的情感。在上述提及的九首詩當中,情緒
最高亢的莫過於〈在湄南河畔讀離騷〉,詩雖短,卻很有力量,重重
提起再輕輕放下,尤其結尾兩句不但淋漓道盡屈原的無奈與悲涼,
更道盡所有詩人的道德勇氣在這個王道衰頹的混亂年代中的感慨:
「你更無法變成一隻北歸雁/乘清風/馭流雲/衝出黑色的年代/
只能單獨的捧起離騷/恭看三閭大夫/大踏步從湄南河走出來/朗
誦神鬼共泣的怨憤和不平/即使這個塵世/已不願聽」[17]。讀完此
詩,誰都忍不住嘆息一聲。

五、對前賢的追悼與詠嘆

　　泰華詩人比其他國家的華文詩人多了一條可以「移情」的湄河,
在端午主題的詮釋上,南國的湄江跟北國的汨羅江遙遙相對,憑弔
之情自然多了幾分真實感,因此也孕育了大量端午主題的詩作,「追
悼與詠嘆」遂成為泰華端午詩歌的首選母題。這些詩篇可以區分為
兩大類,一是純粹以汨羅為背景的復古詠懷之作,一是融合了中泰
文化,充分表現出本地色彩的詩篇。李少儒(1928-)的〈我獨醉詩
香〉就是一個很獨特的例子:「五月的湄江飄來陣陣的榴槤香,陣陣

---

[17] 泰華作協編《泰國華文作家協會文集》(曼谷:泰華文學,1991),頁
274-275。

的榴槤香滲著粽子的詩香／——我酒洒湄江祭詩魂」[18]。子帆
（1947-）在〈瑯瑯五月詩卷〉（1989）中則說的：「在湄南河畔的遊
子／越清晰地鏘鏘／彈起一河緊湊的交匯」[19]，假如少了湄江，泰
華詩人便失去一個彷彿身歷其境的追悼所在。

　　佇立江畔，追悼的當然不止於古人，張望曾在湄江河畔寫了一
首悼念陸留的詩〈落日餘暉〉：「讓鼻酸的我們／坐在晚風的淒涼哭
聲裡／翹望／和傾聽／悲慟的湄南河／怎樣低下頭走著」[20]，對前
輩文友的哀慟之情，悽然投映在向晚的河勢之中。林牧的〈在風雨
飄搖的湄南河畔〉（1992），一面追思十幾位為泰華文學建設所付出
的心血，另一面則流露出他對泰國華人文化的無限感慨。想當年文
壇前輩們「一壺香茗／幾味小菜／據守菜館的一個角落席位」[21]，
共謀經國之大業，是何等氣魄。此詩措詞精簡，卻點出前輩文人披
荊斬棘的滿腔熱火，鏡頭一轉就到了眼前的情境：「當大地正騰飛起
一闋龍的歌／讀懂華文已成為時代的風尚／我獨步在蒼鬱的湄南河
畔／看滔滔河水向南流去／看善變的人間翻了又翻」[22]。時勢與政
局的轉變，讓艱辛的文學志業有了意想不到的成果，林牧佇立江畔

---

[18]　子帆等合著《橋》（曼谷：自印，1988），頁 12。

[19]　李少儒編《五月總是詩》（曼谷：自印，1989），頁 13。

[20]　《橋》，頁 37。

[21]　姚宗偉等編《泰華詩集》（曼谷：泰華作協，1993），頁 71。

[22]　《泰華詩集》，頁 72。

追念前賢的心情相當複雜。

　　除了「對前賢的追悼與詠嘆」，另一項很重要的母題是「鄉土認同」[23]。

六、泰國文化與鄉土認同

　　前文兩度提到的多英，一九二二年出生於泰國，十四歲回到中國大陸，先後歷經了抗日和國共戰爭，然後是文革的摧殘，八〇年代中期才回到曼谷定居。他對湄南河也有一種非常深刻、真摯的感情，因為那是他最初也是最後的河。在詩集《祇因為愛著》（2000）裡有四首以湄南為題的抒情詩作：〈寄湄南河——歡迎來自曼谷的校友〉（1983）、〈我又佇立在湄南河邊〉（1994）、〈能再吻一吻你嗎？——遙寄湄南河〉（1996）、〈浪激湄南〉（1996）。在他內心深處，湄南河與黃河長江珠江是平等的，緊緊相繫的，住北京時那顆「跳躍在祖國的心，／依然思戀著湄南河畔的人們。」[24]當他回到曼谷定居，與闊別五十年的湄江相逢，下筆成文的盡是激動的山光水色；

---

[23]　由於泰國華人被同化的比例極高，八〇年代以來又有許多來自中國大陸的新移民，鄉土與國族認同的問題變得極其複雜，幾乎可以說是因人而異。大體而言：在泰國出生的華人有的完全泰化，有的則是中泰雙重認同；至於南來的新移民，大多仍然以中國為祖國。

[24]　多英《祇因為愛著》（曼谷：泰華文學，2000），頁 11。

多英把斷層五十年的湄江情結重新銜接起來，激盪的情緒使得詩歌的語言充滿年輕人才有的澎湃熱情，修辭、意象和結構，全都混夾在高度抒情的流勢當中。隱約有一種「回家」的感覺。

　　相較之下，莊牧（1920-）的抒情比較具體，〈昭披耶河的嚮往〉（1991）以聽覺和味覺的美感來豐富空間的內容，在他眼裡「那河邊的小鎮／最像北國的江南／那摩肩擦背的小巷／親密密的像一家人／清晨裡　蓓蕾似的少女／如歌的叫賣聲／此起彼落地嘹亮／在河邊小巷中飄揚／多麼甜　多麼香／從青春咀嚼到老年／從五十年前咀嚼到今天／越咀嚼　越香甜」[25]。在昭河的船上逍遙尋夢，由誘人的美食、清涼的江風、甘香的河水、漂亮的妙齡女子，交織而成的一幅不食人間煙火的昭河仙境。莊牧出生在廣東，肄業於廣東普寧師範，十八歲移民到泰國，由此可以大膽推斷：「北國的江南」應該是一幅被中國傳統文學積累出來的「江南印象」或「江南想像」，並非真實生活過的故土；而他腳下這片生活了七十年的土地，才是他落地生根的所在。莊牧把昭河喻作江南，但筆下全是昭河的美好事物之描述，在潛意識裡「昭河圖象」已經取代了「江南想象」。

　　莊牧在另一首〈湄南水鄉〉（1996）裡很明確地表現了這種鄉土認同：從中國南來的「唐人阿叔」到了這片「甜美的夢之谷」，感受到湄南河這位「懷著大愛的慈母」的包容性，以及數十年來為這片

---

[25]　莊牧《我愛黑土》（曼谷：泰華，2001），頁50。

土地的付出，他們再也不想回去了，一邊在湄河的懷抱裡做著唐山的夢，一邊告訴自己：「我的故鄉在　湄南」[26]，這是一種被現實的（甜美的）生活移轉的鄉土認同。黃水遙在〈湄水永無乾涸時〉一詩裡，對湄南河所孕育的「泰＋華」文化，有一段十分意象性的敘述，他強調湄南河化爲永恆的甘泉來哺育象的傳人（泰國人）和龍的傳人，「把象的傳人與龍的傳人／結成一對孿生兄弟／幾千年來同根茁長／守護著這片聖潔的淨土」[27]。透過「慈母」和「哺育」的意象運用，可以清楚讀出在泰華詩人潛意識裡的湄江角色。這個「后土／慈母」意象在土生土長的泰華詩人筆下，更是明顯；子帆在〈水燈盪漾在我心中〉就寫說：「我心坎凝結的鮮血，／又開始在溶化／溶化在哺乳我長大——／的湄南河」[28]。

　　不過，在林太深（1939-）的〈夢韓江〉卻出現不一樣的「后土／慈母」意象，它比較複雜，是一種雙重的鄉土認同。詩分六段，前三段寫他午夜夢迴到故鄉的河——韓江，從美景、木筏、鱷魚到韓愈，林太深運用了許多中國意象來建構他唯美的夢土，人物、野史與想像匯合成一條詩化的韓江；後三段驟然一變，一時間分不清是身在泰國還是潮州，開元寺變成玉佛寺，他不禁迷惑起來：「爲什

---

[26] 《我愛黑土》，頁94。

[27] 黃水遙《琴與花朵》（曼谷：自印，1989），頁34。

[28] 《橋》，頁7。

麼，夢裡韓江總有湄南河的影子／……／今晨醒來我頓覺迷惘／一
個是我的生母／一個是我的奶娘／韓江和湄南河兩個母親的形象／
我中有你你中有我／兩個母親的乳汁／一樣的白膩甜香」[29]。這首
詩的前三段在語言的詩質和整體氛圍的營造上還算不錯，後三段卻
過於散文化，非但沒有把韓江意象完全轉變成湄南意象，連湄南河
都是模糊的。或許是作者太急於表現心中的雙重認同，太急於將兩
條河比喻為生母與奶娘，這種「情急」算不算得上是一種情境呢？
無論如何，它正好作為泰國華人雙重認同的思想範本。

究竟該回中國去「落葉歸根」，還是在泰國這個異鄉「落地生
根」？其實這只是少數南來的泰國華人心中的矛盾，大部分泰國華
人已經泰化了，尚未泰化的也認同這片踏踏實實生活的土地，認同
這條湄南河。所以湄南河被泰華作家視為泰國的象徵，他們的創作
成果只屬於泰華文學。

一九九○年泰華寫作人協會更名為泰華作家協會，司馬攻被推
舉為首任會長，從此肩負起泰華文學的發展重擔。他（以「劍曹」
的筆名）在一篇短文〈衝出湄南河〉裡提出泰華文學發展的方向與
原則：「泰華文學要衝出湄南河，走向世界，也不能迎合別地方的某
些人的口味，更不可取巧。泰華文學必須在泰華的土地壯大，自強

---

[29] 《泰華詩集》，頁 63。

不息，大豐收之後才有條件衝出湄南河。」[30]在此可以讀出司馬攻
對強化主體性和本土特色非常重視，萬萬不能爲了迎合其他華文世
界的閱讀口味而改變自己。值得注意的是「泰華文學要衝出湄南河」
這一句，它一方面用「湄南河」來象徵泰華文學的特質與主體，很
清楚自己的本位；一方面又視之爲有限的文學區域，必須突破這個
疆界才能躍上世界華文文壇。司馬攻在另一篇文章〈讓小小說走入
湄南河〉裡有更清楚說法，一邊鼓舞泰華作家「讓小小說走入湄南
河」，融入人民的生活節奏，成爲一個廣受大眾歡迎的文類；一邊希
望能引進國外的小小說作品和理論，激起本地作家的創作熱情，提
升它的水平，以便「走出湄南河」，走向華文世界[31]。湄南河幾乎等
同於泰國所有的文學土壤，它是一個最大的文化圖騰。這種普遍存
在於泰華文學論述當中的國家意識，奠基在由新詩、散文、小說和
雜文共同經營的「湄南圖象」上面。

七、文學史的首席地景

　　經過以上的論述，從近三十篇當代泰華文學作品，初步歸納出
「船舶生活的記述」、「生活情感的依附」、「對前賢的追悼與詠嘆」、

---

[30]　劍曹《踏影集》（曼谷：八音，1990），頁90。

[31]　司馬攻《泰華文學漫談》（曼谷：八音，1994），頁162-163。

「泰國文化與鄉土認同」等四大母題；它們在眾多泰華作家的筆下，以感性或理性的形貌，構組成一個不可替代「湄南圖象」，進一步建立起曼谷都市書寫，及至整個泰華文學最重要的文學／文化象徵，也可稱之為泰華文學史的「首席地景」。

　　無可否認，在東南亞華文文學當中，湄南河擁有最突出的形象、規模與深度；再也找不到第二條河，能夠讀出這麼豐沛的情感與內容。嚴格來說，要徹底掌握並完整地論述這個「湄南圖象」，必須讀完三百六十部泰華文學著作，那可是一部碩、博士論文的浩大工程。限於篇幅，本文僅能在此拋磚引玉，希望將來撰寫泰華文學史的學者，能關注這個圖象，用更大的篇幅來討論它。

大眾文化

香港武俠漫畫的生產與蛻變

亞洲閱讀：
都市文學與文化（1950-2004）

大眾文化

——香港武俠漫畫的生產與蛻變

一、武俠故事的商業繪本

在香港文學的版圖上，武俠小說絕對是最耀眼、最突出的文類，從金庸、梁羽生、溫瑞安到黃易，一字排開全是半世紀以來最頂尖的武俠小說大家，香港武俠的整體成就，遠非台灣及大陸文壇可以相比[1]。不管是從海內外歷久不衰的銷售量，或者電影與連續劇所造成的影響力來觀察，香港堪稱當代武俠創作的中心。

---

[1] 雖然大陸小說界近幾年來產生了多部（網路）武俠小說，真正搬得上檯面的只有李馮的《英雄》，電影版雖然備受批評，但小說卻展現了相當詩化的武俠意境，頗有古龍之風。

　　至於武俠創作對香港居民生活的鉅大影響，更如文化評論家及詩人梁秉鈞所言：「生活在香港，無法避開卡拉ＯＫ的聲音、武俠小說的潮流，我們生活在影視人物的形象之間」[2]。然而在討論香港的武俠創作時，除了小說、電影、連續劇之外，漫畫（公仔書）的創作更不容忽視。

　　早在七○年代初期，漫畫已成為香港青少年課餘的精神糧食，尤其大量渲染暴力和色情的漫畫，讓衛道派人士憂心不已，一九七四年，部分教師和社會人士發表了「救救孩子」的宣言，揭開與漫畫抗爭的序幕。翌年，社工協會發表了一分《公仔書之暴力與色情研究報告》，對漫畫展開猛烈的抨擊。如果以當時銷量最高的武打漫畫《小流氓》為樣本，便可以了解社工協會的憂慮——根據該分報告的統計，「5x7 吋」版本的《小流氓》，每個月出版五期，每期印五萬冊；而「7x10 吋」版則每個月出三期，每期印七萬二千冊。兩個版本每月印刷量高達十二萬二千冊，如果再加上另一部每月印量十萬冊的武打漫畫《李小龍》，就有二十二萬二千冊的巨量。這些漫畫必定會經過交換傳閱，實際的閱讀人次必須乘以數倍。[3]

　　儘管經過二十多年的反漫畫抗爭，學者亦針對漫畫的影響發表

---

[2] 梁秉鈞〈香港都市文化與文化評論（代序）〉，收入梁秉鈞編《香港的流行文化》（香港：三聯書店，1993），頁 15。

[3] 此報告的「節錄」版本，收入吳俊雄、張志偉編《閱讀香港普及文化1970-2000》（香港：牛津大學，2001），頁 280-292。

大眾文化
——香港武俠漫畫的生產與蛻變

了正反面的看法,「教壞細路」(教壞孩子)等負面的指控更是如影隨形,但漫畫的種類和銷量並沒有因此而下挫。最好的例證便是《龍虎門》和《天下畫集・風雲》。《小流氓》易名為《龍虎門》之後,持續橫行二十餘年,到二○○三年十二月二十六日為止,共發行了一千四百六十七期;而第二百五十六回的《天下畫集・風雲》,更創下二十萬冊的史上單期最高銷量。這期間創刊的新漫畫不計其數,尤其許多原創性的武俠漫畫,對年輕消費族群的影響日益顯著。其中最有名的《天下畫集・風雲》、《中華英雄》、《刀・劍・笑》已先後拍成電影、系列電影或連續劇,甚至出版電腦遊戲軟體。香港武俠漫畫的重要性(以及「即食性」),直逼武俠小說。

其實香港武俠漫畫跟武俠小說的創作歷程一樣,脫離不了整個商業化的社會機制。「商業其實就是開源節流:開源是指開拓,將受歡迎的東西加以吸收,如新詩式的歌詞、Game Boy、把無奈的反叛行為變作無厘頭搞笑;節流是指簡化,將整個創造系統變成流水作業。這種開源和節流的過程是越來越傾向於易消化,要普羅大眾和不同層面的人易於吸收」[4]。武俠漫畫正好見證/落實了香港高度都市的消費性格與大眾文化特質。

以八○年代最具代表性的《中華英雄》為例,它創刊於一九八○年九月五日,最早在《金報》連載,八一年三月七日轉到《醉拳》裡連載,八二年初再轉到《如來神掌》連載,到了十二月二十八日

[4] 黎傑〈香港電影的商業性〉,收入《香港的流行文化》,頁182。

才正式出版單行本。由原著馬榮成到第九任主筆，前後共出版三百七十一期。由寄生式的連載，變成周刊形式的獨立發行，背後支持這些漫畫周刊的便是令人瞠目的利潤。

儘管中國傳統文學史「扶正／承認」了傳統章回小說的地位，但我們還是必須指出：「章回」本來就是一種商業化／大眾化的小說形式，傳統的章回小說最初來自說書人的底本，為了繼續吸引聽眾而採取「下回分曉」的說書策略；後來發展到文人的獨立創作，但仍然保留了章回的形式，每一回都有一個回目以標示該回的情節重心。以周刊形式出版的香港漫畫，同樣採取「下回分曉」的出版策略，但它的回目不似傳統章回那般僵硬，以《天下畫集・第十一輯・七武器》為例，共分「帝釋天的萬劍歸宗」、「風神訣」、「戰天」、「水神王」、「最後獸著」等十八個回目，每一回都有一幀主題畫面（封面故事），同時在刊末又以圖文並茂的方式預告下一回的內容，代讀者提出最關心的情節發展之問題。這所謂的「預告」，其實是企圖說服讀者去同意它預設的疑問，越強大的疑問即是越有力的理由，去說服讀者持續追讀。

這種「另類／現代章回」跟「正統／傳統章回」有大同又有大異之處。大同的是前者沿用了「下回分曉」的章回形式，來形成續讀的誘因，兩者皆是基於市場／商業上的考量。大異的是後者乃完整的作品，區分回目主要是便於說書；可香港漫畫卻是現炒現賣的體制表現──畫了一回即出版，然後再繪製下一回。香港漫畫已進

入編繪分家的制度化階段,出版社都採用編劇和監製制度,「首先由監製分析市場需求,預計了一個出版路線,然後找編劇按其計畫編寫一個劇本,才把劇本交到主筆手上去繪畫」,而「主筆只負責用鉛筆起草圖的程序,甚少自己落墨,頂多親手繪畫主角的面相,其餘的工作,交由助理以流水作業式生產」[5]。監製——編劇——主筆——助理,儼然形成好來塢式的漫畫工業。

這種以故事情節的精彩度和繪畫品質為賣點的漫畫周刊,可算是一種「繪本式的現代章回」;或以原創性故事為架構,或改編自金庸、古龍、溫瑞安、黃易的名作,加上它的眾多外圍商品,實在難以精確定位。高度的商業化色彩,使它不登大雅之堂。為何純文學可以有繪本,武俠小說為何不能以繪本的形式立足於俗文學範圍之內?既然它在形式上最接近傳統章回小說,不妨名之為「另類章回」(或「繪本章回」)。

從商業的角度來看,香港漫畫爭取周刊形式有其內在的考量:就繪製作品而言,一個完整的長篇小說必須花上很長的時間,以二○○一年完結的《絕代雙驕》為例(目前持續發行與原著無關的《絕代雙驕 II》),就花了近三年時間,畫了一百七十七期,每期約三十頁(16k本),共繪製了三千五百多頁的彩圖,如此巨大的繪製成本若以套書的方式一次出版,書價足以讓全港讀者卻步(全套售價港

---

[5] 彭志銘〈論九十年代初香港流行連環圖現象〉,收入《閱讀香港普及文化 1970-2000》,頁300。

幣一千五百二十一元）；將購買壓力化整爲零，理所當然地成爲周刊
一致奉行的銷售策略。

　　套書本來就是極高的投資風險，因爲它無法預知的市場的反
應。反之，將故事化整爲零逐期出版的話，一來可以逐期測驗讀者
的好惡，來決定投資的規模（見好就拖，見壞就縮）；其次可以即期
回收投資成本。所以市場反應往往主宰了「原創性」漫畫的發展，
例如《天下畫集》裡的《風雲》，本來的構想是中篇，後來因爲讀者
的熱烈支持而發展到第三部，故事角色則延伸到成長後的第二代，
目前仍在連續中。

　　武俠漫畫能在香港屹立三十餘年，不動如山，其中必定有值得
研究的地方。只要隨手打開七〇年代發行的《如來神掌》和二〇〇
一年五月二日創刊的《天子傳奇（伍）：如來神掌》（持續發行中），
即能發現：出自同一位主筆／主編的「如來神掌」，新舊兩版在美術
層次上的表現（無論人物線條或武打場面的繪製），簡直是天壤之
別。若翻開《風雲封面紀念畫集（3）》，即了解到繪者如何運用電
腦繪畫軟體來合成畫面，以提升構圖的魔幻質感；其主編馬榮成在
思索如何重新詮釋劍聖的絕招「劍廿三」時，還真的是費盡心思：「至
於下期絕心會硬接劍廿三，我將會運用電腦獨有的美術技法，希望
將劍廿三那種似有還虛的感覺及力量盡量演繹出來」[6]。後來他決定
用雪銅紙來提升刊物的品質。「雪銅版」遂成爲各家漫畫推出最關

---

[6] 馬榮成主編《天下畫集‧風雲》第 338 回（2001/4/27），頁 33。

鍵、最恢弘的「決戰篇」時，慣用的印製形式。

這種精益求精的繪畫態度，確實大幅提升了香港漫畫的美術水平，編者／繪者企圖將通俗的大眾消費品晉級成值得珍藏的雅俗共賞的藝術品[7]。在「大眾消費」與「精英藝術」之間尋求平衡的心態，是許多香港藝文創作者的共同理念。都市文化雖然是一種消費文化，潮流性、即食性、炫耀性是它重要的特質，它或許不需要太多的深度，但它卻得面對殘酷的生存法則。一本周刊形式的武俠漫畫，除了吸引讀者對「當期內容」的消費，還必須產生一種「長期追蹤」的消費誘因，而且要努力淘汰其他相對劣質的周刊。消費市場底下強大的生存壓力，卻意外成為香港武俠漫畫不斷演進的創作動力。

尤其值得重視的是：看似百變不離其宗（武打）的武俠漫畫，隨著讀者閱歷的增長，以及繪畫（軟體）技術上的躍進，影響了某些母題的興衰，也造成漫畫本身的蛻變。

二、「神兵母題」及其商品化之路

「武俠」可分為「武打」和「俠義」兩大元素，「俠義」精神在漫畫裡的表現並不突出，大多是以角色本身的正義造型，加上一些公式化的大俠言行，再粗糙一點的做法是用旁白來交代大俠的正義

---

[7] 以《天下畫集・風雲》來說，即有普通版、珍藏版、精裝合訂本的差別；至於每回的封面更是下足了功夫，到目前為止出版了三冊「封面紀念畫集」。

事跡。「俠義」確實是一個很難去深化（或生動化）的元素。「武打」
就不同了。最能翻新出奇便是「武打」，它才是武俠漫畫的核心，讀
者真正期待，而且容易消化、吸收的東西。在漫畫世界裡的武術可
粗分為「傳統武學」和「現代技擊」，前者為古代背景的故事所用，
後者屬於現代社會或未來世界（如《黑豹列傳》和《武神》）。不管
是古武術也好，新武學也罷，它們都是繪者展現實力和想像力的元
素。

　　在七○、八○年代的漫畫裡，所有的「主題武功」都是拳掌功
夫，最著名的是：「如來神掌」、「降龍十八掌」和「醉拳」。這時期
的「兵器」只是配角，即使在香港漫畫界的神話之作《中華英雄》，
刀劍的造型還是很傳統，主角華英雄的「赤劍」也不過是紅色的劍
身，沒有什麼特別之處。如果將焦點轉移到武俠小說，最負盛名的
神兵當然莫過於「屠龍刀」，正所謂「武林至尊，寶刀屠龍，號令天
下，莫敢不從，倚天不出，誰與爭鋒」；屠龍刀和倚天劍本身沒有個
性，所有的意義都是由使用者賦予的，金毛獅王和滅絕師太的行徑
與經歷，幾乎等同於刀劍的「生平」。但屠龍刀究竟是什麼樣子，金
庸只有如此簡單的形容：「那刀沉甸甸的至少有一百來斤重，……烏
沉沉的，非金非鐵，不知是何物所製」[8]；光憑這幾句話，實在很難
去想像屠龍刀的造型。即使楊過那柄玄鐵重劍，也只是「黑黝黝的
毫無異狀，卻是沉重之極，三尺多長的一把劍，重量竟不下七八十

---

[8] 金庸《倚天屠龍記》（台北：遠流，1996），頁 95。

斤，⋯⋯劍尖劍鋒都不開口，劍尖更圓圓的似是個半球」[9]，似乎「沉重」即是神兵的最大特徵。畢竟武俠小說不是一種視覺藝術，它有賴於讀者的主動想像，但刀劍的造型想像是很主觀的。

正因爲漫畫版的武俠故事能夠很具體的繪製兵器的造型，主筆們遂發現這是深具潛能的元素，於是「神兵」便成爲九〇年代香港漫畫界的全新賣點。經過《天下畫集・風雲》、《刀・劍・笑》、《武神》、《天子傳奇》等多部暢銷漫畫的經營，終於「打造」出「神兵母題」的盛世；仔細分析，便能發現「神兵母題」的三部曲：「複雜化」、「個性化」、「模型化」。

在強調肌肉造型的「神掌階段」，一貫被當作配角的兵器大都造型呆板；自從馬榮成在《中華英雄》裡塑造出以氣度取勝的主角——華英雄——之後，漫畫世界的人物造型登時掀起了革命性的變化，絕世高手的體形縮小，甚至風度翩翩，把肌肉都給了配角。華英雄於是有了一柄劍身呈紅色的赤劍，此乃馬榮成把傳統兵器錘煉成神兵的第一步。

據論者的觀察所得，真正開啓「神兵母題」之創業大門的，是《天下畫集・風雲》裡的「絕世好劍」。

同樣出自馬榮成手筆的《天下畫集・風雲》，進一步發揮了《中華英雄》的英雄造型，故事裡最強的頂級高手——天劍無名（沿用華英雄的斯文造型）、聶風、易風（以上三人皆屬斯文造型）、步驚

9　金庸《神雕俠侶》（台北：遠流，1996），頁 1063。

雲、步天、斷浪、絕心、皇影、藍武、聖王、破軍（以上八人皆健美造型）；劍聖、雄霸、帝釋天、武無敵、絕劍慕應雄（以上五人皆中年體態），都不是傳統（如《龍虎門》）肌肉發達型的人物，即使較健壯的步驚雲，繪者也不特別強調他的肢體線條，總是用寬大的披風把他裹著（步天、斷浪、絕心等數人皆有披風），塑造出剛柔並濟的高手形象。

　　可是編者為了強化高手們在交手時的視覺效果（同時也是人體力量的提升），兵器就重要起來了，「絕世好劍」便是為了讓步驚雲發揮出最大的武學能量而誕生。馬榮成花了罕見的篇幅（一百多頁）去經營這柄神兵的鑄造與爭奪，劍成之時出現飛蝗蝕日的異象，最後竟然憑的是神兵與主人之間的感應，步驚雲才成功奪劍。此劍不但能吸納天、地、人的力量，把劍招的威力放大數倍，又能卸除敵人攻擊的部分力道，是一柄很「神」的劍。在視覺上，這柄流線型的黑色神兵比任何傳統寶劍來得突出，整體設計算是相當成功，「神兵母題」便開始在《風雲》故事裡發酵。至於這場爭奪戰之慘烈，猶勝王盤山島上的屠龍刀之爭。

　　不過，從「絕世好劍」的名稱可以看出，馬榮成在「神兵母題」開創之際，未能足分地把握替神兵命名的訣竅。後來在《天下畫集‧風雲》中陸續面世的神兵有「驚寂」、「天罪」、「貪狼」、「天刃」、「敗亡」，以及剛剛出現的「大邪王」，其命名就更生動了。馬榮成的「神兵情結」很重，先有「絕世好劍」之爭，再有「敗亡」之鑄，後來

在第三百二十回中，亦花了二十四頁的高密度情節，來交代三百年前的「大邪王」如何從「劫王」和「怒辟邪」二合為一，接著又如何敗在宿敵「天命」之下，最後由歷代得道高僧以無量佛法，將此柄充滿怨恨的「萬惡邪兵之王」（「大邪王」得名之由來），鎮壓在苦心佛像底下。

此刀不但造型極為複雜，「更有一套天下無敵的邪招『邪王十劫』收納其中。……必須找來絕世高手的血，為它盡洗多年來的頹氣，才能回復昔日的瘋狂殺意。……令大邪王回復戰心，便能人刀心意相通，屆時便能以『心』意會藏於刀中的『邪王十劫』招訣」[10]。這是一柄有擁獨立生命的「邪兵」，繪者以一隻巨大的邪魔影像附著在刀的周遭，當天劍無名接近此刀之際，正邪相遇，即觸動它沉睡多年的魔性，甦醒的邪兵（邪兵上的惡靈）便振碎了鎮魔的佛像。當出鞘後的「大邪王」染上無名的血，就替執刀的絕心開啟一個收藏了招訣的神秘空間——九空無界。只能意會不必言傳的招訣便在其中。從編者十分魔幻的敘述看來，「大邪王」本身即是一頭惡魔，當天劍無名面對絕心時，其實是同時面對兩個敵人。

高度個性化的「大邪王」，無論在命名、造型、氣勢和身世（事蹟）的設計上，都比「絕世好劍」來得耀眼，而且前者比後者多了一個層次（內含絕世邪招）。這是「神兵母題」在同一部漫畫裡的大躍進。在這個故事裡，所有的神兵各有其曲折的身世，從神兵的繪

---

[10]　馬榮成主編《天下畫集・風雲》第 322 回（2000/9/8），頁 6-7。

製和運用，便能看出編者的角色化／個性化的策略。於是神兵獲得
屬於自己的生平和閱歷，甚至感情。譬如東瀛刀王皇影的「驚寂」，
當它的主人危在旦夕時，此刀在數哩之外即悲鳴起來，「聲音低迴恍
如愁腸百結，……刀不斷在抖動，似乎要帶我們去一個地方」[11]；
而皇影在臨死前所發的最後一刀，「刀氣引動四周，風沙越來越大，
全向他手上凝聚過去，彷似在氣勁中形成一把刀！」[12]，風沙所聚
之刀形，即是不及趕來的「驚寂」。

　　馬榮成讓「神兵」在故事裡扮演著極為吃重的角色，在第十一
輯第十六回的「七武屠龍」，制伏巨龍的便是強者手中的七柄神兵，
所以這一輯也叫「七武器」，因為它們才是主角。

　　「神兵母題」的另一種創意出現在溫日良主編的《武神》。故事
中有幾位頂尖的高手（武神），分別從本身的武學能量中，「派生」
出屬於自己的神兵，其中最具代表性的是大刀武神，本身即以「大
刀」為名，原來用的是一柄叫「絕世魔刀」的巨刀，經由武學層次
的提升而將之升級為「無我魔刀」，把武功發揮得更加淋漓盡致。他
不幸陣亡之後，竟把自己無盡的戰意凝聚成另一柄更可怕的神兵—
—「悟」；而他的對手白武男則從雙臂化生出一對「地獄之刀」，其
餘能夠從力量中誕生出神兵的又有巨鯊武神等多人，這些都是前所
未見的「內生」神兵。

---

[11] 馬榮成主編《天下畫集・風雲》第 325 回（2000/10/20），頁 18-19。

[12] 同上，頁 23-24。

在另一位漫畫天王黃玉郎筆下，則開發出武林絕學的「配套神兵」。《天子傳奇（伍）：如來神掌》中，每一式神掌都配上一柄「護法佛兵」，當主角施展第一式「佛光初現」時，便在神掌的能量中浮現了象徵此招的佛兵——「萬華金龍奪」——的幻像。同樣由玉郎集團出版的《神兵玄奇》，幾乎被兵器喧賓奪主，故事裡原有「天神兵」和「地神兵」之別，後來又出現「魔兵」；每一柄神兵都有提升功力的作用，由此可以省去敘述主配角們的練功過程。可惜的是：所有角色的命運都被陸續「出土」的神兵牽著走，牢牢地詮釋了書名。在馮志明主編的《霸刀》和《刀・劍・笑》系列中，更出現「霸刀無敵」、「名劍」、「橫刀」等人名，神兵的篡位真是無孔不入。從《天下畫集・風雲》、《天子傳奇》、《神兵玄奇》、《刀・劍・笑》、《霸刀》、《刀劍笑狂沙》、《天殛》、《天刃》、《天煞狂刀》、《劍魂》到《劍祖宗》，以「神兵母題」糾纏不清的武俠漫畫，可真不少。

就漫畫本身而言，神兵在招式裡的角色已經變得很重要，它不但成為讀者的焦點，而且具備了強化刀招或劍招威力的特效，它是強大的能力之象徵，更是武俠漫畫的重要語彙。雖然神兵和人物都成了組織故事的機組零件，不過神兵在力量的具體化結果，以致某些神兵的邪惡性格會影響操作者的性情與意識，進而主導情節之發展，重新組織了角色之間的優劣位置。被「複雜化」與「個性化」的神兵，不但調整了武俠漫畫各大母題的比重，它的「模型化」更成為香港漫畫工業商業化的發展核心。

　　神兵模型，是當前業者最強勢的外圍商品。它可以讓讀者「真實地」擁有這個故事的一部分，方便他們神入到故事裡去，或者在故事待續時兀自回味、把玩。它儼然成為一個「物證」。這個具體的物證讓讀者自動繫聯書中的人物與情節，虛擬與真實之間的距離於是被消除無蹤。這些神兵模型，真的可視為「武學想像之具體化」的最佳手段，同時也是漫畫文化對讀者的有效滲透。

　　在此，本文試圖用一個「撲滿原理」來說明神兵模型的生產及消費狀況。

　　對漫畫迷而言，閱讀後的感受除了與同好交流之外，只有寫信到編者信箱，可是每一期只有三幾位幸運者的心聲獲得回應，直到網路大盛，才有相關的漫畫網頁供大家發表心得。不過這些讀者畢竟是少數，極大部分的閱讀心得流浪在外，神兵模型正好扮演「撲滿」的角色，讓讀者藉此儲存他對故事角色的好惡情感。當然這是模型的「過去式」功能，它還能讓讀者在持續發展的故事脈絡裡，繼續儲蓄它的經歷與生平，甚至在網路上票選最佳神兵。

　　神兵模型的儲蓄者本身亦是神兵的儲蓄品——透過真實的模型，虛擬的神兵在儲蓄它真實的神兵迷。故事不斷地發展，神兵接二連三地出現，接踵而至的「撲滿」鼓勵／獎勵了讀者的忠心，讓他們在收集神兵模型之際，同時被它們收集。如此一來，便鞏固了原有的漫畫迷；當然也希望藉由神兵模型（1:1 的硬膠模型，或金屬拆信刀）的販售或贈送，吸引好奇的準讀者。

目前最新的趨勢是：用神兵圖象與模型來預告下回的劇情發展。譬如尚未正式出場的神兵——僅在三百年前的陳年舊事，和伏筆式的畫面裡露過臉——「天命刀」，就提早在前一期的刊物裡預告了它的生平與造型（卻不是預告此刀的主人）。這不僅僅是天下出版社的策略，連玉郎集團也推出多套神兵模型，或賣或送，展開了漫畫行銷史上最大規模「賄讀運動」。

「買漫畫，送神兵」正好印證了現今香港武俠漫畫的「神兵傳奇」。

武俠漫畫「視覺化的神兵」，確實比武俠小說「臆想化的神兵」，潛藏著更大的商機。「神兵母題」的茁壯，大幅改變了武俠漫畫的故事發展方向；連武俠故事裡最常見的「練功母題」都離不開神兵，或由神兵悟出神功，或由功成而派生出自己的神兵。「神兵母題」改變了（甚至支配了）「練功母題」，進而使「神掌技擊」轉型成「神兵技擊」，乃九〇年代後期最顯著的結構蛻變。「神兵」意象及產品，堪稱當代「香港武俠製造業」的一項重要成果。

當然，被日益壯大的「神兵母題」壓縮了表演空間的傳統「神掌母題」，並沒有因此而絕跡，拳掌依舊夾雜在神兵的搏鬥過程中，守住「古武俠」的半壁江山。很諷刺的是：現代技擊漫畫竟成了「神掌母題」最後的沃土。《黑豹列傳》、《街頭霸王》系列都是神掌戰勝神兵的佳例，它們的角色造型大都回到以肌肉取勝的《龍虎門》時代。畢竟，古武俠已是神兵的天下。

三、其餘母題的發展與蛻變

在武俠小說中最常見的情節莫過於：「天下無敵」和「稱霸武林」，所有門派爭霸的終極目標都不外乎這兩點，因為它們實為一體之兩面，可以統攝在「稱霸母題」底下。由於武俠小說企圖替出神入化的武術製造說服力，所以背景都選擇古代，讓現代讀者可以用「可能失傳」的理由，來接受不可思議的武術威力。經過五○、六○年代眾多武俠小說家的努力，臆想中的古武術漸漸被國人接受，甚至當作一種足以媲美西方現代武器的民族絕學（絕傳的武學），來安慰傾頹的民族自尊。在後來的武俠電影中，再也沒有哪位導演會去解說輕功和內功的可能性，因為它們全被觀眾的潛意識合理化了。

香港武俠漫畫在這個基礎上再前進了一步。

七○年代初，黃玉郎的《龍虎門》便很大膽地以現代社會為背景，也很努力地去處理金鐘罩如何對抗子彈的情節，從每期七、八萬冊的銷量，可以斷定它對讀者的「教育／訓練」是成功的。所以到了九○年代的現代技擊故事——葉明發主編的《黑豹列傳》——就更誇張了。故事裡竟然有炸彈殺不死的人，甚至出現沒有心跳的高手，以及種種讓科技低頭的超級武術，然而每期都有數萬名消費者在肯定它的嘗試。不過《黑豹列傳》在「稱霸母題」上確實有很大的突破，顯然編劇認為在這個年代，「天下」（中國）和「江湖」顯得太狹窄，遂用全球性的敘事視野，把各國政治人物都牽扯進來，

大眾文化
——香港武俠漫畫的生產與蛻變

或把主配角滲透到國際事件的「內幕」裡去，最近幾期甚至讓主角們掌握了美國的軍政大權，讓現代技擊超脫了江湖的界限，晉級到國力與國力的對抗。另一部《武神》則乾脆把時間往後推了五千多年，以公元七一六四年的地球、月球、火星和土星為背景，將傳統「稱霸母題」擴大成「統治地球母題」，最強的武神（頂級高手）即是地球的皇帝，全書處處考驗著編劇和主筆，武神的力量如何與高科技配合或匹敵，加上武神搏鬥的時空背景（太空），可說是現代技擊漫畫中最高難度的演出。從《武神》所嘗試重大變革，幾乎可以將它重新定義為「科幻武俠漫畫」。

　　「稱霸母題」的另一個充滿創意的發展，是劉定堅主編的《蜀山 2080》。它的故事錨定在公元二〇八〇年，星際五大勢力——狄神集團、天九企劃、撒旦軍團、宇宙海盜、貴族殺星——在掠奪積存了大量財寶的「大日魂企劃」。這是「神兵母題」與科技的全面結合，各集團紛紛製造出高性能的「殺器」，或令武者更強勁的科技肢體，以便在「地球殺器博覽」上一決生死，希望透過實際的「表現」來擴大集團勢力。劉定堅筆下的場景色調都偏向陰暗（外太空的底色本就如此），沉重的色塊加上複雜的機械構圖，確能營造出另一種「科幻武俠」的「全金屬」空間感。這種筆法對讀者產生視覺上的精確和壓迫，使陰影裡的殺戮變得很真實、很血腥。這一點，正是較重視技擊與神兵的溫日良所忽略掉的重要元素；由於《武神》的焦點是武打，所有場景的色調都偏亮，畫到激烈之處，通常都「去

背景」，改用刀光劍影或有形的氣勁來強化招式的威力，有點像傳統國畫的人／物特寫，不相關的身外之物就留白處理。所以書中並無真正的黑暗，空間的繪製確實少了一種縱深感。

從「天下／武林」、「地球／土星」到「宇宙」，可供「稱霸」的空間越來越大，讓「稱霸母題」有了新的面貌和格局。至於傳統戲碼「復仇母題」早已失去吸引力，遂淪為配角，被「稱霸母題」吞沒成零星的情節。其中最重要的原因在於：武俠漫畫向來以畫面取勝，文字敘述不是經營的重點，對人物的心理和情緒都無法處理得很細膩，「復仇母題」所仰賴內心描繪失去了舞台，只能融入邪派角色稱霸天下的企圖當中，簡單化處理。

隨著時間背景的向後挪移，武俠漫畫空間構圖的蛻變自然朝向太空化與科技化發展；向前推進，則重構了歷代開國或盛世之君，以武立國、神魔交戰的野史時空。

「神魔大戰」對近幾年的武俠漫畫影響極深，連《天下畫集・風雲》也出現龍、鳳、玄武、麒麟等四大瑞獸，帝釋天（徐福）因服下當年為秦始皇嬴政而捕獲的鳳血，而長生不死；七武器屠龍之後，服下龍元的高手們亦有不死之身。但真正把傳統武俠的「正邪之爭母題」演化成「神魔大戰母題」，表現最突出的，當屬黃玉郎主編、黃易編劇的《天子傳奇》系列。它堪稱「神魔武俠漫畫」的代表作。

目前《天子傳奇》繪製到第五部，先後處理了周武王姬發、秦

始皇嬴政、漢高祖劉邦、唐太宗李世民、宋太祖趙匡胤的成王事蹟。
這個系列創作有明確的歷史背景，對每個歷史人物的重新詮釋都無
法遠離正史，但編者在正史的縫隙中穿插了許多野史，同時開發了
一個專屬此系列的武學系統，包括「渾天寶鑑」、「六神訣」、「如來
神掌」、「天魔功」、「天妖功」（當然少不了神兵，但在此不贅）。重
繪歷史人物，編者得挑戰讀者的前閱讀印象，在其歷史知識裡進行
顛覆和創新，所以他們創造了「元始天魔」和「大天妖」，去阻撓五
位準君王的建國大業。其中幾場神魔之戰，產生毀天滅地的破壞力，
遠遠超出人力可能達到的境界；至於運用魔功和妖功的角色，由於
魔靈附身，無論個性和外表都變得很「惡魔」。這幾則在正史與神話
之間來回擺盪的野史，成功營造出天子故事的傳奇性，也開拓了武
俠漫畫裡的「神魔大戰母題」。這個母題最後落實到「西遊故事」，
催生了一系列以孫悟空、二郎神等中國古典神話人物為核心的《鬥
神傳》、《大聖王》等多部神魔交戰的「武俠版·古典神話新編」。

　　無論時間的座標是前進或後退，加入神魔與科技元素之後，九
〇年代香港武俠漫畫的敘述空間和格局，都變得空前遼闊。正因為
它的遼闊，所以「稱霸母題」就成為編者們最優先的選擇。「稱霸母
題」和「時空開拓」之間，似乎存在著一個互惠的循環。

四、商機裡的章回

　　鳥瞰香港武俠漫畫的最新版圖，便可以發現：武俠漫畫的「系

列化」趨勢越來越明顯，《天下畫集‧風雲》雖然內分三部，但算不上系列，可它的橫向發展卻成就了另一系列：文字版的《風雲小說》。小說版敘述的是更早的故事，作者交代了漫畫版裡幾個重要的角色的出身，以及幾則與漫畫情節不銜接的故事。不過，或許馬榮成太喜歡步驚雲的人物造型，所以在《黑豹列傳》中移用到主角之一的黑豹身上。

　　至於《天子傳奇》的企圖心更是明顯，完成宋太祖之後，理應會繼續處理元、明、清三朝的開國之君，把《天子傳奇》發展到第八部。其餘的譬如：《刀‧劍‧笑》、《霸刀》、《刀劍笑狂沙》系列；《武神》、《武神鳳凰》、《海虎》、《海虎 II》、《海虎 III》系列；《龍虎五世》、《龍虎五世 II》系列；以及大而無當的《街頭霸王》系列——《快打旋風》、《街頭戰士》、《街頭霸王》、《格鬥天王 96》、《格鬥天王 97》、《格鬥天王 98》、《拳皇 99》、《拳皇 2000》和《鐵拳 1》、《鐵拳 2》、《鐵拳 3》。這個著重拳腳搏鬥的街霸系列，屬於「自由搏擊」，並不是傳統「神掌母題」的再生；況且它的人物原始造型來自一九八七年八月日本 Capcom 公司開發出來的電動遊戲 Street Fighter。五年後，Capcom 推出「九二年‧第二加強版」，立即風靡了香港及東南亞，於是催生了港版街霸漫畫，後來再催生了港版街霸電影。那是日本大眾文化對香港的影響，而漫畫正是以市場取向的商業繪本，遂取材自電玩而製作了相關人物的搏擊故事；隨著街霸電玩開創的風潮，以及十幾年來蓬勃發展的 3D 搏擊遊戲，現代

技擊漫畫應該能保有一席之地。

此外，改編自金庸、古龍、黃易小說的漫畫也是一個新的**趨勢**，光是黃易一人，便有《尋秦記》、《覆雨翻雲》、《大唐雙龍傳》、《荊楚爭雄記》、《大劍師》多部。從原著改編的武俠漫畫，算是一種投機行為，遠不及原創性故事來得有吸引力，最主要的原因在於武俠漫畫的章回形式。強調「下回分曉」的章回靠的就是情節的「未知」，以「未知」來引誘讀者的「欲知」，武俠漫畫的消費誘因亦在此。原著改編的趨勢對文類本身的發展，會不會產生傷害，必須再過幾年才能下結論。

總的來說，香港漫畫近十年的蛻變相當明顯，時空背景從古代、現代，再開拓到未來，視野和格局都遠勝從前。正因為故事時空擴張，「稱霸母題」得到非常優勢的發展，而「神兵母題」的崛起，使兵器從武俠小說裡的利器，進化成有生命和意識力和情緒反應（懂得悲鳴）的「神兵／邪兵／魔兵／佛兵」，它們回應了讀者的武學幻想，並重新調整了武俠漫畫的故事架構與畫面繪製，自然也成了讀者記憶的座標，一部武俠漫畫最精簡的標誌，最精美的商品。而漫畫的出版結構，亦從早期作者兼主筆制度，演進「監製——編劇——主筆——助理」的好萊塢製片方式，正式升格為漫畫工業。至於畫質方面的大幅提升，乃繪者企圖把漫畫「藝術化」的結果，希望它成為讀者的「珍藏品」，不僅僅是一本「周」刊。作為香港都市／大眾文化的一環，它在舉步維艱的商業化生存環境中，努力尋找讓

「藝術理想」存在的方式，這種努力值得肯定。

　　不過，香港武俠漫畫的發展與蛻變，終究離不開一個「商」字，更充滿不可預測的變數；對它而言，每一個年代何嘗不是一個未知的章回，一切有待下回分曉。

【主要參考書目（連載型漫畫／周刊）】：

馬榮成主編，《天下畫集·風雲》（香港：天下）

葉明發主編，馬榮成監製《黑豹列傳》（香港：天下）

黃玉郎主編，《龍虎門》（香港：玉郎創作）

溫日良主編，《武神》（香港：海洋創作）

黃玉郎主編，黃易編劇《天子傳奇》（香港：玉郎創作）

馮志明主編，《霸刀》（香港：精英策略）

馮志明主編，《刀·劍·笑》（香港：精英策略）

馮志明主編，《刀劍笑狂沙》（香港：精英策略）

鄺志德監製，鄺彬強主筆，（黃玉郎作品）《神兵玄奇》（香港：玉郎創作）

劉定堅主編，《蜀山 2080》（香港：海洋創作）

未竟之戰

三國故事的當代詮釋與消費趨勢

亞洲閱讀：
都市文學與文化（1950-2004）

未竟之戰

——三國故事的當代詮釋與消費趨勢

一、前　言：説三分

　　作爲一部古典中國的大眾文學讀物，《三國演義》自成書以來，陸續被譯成日、韓、泰、越、印等文字，在東亞及東南亞地區享有日益龐大的讀者群。當三國故事進入現代都市文明的消費地圖，它在電玩娛樂、漫畫閱讀和企管應用的衝擊與需求下，蛻變出不同形式和消費心態的現代三國文本（或文化產品）。

　　本文擬從傳統三國故事出發，略述中國歷代讀者對三國人物與故事的詮釋視野和接受態度，並分析作爲核心價值的「忠義母題」，同時處理《三國演義》在東亞及東南亞地區的傳播與影響。其次，

針對日本《三國志》電玩的開發，和「攻略母題」的擡頭，並援引網路上的消費者訊息，進行微觀的現象分析；接著討論日本、韓國和香港作家筆下，或以暴力書寫，或以謀略運籌的，充滿創意和顛覆性的幾部三國漫畫；最後鎖定大陸及台灣書市上最暢銷的「後三國學」創作，探討它從「人物傳記」、「實用歷史」到「商戰指南」的轉型，逐步爬梳三國故事在現代企管視野下的契約與危機。

　　這篇以東亞地區爲主的文化消費論述，將勾勒出現代三國的詮釋向度與消費趨勢。

二、「傳統三國戲」：必備的忠義母題

　　三國故事從東晉開始流傳，在唐代成爲藝文表演的戲碼，宋代講唱文學興起之後，亦有「說三分」的專門科目，元代刊印的《新刊全相平話三國志》和《三分事略》皆成爲「說三分」的底本。其次，元代戲文中也出現大量三國劇目（近六十本），如《赤壁鏖兵》、《關大王獨赴單刀會》等。雖然明初的羅貫中融合了八萬字的平話，以及各種三國傳說與敘述，發展成七十五萬字的《三國志通俗演義》（嘉靖壬午本），但受到明代戲曲的柔軟唱腔所限，以及朝廷對帝王題材的戲曲禁令，三國題材在明代七百二十餘種傳奇劇本當中，所佔比例不及百分之一，而且藝術水平不高。不過羅版的「擁劉反曹」意識，卻成爲三國故事永垂不朽的「詮釋指標」。這個擁劉反曹意識

未竟之戰
——三國故事的當代詮釋與消費趨勢

建立在最簡單的「忠奸二元對立」的敘事架構上，以主觀的道德批評意識，驅動聽眾／讀者的聆聽／閱讀反應；事實上所有的戰局變化，都緊扣在這個意識型態掛帥的指標上運作，才會出現如此激動的聽眾反應：「至說三國事，聞劉玄德敗，顰蹙，有出涕者；聞曹操敗，即喜唱快。以是知君子小人之澤，百世不斬」[1]。萬曆十八年（西元一五九一年）正月，明神宗正式加封關羽的帝號；三十三年（西元一六○一年），李恩奉旨到正陽門廟上九旒珠冠，加封「三界伏魔大帝神威遠震天尊關聖帝君」，關公的神化工程又進一大步。

清初毛宗崗批改《三國演義》後，三國故事有了最生動、精煉的版本，各種說唱版本接踵而起，尤以全長一百七十二卷的《三國志鼓詞》最受歡迎，要說上幾個月才能說完。原本對《三國演義》推崇備至的滿人，為了說明他們統治中原乃順應天命，遂編造出關公顯靈救康熙，以及幫助嘉慶滅太平天國的傳說，甚至諡封關公為「忠義神武靈祐勇威顯關聖大帝」，與孔子並列為文武二聖。為三國故事的傳播奠定良好的基礎。

被明代戲曲冷落的三國故事，到清代才引起宮廷內外傳奇雜劇作家的興趣，將三國人物與事件改寫成戲曲劇本。然而，真正可稱突破性進展的是乾隆年間問世的《鼎峙春秋》，這部由乾隆勒令莊恪親王和周祥鈺、鄒金生編寫的二百四十齣的劇本，幾乎網羅了整部

---

[1] 蘇東坡《志林・（卷一）懷古・塗巷小兒聽說三國話》，轉引自朱一玄、劉毓忱編《三國演義資料匯編》（天津：南開大學，2003），頁109。

《三國演義》，對日後三國故事的興盛有莫大的影響。在乾隆八十大壽時，更下詔擅演三國戲的四大徽班進京演出。此外，乾嘉年間地方戲興起，三國錯綜複雜的政治鬥爭和峰迴路轉的戰局變化，吸引了各劇種的劇作家將之改編，登時躍居重要的戲目。[2]

然而，從關公的諡號裡的「忠義」二字，既可見出滿清政權的「國民思想教育方針」，以及三國戲的核心母題（motif）──「尚忠」、「尚義」。歷代文人弔唁諸葛孔明和關羽的懷古詩文不計其數，反覆呼應這個老掉牙的「忠義母題」；以說書、鼓詞、彈詞、平話、地方戲、年畫等形式流傳了千餘年之久的民間技藝，同樣有著鮮明的擁劉立場；至於林立天下的武侯祠和關王廟，則說明瞭三國人物被「神化」的驚人業績。形而下的塑像，遠比文本裡的人物更能夠代表忠義之士在百姓心目中的地位。尤其長年累月由民間（除了漢人以外，藏族、蒙古族、滿族、越南人、韓國人都崇拜關帝公）創造、流傳下的數百則「關公傳說」，以及神化後的各種「關帝崇拜」情結[3]，在朝廷的扶植，和各種戲曲、說唱藝術的長期渲染之下，英雄的「忠義」精神儼然成為三國故事最核心的道德指標和思想價值。

---

[2] 關於三國戲的興起，詳見：王衛民〈「《三國演義》戲」的歷史流傳〉，《歷史月刊》95 期（1995/12），頁 48-53。

[3] 俄國漢學家李福清曾用主題學方式分析關公傳說與關帝崇拜現象，以及三國故事的幾個重要母題。詳見：李福清《古典小說與傳說》（北京：中華書局，2003）。

金庸認為：「《三國》故事成了中國大眾精神生活的一部分，人民從其中接受道德教育與價值標準。應當像劉備、關羽那樣重視對朋友的義氣，要愛護人民，決不可像曹操那樣忘恩負義，為了自己的利益而做奸詐毒辣的事。劉備與關羽的道德模範比孔子、孟子更加普及、有效而重要。」[4]

　　這種了無新意的擁劉思想，不但持續出現在現代台灣的歌仔戲（譬如葉青的《孔明三氣周瑜》），甚至在大陸版的《三國演義》電視劇，以及日本橫山光輝繪製的《三國志》卡通動畫，都不能倖免。永遠奸險陰狠的奸雄曹操、永遠義薄雲天的武聖關羽、永遠智慧無敵的諸葛孔明，早已成為家喻戶曉的「歷史常識」。過於強大的蜀漢情結不但埋沒了東吳的戰略成就與存在價值（只剩下一個周瑜去烘托諸葛亮），也讓曹操的人格受到莫大的扭曲，這種制式化的「國民歷史教育」對三國故事在現代社會的流傳和詮釋，沒有任何太大的幫助[5]。

---

[4] 金庸、池田大作〈中國古典小說的典範——《三國演義》、《水滸傳》〉，《探求一個燦爛的世紀》（臺北：遠流，1995），頁 440。

[5] 金庸小時候讀三國的反應，便是一個很好的例子：「我小時候讀《三國》，全面站在劉備的蜀漢一方，決不承認蜀漢居然會比東吳、魏國先亡，為此和我大哥激烈辯論了幾個小時。大哥沒有辦法，只好搬出他的中學歷史教科書來，指著書上清清楚楚的幾行字，證明蜀漢為鄧艾、鍾會所滅，我才悻悻然服輸，生氣大半天，流了不少眼淚。其實，鄧艾、鍾會滅蜀和姜維被殺等情節，《三國演義》中也寫得很詳細的，但自諸葛亮在五丈原歸天，

　　忠奸二分的蜀漢正統論，以及尚忠、尚義的母題承襲，到了一
九八〇年代，終於起了革命性的變化。三國的忠義精神對資本主義
掛帥的現代工商社會而言，沒有足夠的商機；反而是三國軍師之間
戰略較勁，以及名將們的實戰表現，充滿無可限量的商業利益。於
是出現了一套結合歷史與科技的《三國志》電玩遊戲軟體。它的出
現，也象徵著千年不變的「三國接受史」，正式邁入一個全新的「文
化消費」的階段[6]。

三、「三國攻略」：虛擬的歷史與戰爭

　　三國故事最早在明代便東傳日本與高麗（朝鮮），接著南傳暹羅
和東南亞諸國。《三國志平話》對朝鮮王國而言，正是一部不可多得
的忠孝思想教材，它比任何儒家經典更為平易近人，對老百姓的思
想教化有積極的作用。目前南韓書市上最主流的三國書籍，是一九
八八年李文烈根據臺北三民書局出版的「毛本」，重新評譯的韓文版
《三國志》（全十卷），十餘年來狂銷一百四十萬套，成為大專入學
考試的必讀本；許多社會名人更推薦此書為現代社會人際關係的指

以後的故事我就沒有心思看下去了。」（《探求一個燦爛的世紀》，頁432）
[6]　當我們在 Google 網路搜尋引擎上鍵入「三國」，所得結果約八十八萬筆
當中，極大部分都是「三國電玩遊戲」方面的資料，這也象徵著網路時代
對三國故事最重要的一種消費趨勢。

南,要「讀破三國」才算是知識青年。去年,黃皙英出版了一部更忠於原著的全譯本《三國志》(2003),發行至今也賣了幾十萬冊。在韓國人心目中,《三國志》(即《三國義演》)是最傑出的古典名著,甚至把它當成韓化的文學作品[7]。不過在這股三國熱潮裡,仍然以譯本為主,並沒有出現應用或創新的著作。

《三國演義》在暹羅則被視為軍事、政治外交和倫理知識的範本,曼谷王朝建國之初,為了預防緬甸的入侵,泰王拉瑪一世禦令翻譯《三國演義》,作為兵書來學習它的「攻略」智慧。此外,諸葛亮和關雲長代表的忠義思想,對當時努力強化皇權、安邦定國的拉瑪一世,都有積極的借鑒作用。[8]

真正對中國文化圈產生「回饋性影響」的是日本,它吸收了三國的政軍智慧後,衍生出兩種全新類型的三國產品:(一)《三國志》電腦攻略遊戲;(二)將政軍智慧轉化成商業智慧。本節要討論的是

---

[7] 關於三國故事在朝鮮時期和當今韓國的傳播情形,詳見:崔溶徹〈韓國對《三國演義》的接受和現代詮釋〉,收入臺北大學中文系編《第一屆中國文哲之當代詮釋國際學術研討會論文集》(臺北:臺北大學中文系,2004),頁 229-237。

[8] 饒芃子〈文化影響的「宮庭模式」——《三國演義》在泰國〉,《文化雜誌》27/28 期(1996 夏/秋),頁 153-154。有關四大奇書在東南亞的翻譯與接受史,在梁立基、李謀主編《世界四大文化與東南亞》(北京:經濟日報,2000)一書的「第五章‧中國古典和通俗小說在東南亞」(頁 110-125),有十分詳盡的敘述。

第一項（第二項則留待第五節再處理），這個從日本流行到大陸、南韓、台灣、港澳、東南亞及北美洲的電玩遊戲，象徵著三國故事「全球化」（globalization）的開始。我們不必將之視爲某種文化文本的「盜獵」（poaching），它比較是一種再生產。

　　日本人對於三國時代一向有濃厚興趣，在七〇年代末期，日本軟體龍頭之一的光榮株式會社（KOEI），就打算將三國歷史搬到電腦上。一板一眼的日本人，爲了這一個構想，花了將近十年的時光，對於三國歷史作了仔細的考證，不但是當時的重要事件，人物和戰役都有嚴格的查證，甚至在遊戲配樂上，曾派出一組人馬專程赴大陸，走訪一千八百年前的歷史舞臺，擷取當地的民風樂府，然後交由日本交響樂團製作交響樂。經過十年籌劃，光榮終於推出了具有劃時代意義的「戰略模擬」經典之作——《三國志》。[9]

　　一九八五年十二月，光榮正式發行了這套前所未有的，以戰爭攻守策略爲核心的歷史模擬電腦遊戲軟體。這套東方味十足且兼具益智成分的遊戲軟體，不但有效突破日益美國化的電玩窠臼，展現空前的歷史文化的深度，牢牢地吸引了漢文化圈的潛在消費者，更重要的是它化解了家長們對電玩的戒心，消除了很大的促銷阻力。

　　這套 SLG 遊戲軟體一上市就廣受好評，一舉奪下日本 BHS 大賞的首獎及最受讀者歡迎產品獎。這套軟體開啓了一個無限商機，

---

[9] 黃創夏〈滿足大家的帝王夢，「三國熱」熱昏頭〉，《新新聞》493 期（1996/08），頁 45。

也建立了東方電玩世界中的一個不朽主題——三國志題材。這套遊戲引進台灣之後產生極大的衝擊，從電玩到電視劇都出現三國的影子，「《新遊戲時代》雜誌形容三國志走紅的盛況——『幾乎是有電腦的地方，就有這套遊戲。』盛名遠播之下，許多暑假回台探親的台灣移民也都特地到光華商場指名要買《三國志》。」[10]

很諷刺的，《三國志》竟成為日式電玩對華人消費者的文化召魂幡。不過，從文化消費的角度而言，它卻象徵著三國故事在現代都市文明裡的徹底蛻變。現代三國消費者不再滿足於單純的「故事接受者」，軟體的功能設計誘發了他們參與歷史，進而改造歷史的渴望；這群三國故事的消費者已經被授權為某種程度上的「再創作者」，每一個「玩家」都成了現代說書人，甚至是「現代羅貫中」，在大歷史的有限架構下，重新演繹一齣三國演義。在這套最初版的遊戲裡，玩家可以扮演三國時期的某些君主，通過各種戰略攻伐，治國平天下。這套遊戲不但將歷史數位化，更將人物指數化[11]，於是現代玩家接觸到的歷史人物被細分成多項要素，連諸葛亮、龐統等軍師型人物都難逃一劫，必須具備體力和武力的指數。忠義母題

---

[10] 滕淑芬〈新瓶裝舊酒——光碟遊戲顛覆經典〉，《光華雜誌》22 卷 9 期（1997/09），頁 47。

[11] 《三國志》遊戲中的君王和將領，都被指數化，各代版本略有出入，大致細分為：體力、武力、智力、魅力、運勢、統率、政治等項目。各項指數會隨著玩家的自我培訓和征戰而起伏。

在電玩世界裡派不上用場，真正的主角是軍事智慧（智力）和戰鬥力（武力），於是現代版的三國故事轉向「尚武」的層面發展。三國演義背後蘊含文化內容，在此被全面符號化，並成為新一代的都市文化產業。

　　正如 James Lull 所言：「文化產業引用、供給、強化並挑戰流行文化迷（fans）的奇想（whims）、偏好和忠誠度」[12]，所以光榮一旦抓住潛能無限的「三國商機」，建立了忠誠的消費群（玩家），便乘勝追擊，進一步強化遊戲的種種設計，挑戰三國歷史的詮釋空間。四年後（一九八九年十二月），《三國志 II》創造了更能滿足玩家搏鬥心理的「武將單挑系統」，把戰爭從宏觀的攻略思考轉入微觀的武打層面，讓投入「角色扮演」遊戲的玩家，得以更徹底地神入／移情到角色的軀體內。

　　這種設計已經遠遠超出《三國演義》的傳統接受模式，現代都市裡的玩家已經「化身」為三國時代的一名猛將，在虛擬的歷史情境中衝鋒陷陣。一九九三年的《三國志 III》更加入令人眼花撩亂的多種功能，從外交指令、國庫稅收、將軍任命、文官職能、兩棲作戰、間諜計謀等，架構出一個前所未見的內政和外交體系，深化了一場戰爭的成敗因素，為「三國志系列」奠定優異的基礎。內政和外交系統足以將戰爭世界變得更立體，更繁瑣，但也因此更真實，

---

[12] James Lull 著，陳蕓蕓譯《全球化下的傳播與文化》（台北：韋伯文化，2004），頁 188。

進一步擴大了角色扮演的內容，以及精神負擔。一九九四年推出《三國志Ⅳ》，還為每位武將設定了二十四種不同的能力和個人列傳，向歷史感靠近一步。一九九五年台灣的智冠科技公司為了瓜分三國遊戲這塊大餅，並重建華人社會的文化自尊心，遂以《三國志Ⅲ》作為主要參考對象，結合大陸河南畫家的插畫，開發出第一套台灣自製的《三國演義》系列，透過低價策略，一口氣賣出臺灣電玩史上的最高記錄——十七萬套。所以光榮立即在一九九五年十二月推出《三國志Ⅴ》應戰，不但大幅改動作戰型態，加入君王和將領的「名聲設定」，以及各種足以影響戰果的仙術、妖術和幻術。這種競技與超越意識，好比兩家「說三分」的說書人，因彼此較勁而不斷強化自己的說書話本。

　　一九九八年，《三國志Ⅵ》由 DOS 平臺轉向 Windows 平臺，PC硬體和作業軟體的成熟，讓新版的聲光效果更上層樓，不但增加了「群雄年表」和「英雄回憶」的功能，還設計了一套很有創意的「天、地、人」系統，除了戰略，玩家還得把握「天時、地利、人和」。二〇〇〇年二月發行了《三國志Ⅶ》，二〇〇一年六月再發行《三國志Ⅷ》，後者在音樂方面表現出高度的地域色彩，中原、荊楚、蜀中等地的曲風各異；它的歷史事件十分齊全（多達一百五十件），故事的腳本將整個三國歷史一一重現眼前。二〇〇三年三月發行了《三國志Ⅸ》之後，二〇〇四年七月發行號稱集《三國志》系列之大成的《三國志Ⅹ》，它盡可能地整合《三國志》最受玩家好評的遊戲要素，

並努力回歸《三國演義》小說藍本。這個版本的新挑戰是一套被稱為「Timing Historical System」的系統，它包括「聯合事件」、「舌戰」和「各都市的地方特點再現」等三大要素。

從網路上的數十個《三國志》網站的玩家留言，可以發現兩個跡象：（一）投入遊戲之後，他們勢必對真實歷史事件感到好奇（尤其一些比較次要的戰役和將領），先翻查羅貫中的《三國演義》，再比對陳壽的《三國志》，最後回過頭來操作虛擬的戰爭世界。（二）玩家們非常重視戰爭設計的節奏感、勝負的合理化、攻守的戰略、單挑的刺激程度；而他們的消費心得與好惡都會經過定期的玩家民調，回報到各國光榮分社再行匯整，最後呈報到日本總公司。

在這套以「攻略」為中心的遊戲軟體底下，現代三國玩家較關心的是野戰、城門戰、市街戰、大規模戰爭的設計，以及兵種和戰略的運用。當年吸引了泰王拉瑪一世的軍事元素，再顯神威，吸引現代都市文明底下的玩家。至於傳統三國的忠義母題則嚴重萎縮，只剩下一個指數化的將領「忠誠度」，供作策反敵軍或防止叛變之用。被廣大消費者（玩家）經典化的《三國志》系列，遂成為三國故事在當代漢文化圈裡，最重要也是最生動的一個詮釋形態。

歷史曾經是古代說書人的腳本，是謀生的工具；如今歷史再次成為電玩設計家的腳本，同時也是遊戲玩家練兵打仗治國平天下的虛擬舞臺。現代都市文明的電腦技術改變了三國故事的接受史，「玩家」成為最新的一種「讀者」。軍國主義思想濃厚的日本文化思維，

在遊戲背後「教育著」數百萬名中華文化圈的玩家,逐步淡化他們的歷史觀感,導向武打動作的直接反射。三國電玩遊戲裡的尚武精神,由宏觀的戰場縮小到單挑的擂臺,最關鍵的催化劑乃 SONY 公司於一九九四年十二月三日推出的 Play Station 主機(簡稱 PS)。

當初預估銷售量一百萬台的 PS,經過幾年研發後推出更具動感和立體感的 PS2,在二〇〇四年五月十八日,全球出貨量正式突破一億台[13]。在 PS2 的普及率助陣之下,二〇〇四年上半年《真三國無雙 3》在日本賣出一百萬套,海外地區也高達一百八十萬套。這個可怕的數字背後,還有每位玩家投注在遊戲裡,難以數計的時間成本。但 PS2 的成功,卻象徵著三國遊戲從歷史/演義讀本中抽離,一切以武技(搏鬥技術)為重,玩家不再需要費時去瞭解三國歷史,光憑一些粗淺的人物認識就夠了。譬如台灣龍愛科技研發的《三國英豪 · 天堂之巔》,也是在強調:暢快動作+角色扮演+多重結局+法術道具。至於目前台灣最熱門的《三國演義 Online 之「三國鼎立」》(2004),則象徵三國遊戲從「單機角色扮演」到「線上角色扮演」。

現代三國遊戲的消費形式,不管如何變化,都離不開「攻略+武技」,擁劉反曹的意識型態早已被拋棄,演義裡再三強調的忠義思想也蕩然無存,最後「三國歷史」成為玩家一統天下的想像舞臺,歷史知識頂多是遊戲的先天規範,沒有絕對的約束力。

---

[13] 鄒百蕙報導〈「PS Awards 2004」發表,慶 PS 10 週年〉(2004/07/13)(http://news.gamebase.com.tw/news/event/tvgame/15180.html)

　　傳統三國戲生產歷史人物的人格、情操與才智，觀眾回饋以喜怒哀樂的唾液或淚水；忠奸二分的世界裡，他們在蜀亡的遺憾中尋找永垂不朽的正義。現代三國遊戲只生產「一統天下」的慾望，以及讓想像得以落實的虛擬空間，在這場「神入」（高真實度的移情）的遊戲當中，玩家消費的是歷史人物「指數化」的人格特質與才能，以及自己在「重現」每一場戰役時的攻略表現。

　　現代三國已經是一場擁有高度參與感的遊戲，他們甚至可以幹預／改變最後的戰果。《三國演義》之前的說書人都是創造者，他們極可能根據聽眾的反應而增刪情節，羅貫中則完成最有影響力的「權威詮釋」，一本定江山，其後的說書人和戲曲作家，僅能忠實演繹他的「權威詮釋」。從表面上看來，《三國志 I - X 》遊戲不過是一系列的青少年電玩軟體，但它卻開啓了兩個可能：「消費者的參與」和「權威詮釋的瓦解」，讓我們不必永遠籠罩在擁劉反曹的陳腔濫調裡頭。其實《三國志》遊戲的出現，重新教育了消費者，也擴大他們對三國歷史的思考。古代歷史的知識經過電玩的技術虛擬，能夠更生動、立體地融入現代都市人的生活，也未嘗不是一件好事。

　　我們有理由相信，現代都市的「三國消費者」的歷史觀感，以及求變求新的創作（再詮釋）訴求，直接影響了九〇年代的「現代三國故事」（漫畫）的生產。

四、「漫畫三國」：顛覆與再創造

作為一項備受矚目的「文化資本」（cultural capital），三國遊戲代表了八〇年代以降文化知識（三國歷史）的大眾化消費與說書形式；對歷史陳規充滿顛覆意識的三國漫畫，則是九〇年代三國文化產業的新地景之一。

然而，漫畫作為一種大眾文化讀物，那高度消費性的形象，極可能遮蔽了某些令人驚喜的思考深度，非但很難獲得學界的重視，「漫畫迷會因自己的年紀增長而自覺在公開場合看漫畫頗為不好意思。此徵兆主要是因為漫畫書在一般人的心目中仍屬於兒童書的定位，並非老少鹹宜的休閒媒介」[14]。一般研究漫畫的論文，主要偏向傳播學與社會學角度，鎖定消費者的類型與心態，進行問卷調查與分析，沒有誰會去細心研究《沈默的艦隊》如何反映九〇年代日本在國際政治舞臺上的困境，以及它如何穿透大美帝國的軍國主義，提出另類的和平理念；也沒有誰會認真看待《將太的壽司》的料理哲學，以及那些創意料理落實的可能；當《棋魂》在亞洲掀起圍棋熱的時候，或許有人會注意到某些優秀漫畫的驚人影響力和文化意涵。

在多項漫畫閱讀的調查研究中，台灣學者們發現有四個主要的

---

[14] 蕭湘文《漫畫研究：傳播觀點的檢視》（臺北：五南，2002），頁 126。

消費動機：知識性、娛樂性、宣洩性、交友性。在「知識性」這一環，他們的研究結果呈現出青少年閱讀漫畫的動機包括：「可以學習知識」、「能幫助瞭解世界發生的事情」、「可以學到東西」等[15]。其實，「漫畫不只反映當下的文化價值與規範，它還鼓勵讀者思考漫畫的組成成分以及它對生活的意義」[16]。歷史漫畫的教育功能，當然更值得重視，因為年輕讀者們會在裡面「學習知識」。

在討論三國漫畫之前，我們得先瞭解一個「王權正統論」的問題。羅貫中的《三國演義》作為一部歷史演義小說，卻在眾多讀者腦海裡等同於正史，小說中許多著名的戰役，以及三國的君主、智囊和名將個性與事蹟，都被堂堂正正地「誤讀」成為史實。除了《三國志》遊戲的玩家，即使連中文系學生也沒有幾個會去對照它跟陳壽《三國志》的差異。

陳壽在晉代撰寫的《三國志》原以曹魏為正統，他在《蜀書‧諸葛亮傳第五》中將諸葛孔明評議為：「於治戎為長，奇謀為短，理民之幹，優於將略」，「可謂識治之良才，管、蕭之亞匹矣」[17]。跟平話和演義裡的孔明形象，相去甚遠[18]。後來南朝宋人裴松之在陳

---

[15] 《漫畫研究：傳播觀點的檢視》，頁 120。

[16] 《漫畫研究：傳播觀點的檢視》，頁 173。

[17] 楊家駱編《新校本三國志注附索引‧蜀書‧諸葛亮傳第五》（臺北：鼎文書局，1997[9 版]），頁 930, 934。

[18] 乍看之下，陳壽的評價令人不免質疑，其實它比較接近事實，他肯定了

壽過於嚴苛或精略的敘述基礎上，參考了二百一十種書籍，大幅增
補了闕漏之處，讓三國的歷史面貌擴大了數倍之多。從成書到裴注
的一百餘年間，相關的資料發現和累積十分驚人，可見三國史的討
論在當時也很盛行。後來習鑿齒作《漢晉春秋》將王權的正統偏向
蜀，曹操被定位為「竊漢之賊」，其後歷代文人擁曹或擁劉的言論，
除了因應時局的變化，主要還得依據當朝皇帝繼承大位、篡奪王權，
或改朝換代的政治氣候而定。一般百姓長年接受三國戲曲的忠義思
想教育，所以擁劉的居多，曹操永遠是白臉奸雄。

　　馮文樓認為《三國演義》「蘊含著儒家特有的價值判斷和倫理建
構。如在正統地位的確立上，政治觀念的闡釋上，人格價值的評論
上，人才使用的判定上等等，均是按照儒家的文化理路和內部眼界

孔明在內政治理方面的才能，將之與管仲、蕭何兩位「治國」良臣相提並
論；至於孔明「連年動眾，未能成功」的軍事成果，的確是歷史的事實，
不容狡辯。只不過羅貫中筆下的孔明近乎無敵之神人，過度美化（扭曲）
了孔明的歷史面貌。台灣現代軍事學者萬仞對此有非常精闢的分析，他認
為劉備在世的時候，諸葛亮的貢獻似乎都是在外交內政方面，存目在《三
國志‧諸葛亮傳》裡早已散佚的二十四篇著作篇目（頁 929），除了〈兵要〉、
〈北出〉、〈南征〉三篇之外，其餘文章從篇名上判讀，似乎都是內政、律
法、軍令方面的文章。諸葛亮的軍事長才，本不在實戰指揮，而在長程戰
略的擬定與評估，〈隆中對〉便是「大戰略思考」的最好例子。詳見：萬仞
在〈曹操與諸葛亮比較研究〉，《國防雜誌》第十三卷第八期（1998/02），
頁 108-120。

而展開的。『擁劉反曹』就是這一文化理路和內部眼界最集中、最鮮明的顯示」[19]。這一個隱藏的句式結構，殺傷力很大，它有效地把中國政治「二分法」──「王道 vs.霸道」──十分立體地演練給天下百姓看。羅貫中借助儒家千百年來倡導的「聖王」思想，將立志一統天下的曹操貶爲「竊漢之賊」、「亂世之奸雄」；雖然承認他的雄才大略，卻將之定位爲臣子的才能──「治世之能臣」。馮文樓特別指出這種「王道 vs.霸道」的區分：「『以德行仁』的『王道』視爲一種『價值合理性行動』，那麼，『以力假仁』的『霸道』則明顯是一種『工具合理性行動』」[20]。劉備是前者的代表，曹操則爲後者的象徵。這種嚴重僵化的歷史文化思維，實有「更新」（update）的必要。

　　不管是歷史演義小說或歷史漫畫，都是作者對史實的解碼與重新編碼。「文本的特性可以說是『有結構的多重釋義』（structured polysemy），可以產生特定的『優先讀法』（preferred reading），提供讀者特定的位置去進行理解與釐清，但文本並沒有辦法保證讀者會創製出怎樣的特殊意義，或讀者會採取哪些特定的解讀位置。要知道一個文本如何被啓動，就必須研究實際的觀眾」[21]。但羅貫中的

---

[19] 馮文樓《四大奇書的文本文化學闡釋》（北京：中國社科院，2003），頁34。

[20] 《四大奇書的文本文化學闡釋》，頁 50。

[21] 約翰・史都瑞（John Storey）著，張君玫譯《文化消費與日常生活》（臺北：巨流圖書，2002），頁 214。

擁劉反曹意識，卻成功地為大部分讀者預先架設好「特定的『優先讀法』」，只有在忠義思想較淡的現代社會，才有越來越多的讀者站在曹操那邊（尤其現代軍事及企管類書籍的作者和讀者群，以及三國遊戲的玩家們），從另一個角度來審視三國正史。

在《三國演義》巨大的陰影下，能夠為曹操翻案需要很大的勇氣和說服力。日本漫畫大師橫山光輝（1934-2004），從一九七一年開始，花了十五年的連載時間，完成嘔心瀝血的代表作《三國志》（六十卷），單冊累積發行量五千萬本，不但成為日本的國小課外教科書，更暢銷亞洲各國華人社會，影響非常深遠。一九八五年，推出至今唯一的三國動畫。雖然橫山光輝的《三國志》在一九九一年獲得由兩百位漫畫家所組成的「日本漫畫協會賞」最高獎的肯定，可是它太忠於羅貫中的原著（以及吉川英治的歷史小說《三國志》），相當於一部「三國演義的動畫版」，完全沒有自己的史觀和創意。第一個敢跟羅貫中唱反調的「勇者」是韓國作家李學仁（1946-1998），他和日本漫畫家王欣太合作，繪製了一套以曹操為中心人物的長篇漫畫《蒼天航路》，它的「優先讀法」當然是「為曹操翻案」，李學仁也說得很明白：「就是要從黑暗中，將已經湮滅千年的曹操的光芒再次綻現，讓世人認知。」[22]

這部一九九七年開始連載，同時在韓國、日本、大陸、台灣掀

---

[22] 李學仁著，王欣太繪《蒼天航路（壹）》（臺北：尖端，1997），後摺文字。

起熱潮的「成年人」漫畫──《蒼天航路》──它毅然跳過橫山光輝的三國思維，直接「為了和三世紀時陳壽所著之正史，及十五世紀時羅貫中所寫的小說，做敘事上的分庭抗禮而創造出帶有現代音樂劇風格的作品」[23]。所以在畫風和歷史觀點上，都有獨到之處。這一點，並非山原義人幻想成分過高的《龍狼傳》[24]，以及本宮宏志的劉備傳記《天地吞食》所能媲美。

　　如前文所述，《三國演義》提倡的是「王道」思想，崇尚忠義與仁德，以蜀漢為中心即是「王道」的正統論；而《蒼天航路》首倡「霸道」，張揚「暴力」。一九九七年，以曹魏為正統的《蒼天航路》一推出，便引起日、韓、台、港漫畫迷的熱烈討論（後來更推出英文版），尤其它以曹操為中心人物，進行全面翻案，徹底脫離羅貫中的蜀漢正統思維，讓多年來老掉牙的三國冷飯有了新的閱讀刺激。

　　《蒼天航路》的原初概念可從書名解讀出來──蒼天已死[25]，漢帝國早已分崩離析，起兵爭霸天下乃成為王者的航路（稱霸之道），所以曹操與群雄爭霸乃天意，王權帝位本來就是能者居之，非

---

[23] 王欣太〈作者手記〉，《蒼天航路（壹）》，頁 231。

[24] 這套奇幻成分較高的三國漫畫，跟黃易的《尋秦記》相當類似。

[25] 「蒼天已死」並非李學仁的原創性概念，日本學者松本一男（1925-）在《英雄魅力學》（臺北：遠流，1992）一書的「曹操篇」當中，就以「蒼天已死，黃天將立」為小節標題，述說黃巾之亂。最原始的概念應該出自曹操之口：「今（董卓）焚燒宮室，劫遷天子，海內震動，不知所歸，此天亡之時也。」（《三國志・魏書・武帝紀第一》，頁7）

劉氏專有,絕無竊位之嫌;作者特別強調曹操的真正目的,是開創一個充滿激情的新時代。全書的第一回,作者提出三個論點:(一)饕餮的本質——整個三國爭霸史可以被形容成一隻吞噬了宇宙,再吞噬自己的饕餮,慾望是戰爭的起點也是終點。(二)歷史人物的善惡論——「在故事中遭後人唾棄的惡人,真的是罪大惡極嗎?被後人尊崇的君子,真的是至高無上的嗎?」[26],這是針對擁劉反曹的傳統觀感而來的詰問,也是本書力圖翻案的警句。(三)尚武精神——日本的武士道精神一向對日本武打漫畫的「嗜血」傳統有絕對影響,它明顯落實在繪者王欣太的身上,可能也因此影響了李學仁,所以他也認為:「傳統上中國爭天下的思想一直是以『實力主義』為本,『武』與『劍』一直在主導著中國的歷史,知識、理想、理論反都是次要之事,只有以『劍』取得權力才能掌握中國的興衰和亞洲的命運」[27]。這柄劍即是王權的象徵,每一個爭霸天下的諸侯都是權力的追逐者,無一例外。曹操的少年故事便從殺人開始。

「尚武」的《蒼天航路》過度沈溺於暴力美學,它的畫風比橫山光輝血腥百倍不止,加上一些情色場景,已達限制級程度。第一個尚武觀察點是呂布,作者在「第六十五話・呂布,飛翔」形塑出一個四肢發達、頭腦簡單、無情無義、拙於言辭的呂布;他的出現彷彿就是為了殺戮,木訥、嗜血而暴戾。就人物形象的深度而言,

---

[26] 《蒼天航路(壹)》,頁12。

[27] 《蒼天航路(壹)》,頁20。

是非常失敗的。第二個觀察點是張飛，作者共花了五回（一百頁）來刻劃張飛天下無雙的神勇，氣勢之雄，場面之大，居全書之冠。作者的武將形象完全建立在一將功成萬骨枯的「勇」上面。矗立在無數殘骸上的「尙武」精神，在這五回之中一覽無遺。

　　緊接在「張飛之勇」之後的是對劉備人格的徹底貶損。

　　在羅貫中《三國演義》「第三十一回」裡被曹軍追擊而「尋慌走路」、「落荒而走」、「單馬逃生」，甚至「欲拔劍自刎」的劉備，在《蒼天航路》作者筆下一共花了十餘回來描繪，其中「第二二七話‧Something in the Cell」、「第二二八話‧亂世之父」、「第二二九話‧活下去」、「第二三〇話‧父之命，子之命」等四回，更是盡可能「醜化」劉備（一如羅貫中醜化曹操），繪者用墨色黑暗的跨頁來描繪劉備在危急時的淫慾行為[28]。早已非常憤慨的長子劉翼，後來又目睹父親奪馬而逃，即大聲喝斥：「你爲了自己一個人的生存，竟然無恥到這種地步」[29]，但隨即替劉備的「敗德」行爲在心裡強作解釋：「這個人，並非依照自己的意識在行動！他！他所仰賴的是！超越人心的意識！一種爲了生存、更爲猛然的意識！」[30]；「在奪得天下之前，不管遭到什麼險阻，都必須死中求活！這樣才叫天下人」[31]。但「天

---

[28]　《蒼天航路（貳拾）》（臺北：尖端，2001），頁148-149。

[29]　《蒼天航路（貳拾）》，頁159。

[30]　《蒼天航路（貳拾）》，頁162。

[31]　《蒼天航路（貳拾）》，頁192。

下人」(其實就是梟雄)的說法不能圓滿解釋劉備的行為,所以徐庶
再補上一段:「為了父母拋棄性命,就是『至孝』,劉備的所作所為,
並沒有逾越中國上千年來的倫常道理半步」[32]。作者企圖透過眾人
的「強詞奪理」,形成巨大的反諷力量來戳穿劉備的人格本質。

　　本來,所謂歷史演義即是「作者在某種價值理性的導引下,對
歷史所做的情節設置和話語建構。……這種將歷史過程故事化、文
本化的敘事,從根本上說,是一種對歷史話語的重建」[33]。作者擁
有重構歷史故事的絕對權力,跟羅貫中一樣。損了劉備,當然要重
建曹操的形象(尤其曹操許多的內心世界)。

　　首先要解決的是「亂世之『奸』雄」。

　　我們必須找出三國時代對「英雄」或「奸雄」的定義,才能正
確解讀三國時代的曹操。劉邵的《人物志·英雄》對英雄概念的系
統化研究和分析,可視為魏晉時代最具代表性的相關著作,主要是
因為他親歷了漢末之「亂」與曹魏之「治」,對「英雄」概念的變化
有較深刻體認;其後又從受詔作《都官考課》七十二條,對治世人
才的選拔有更實際的思考,他的研究分析有理論及實務的雙重考
量。《人物志·英雄》一開篇就從語義學角度對「英雄」一詞下定義:
「草之精秀者為英,獸之特群者為雄」;接著他從封建王朝以文武立
國的思想觀念出發,突出文武兼備的英雄特質:「是故聰明秀出謂之

---

[32]　《蒼天航路(貳拾)》,頁 228。
[33]　《四大奇書的文本文化學闡釋》,頁 32。

英，膽力過人謂之雄。……是故英以其聰謀始，以其明見機，待雄膽行之。雄以其力服眾，以其勇排難，待英之智成之。然後乃能各濟其所長也。」至於天命與道德問題，劉邵卻避而不談，較偏重於英雄個人的才智。實際就是對漢末魏晉「英雄」概念相當全面的概括。[34]

「蒼天已死」宣判了古代「聖賢」所代表的政權傳遞──「天命論」──的終結，聖德無力撥亂救世，唯有強調個人才智的「英雄」才能主導、拯救這個亂世。李學仁對曹操「英雄出少年」的刻劃跟一般讀者的印象相去甚遠，在「第十八話・天之法衣」中，少年曹操陳述了他的治國理念：「萬民是國家的大義！是天下的大義！……我──曹操孟德現雖非霸者，卻知天下大義！如果上天給我機會……，我一定能治理天下！」[35]。從「第十三話・水晶的怨火」到「第二十九話・曹操東去」，共十七回，作者參考了《曹瞞傳》裡有關少年曹操的事跡，努力勾勒曹操出任洛陽北部尉前後的武術和勇氣、大無畏的法治精神和正義，以及對付十常侍的政治智慧與手段。其次，曹操被刻劃成精神狀態非常亢奮的領導者，集天下之大智與大勇於一身，官渡決戰的情節鋪陳幾乎將之神化到極點，「他超越世間武將、睥睨各國霸主，以人類有限的力量，持續散發無比

[34] 劉志偉《「英雄」文化與魏晉文學》(蘭州市：蘭州大學，2004)，頁 45-53。
[35] 《蒼天航路（貳）》(臺北：尖端，1997)，頁 137-138。

光輝。因此，在歷史上，他被人評價為空前絕後的英雄」[36]。雖然說「空前絕後的英雄」是作者主觀的歷史評斷，可是如果我們認真去統計漢末三國時代，曹操被品評為「英雄」的次數，竟無人可以匹敵。早在東漢後期天下將亂時，執人物品鑒牛耳的橋玄、許劭等名士，就已品評年少時期（十五至二十歲）的曹操為「英雄」[37]，認為他是拯救漢亂的最佳人選。橋玄等人已預見天下大亂勢成必然，時代的當務之急不是如何去維護原來的價值觀念體系，而是如何拯救亂世，重新認識道德與才能的關係遂成為最迫切的時代課題。重才智而輕道德，是大勢使然，而曹操則是撥亂返正的典型英雄人格形象[38]。

所幸李學仁並沒有進行曹操從「梟雄」到（完全正面的）「英雄」的轉化，要知曹操個性中的「道德叛逆性」是那個時代典型的英雄人格特質，講求才智高於一切道德準則。但作者不忘突顯曹操在承擔天下罵名的背後，還有一層深刻的終極理想：「讓曹操成為權勢之毒，讓曹操一個人聚集天下惡臭，如此才更有利於施政。……即使

---

[36] 《蒼天航路（拾柒）》（臺北：尖端，2002），頁 1-2。

[37] 「玄謂太祖曰：天下將亂，非命世之才不能濟也，能安之者，其在君乎？」（《三國志‧魏書‧武帝紀第一》）；「今天下將亂，安生民者，其在君乎？」（《後漢書‧橋玄傳》）；「君清平之奸賊，亂世之英雄」（《後漢書‧許劭傳》；「時將亂矣，天下英雄，莫過曹操」（《後漢書‧李膺傳》）。

[38] 《「英雄」文化與魏晉文學》，頁 61-65。

歷史給曹操冠上篡奪天下的惡名也無妨，即使人民厭惡曹操也無妨，因爲當今處於亂世，是時代的變革時期」[39]——曹操以爲必須用強大的武力一統天下之後，才能真正治理天下。這一點跟《火鳳燎原》的「黑暗之後的光明」理論同出一徹。相較之下，羅貫中似乎（故意？）忽略了三國時期「平天下」所需的政治人格，一昧以儒家傳統道德標準去檢驗曹操，卻頻頻爲劉備脫罪（譬如「借」荆州、徐州）。他的道德批判立場，實有可議之處。

在戰場上，《蒼天航路》過於著重「武鬥」對戰爭成敗的影響，所以大將們都陷於盲目的殺戮當中，唯一超脫其外的是曹操，只有在他身上才看到「撥亂返正」的雄才大略。「蒼天」已死，所謂「航路」實乃曹操一人通往帝王寶座的航路。天下，本來就是能者居之，無所謂篡漢之賊。《蒼天航路》的歷史思考，遠遠超出橫山光輝，直接跟羅貫中進行跨時空的對話。

另一套引發網路上歷久不衰討論熱潮與數萬冊銷售量的漫畫是《火鳳燎原》。

出自香港漫家陳某[40]之手的《火鳳燎原》，跟《蒼天航路》一樣

---

[39] 《蒼天航路（參拾）》（臺北：尖端，2004），頁 60-61。

[40] 陳某的少作《充神榜》曾獲一九九九年第三屆亞洲漫畫高峰會最佳美術獎，《不是人》獲二〇〇〇年第二十四屆新聞局金鼎獎圖書出版獎（漫畫讀物類），更被評審譽爲：「對史事且有其別出心裁的詮釋。鏡頭的調度尤爲出色，實爲近年罕見之佳作」。《不是人》是企圖顛覆呂布、孔明等三國人

提倡「霸道」,但後者「尚武」,並過度張揚「暴力」;陳某「尚智」,偏好於「詭計」,企圖重建一個截然不同的,完全以「智力」取天下的三國故事。這是一個合理的敘事基礎,因為光是曹操的智囊團,就有八十六人之多。

從故事的敘事主軸來看,《火鳳燎原》是一部「政戰心理學」的運用指南,而且它還原了一個「智者輩出」的三國時代,完全顛覆了羅貫中「獨尊孔明」[41]的狹隘敘事視野。

歷史演義小說的的第一回很重要,《三國演義》始於「第一回·宴桃園豪傑三結義」,即奠定了全書的「尚忠」、「尚義」的敘事基調,在權力意味濃鬱的君臣關係中,建立起另一個結義兄弟的情誼架

物形象的實驗短篇,雖然深受好評,但它的畫風粗糙,對人物心理的刻劃較淺,更缺乏對三國歷史的宏觀思考,無論在哪一方面都遠不及《火鳳燎原》的十分之一。

[41] 編著《《三國演義》《三國志》對照本》的許盤清、周文業,經過演義版和諸多正史的全面比對(含製表)與量化統計後,在此書〈前言〉中分析了羅貫中「神化諸葛亮」的情況:「《三國演義》中,有六分真,近四分虛,這四分虛構中有三分之一用在諸葛亮身上,……整個赤壁之戰中,先是舌戰群儒,智激孫權和周瑜,草船借箭,議用火攻,神借東風,三氣周瑜,智算華容道。最後這樣一位完美神人就造出來了!……三國歷史上與諸葛亮同輩的謀士不下五人,東吳有呂蒙、陸遜,曹操手下有郭嘉、賈詡及司馬懿、鄧艾和鍾會輩,但經過《三國演義》的加工,能與諸葛亮相提並論的謀士全消失了。……受傷最深的人——周瑜。」詳見:許盤清、周文業整理《《三國演義》《三國志》對照本》(南京:江蘇古籍,2002),頁 15-19。

構，它在很多時候可以超越正確的政治考量，作出錯誤的戰略。偏偏這種「徇小義而忘大義」的行為，最能吸引讀者，譬如完全虛構的「關雲長『義釋』曹操」便是流傳千古的佳話（如果從大義的角度來評論，關羽最應該做的是：斬曹操而定天下大勢）。所以《三國演義》是一部「忠義之書」。

《蒼天航路》始於「第一話‧饕餮之都」，演出一齣以權力慾望為基礎的殺戮大戲，以匹夫之勇血染長空，這是一部「慾望之書」。《火鳳燎原》始於「第一回‧王者的覺醒」，寫的是司馬懿對司馬家在亂世中如何定位與出擊的思考。「盤算」天下大勢，以及自己的王者之路，是《火鳳燎原》中每一位準備「王天下」的英雄人物（君主和軍師）身上，散發出來的共通特質。所以這是一部機關算盡的「權謀之書」。

「火」，指的是暗殺組織──「殘兵」──的首領「燎原火」，即是後來的趙雲；「鳳」，即是孔明一生最大的敵人──司馬懿，沐浴戰火而生的不死鳥。「燎原」的解釋就是他們二人挑戰當世的軍閥武將，火紅壯志燃燒中原。陳某以此二人為三國歷史舞臺的主角，有效避開了固有的詮釋方向，讓讀者雙眼為之一亮。

不管羅貫中花了多大的力氣去虛構、去誇大孔明的神機妙算，始終未能改變六出祁山而寸土未得，最後蜀漢敗亡的結果。擋下孔明的智者，便是司馬懿。真正能夠跟「臥龍」相提並論的絕非「鳳雛」（龐統），那不過是一隻未成型的聖獸；在陳某眼中，只有司馬

懿堪稱「鳳」，他才是三國真正的勝利者[42]。

　　《孫子兵法・謀攻篇》有雲：「不戰而屈人之兵，善之善者也。故上兵伐謀，其次伐交，其次伐兵，其下攻城。」陳某奉爲真理的作戰指揮原則就是「上兵伐謀」，所以他筆下的三國名將或軍師的用兵之道，皆以詭計爲首。「水鏡八奇」是陳某重新建構的三國智囊團，指的是荀彧、賈詡、郭嘉、龐統、孔明等八位水鏡先生的弟子。正史裡原本互不相干的八位軍師竟然以同門之名聚在一起，各爲其主互相較勁，是陳某的一項大膽創意。《火鳳燎原》中的許多計謀不但都是一石數鳥，高深莫測，而且常常先置於死地而後生，再演出大逆轉的情勢。《三國演義》僅僅寫活了一個「多智而近妖」的完美軍師——諸葛孔明，《火鳳燎原》卻同時重塑／創造了「水鏡八奇」，再加上董卓、呂布、陳宮、司馬懿等人的高妙謀略，計中有計的多重鬥智，讓《火鳳燎原》成爲一場令人眼花撩亂的超級軍師大會戰。光憑詭計，不足以表現三國的全部精神，必須有無敵的武將配合演出，所以陳某將他的三國野史安置在這幾句話裡面：「有雲：智冠天下，無人可比，智者之最許臨，軍師之首八奇。亦有雲：勇冠天下，無人能及，武者之最呂布，刺客之首殘兵」[43]。陳某要呈現的是一齣文戲與武鬥互爲表裡的演義。

---

[42] 陳某《火鳳燎原・1・附錄：陳某的三國志》（臺北：東立，2003[8 刷]），頁 188。

[43] 陳某《火鳳燎原・11》（臺北：東立，2003[2 刷]），頁 46-47。

　　陳某對兵法、謀略的經營遠遠超出一般漫畫的層次，讀起來相當費神[44]。他除了引用《孫子兵法》作為至高的戰爭哲學，也屢將《孟子》的言論轉化成軍事智慧。此外，他在書中「創造」了兩套很重要的兵法：

　　（一）水鏡的〈士氣論〉──「貶敵擡己，其法有三：其一：敵將初勝者，貶己方將領輕敵大意。其二：敵將多勝者，貶己方軍師擇地失利、天氣預測錯誤。其三：敵將常勝者，貶敵軍將領有勇無謀！」[45]。這套自創的「作戰心理學」主要是為瞭解釋「呂布勇而無謀」（《三國志・魏書十》）的歷史評價以及《三國演義》裡的刻板形象。《曹瞞傳》對呂布的評價極高：「人中有呂布，馬中有赤兔」，

---

[44]　在著名的《遊戲基地 gamebase》網站的「火鳳燎原討論區」，可以找到許多對故事情節的變化（尤其軍事謀略）感到吃力的讀者意見，甚至有人建議大家去測一下智商。在這則〈火鳳的讀者平均智力〉的討論主題底下，有一則回應很有意思，它忠實地披露了很多讀者的困窘與沈迷：「我不認為看不看得懂火鳳跟智商有絕對的關係！……我認為頂多跟某方面的邏輯思考有關罷了！……以我的例子而言，我看得懂火鳳，但是我一個現在是實習醫生的朋友卻說看不懂！我一點都不會懷疑他的智商比我低！我想他只是不太熟悉那樣的畫風跟故事罷了！至於那些喜歡看卻常常看不太懂的朋友！我覺得多看幾次就懂啦！……所以，看不看得懂跟 IQ 無絕對關係，頂多多看幾次就明白啦！真看不懂，你來這發問，也會有好心人幫你解讀的！so，加入火鳳吧……沒那麼難的。」（http://talk.gamebase.com.tw/content.jsp?l=2002&no=267&serial_no=54611112&p1=1&order=&rc=34）

[45]　陳某《火鳳燎原・4》（臺北：東立，2003[5刷]），頁167-168。

如果呂布只是有勇無謀之輩，就不會有「人中呂布」的美譽。所以「敵將常勝者，貶敵軍將領有勇無謀！」，足以解釋成一種高明的作戰心理學。但陳某對此，顯然意猶不足，故再煞有其事地「引述」（其實是編造）天下第一智囊許臨的〈非人論〉：「董卓問：文人不能武、武將不擅文；文武俱備者稀，汝謂呂布是何人？答曰：將士有雲『馬中赤兔、人中呂布』；吾卻謂呂布不是人！」虛構的人物許臨加上一篇虛構的文章，讀起來卻有一種令人莫辨真偽的歷史血肉。非人即神，作者為了顛覆呂布的「無謀」，竟然花了七回（一百五十六頁）來鋪陳呂布對董卓的叛變，一計剋一計，比董卓火焚洛陽的「城下一聚」更上層樓。相較於《蒼天航路》用五回（一百頁）來神化張飛的勇，卻沒有超出《三國演義》的基本人物形象；《火鳳燎原》對呂布的翻案式描繪，無論在情節深度和人格特質的形塑上，都有突破性的成果。「將當以勇為本，行之以智計」[46]，唯有謀略與武藝雙全的「戰神」，才堪稱「人中呂布」。至於陳某筆下的張飛，除了跟呂布不相上下的武藝，還有一手用來繪製精準（行軍）地形圖的水墨畫絕技；陳某在正史紀錄的空白處[47]，為張飛虛構了另一

---

[46] 陳某《火鳳燎原・11》（臺北：東立，2003[2 刷]），頁 22。

[47] 陳某特別用兩個全黑反白的獨立插頁，寫下這四行字（每頁兩行）：「史書中沒有記載張飛的相貌，亦沒說他是賣酒屠豬之輩。根據一些零星的史料所知，張飛不僅通文墨，而且還懂書畫。」見《火鳳燎原・12》（臺北：東立，2003[1 刷]），頁 90-91。

個文武兼備的身分——聞名天下的桃園畫派之首。這也是一項令人驚喜的創意。

　　（二）黑暗兵法——除了用詭計將呂布重新包裝，陳某的「兵法思維」持續在敘事中發酵，先以賈詡「五天時間，一成兵力，必敗呂布」的「暗行陣法」——「荊軻刺秦，公子獻頭」——讓讀者見識到軍師以寡敵眾的能耐；再以賈詡和郭嘉的對話帶出黑暗兵法的大義，他們從同門的荀彧開始論起天下大勢：「荀彧雖有才，然過於仁慈，要取天下實有難度。統一天下方可行仁政，但之前必先出現一對殘暴不仁的霸主和智者。……要天下真正得到太平，必先將天下推至黑暗穀底，下一代的人，方會明白和平的可貴。……黑暗之後，就是光明。二者不可共存，然天行有常……捨身成仁……一切都是為了荀彧的仁政。這就是黑暗兵法的大義」[48]。在這套治亂的殘酷理念之下，曹操被賈、郭二人奉為「先亂後治」的扶佐對象，全力「將曹操變成秦始皇帝」，以殘暴的兵法一統天下。接著即是郭嘉的「黑暗兵法：奉孝殺戮」，教曹操進迫徐州，在泗水大屠殺陶謙的屬城，企圖落實黑暗兵法的另一著：「屠一城，降十城」。在郭嘉眼裡，真正的「大仁」是一統天下，「打仗本是殘暴，一個擁兵者的成敗，往往會犧牲千萬無辜的兵士！殺人就是殺人，何來殺得漂亮，

---

[48] 陳某《火鳳燎原・10》（臺北：東立，2003[2刷]），頁76-83。

殺得正直？暴者、仁者皆是殺人者，沒有分別」[49]。黑暗兵法不但解釋了曹操成為「奸雄」的「內在考量」，也奠定了三國治亂的政治／敘事基礎──「黑暗之後，就是光明」。那才是真正的大義。

堅守「上兵伐謀」的創作原則，加上許多顛覆性的創意，《火鳳燎原》成就了三國的現代風貌，它呈現的不是血腥的殺戮，而是「智力」的無窮較勁，良將、兵種、戰略與奇謀的靈活運用，細膩地重構了戰爭的運作機制。雖然有學者以為：「連環圖基本上是一個圖象主導的媒體，文字只不過是畫面的附庸。可是隨著連環圖的電影化過程和她所要表達的故事日益複雜，連環圖對文字的倚仗和應用便越加重要」[50]，《火鳳燎原》即是一部需要反覆思考的歷史演義連環圖，它的文字內涵不但能夠將圖象的效果無限延伸，也成功打造一套自己的戰爭哲學與格言，將三國故事原來由孔明一人獨撐的「尚智」母題，發揮得更加恢弘和精密。尚智母題在這部「權謀之書」裡的精闢演出，促進了現代三國讀者／玩家對三國歷史的興趣與思考[51]，對三國故事的千年傳佈而言，是一件好事。

---

[49]　《火鳳燎原・10》，頁172。

[50]　袁建滔《新漫畫語言》（臺北：尖端，1992），頁32。

[51]　要瞭解電玩和漫畫對青少年的影響，並非像過去的傳播及社會學者那樣──做問卷再統計──就夠，要真正瞭解這些大眾文化消費者在想什麼，就得進入各大電玩網站的討論區。在非常著名的《遊戲基地 gamebase》的「火鳳燎原討論區」，就有許多足以成為論據的言論，其中一則〈智謀高的

　　我們都知道「沒有任何歷史學家可以涵蓋並因而尋回過去的所有事實，因為其『內容』幾乎是沒有限量的。……由於過去已經一去不返，沒有任何敘述可以向過去本身查證，而只能向其他的敘述查證。……根本上，並沒有真實的敘述，沒有正確的歷史。……歷史學家的觀點和偏好，仍然決定了對歷史資料的取擇，而我們個人的思維結構則決定我們對這些歷史的看法」[52]。三國史，因為不完

人實在是太可怕了〉（stzdta 達泰安，2004/07/19）的陳述，很有意思：「我覺得火鳳裡的猛將，雖然也是武功強得嚇死人，但是我相信比起這些能一個人打幾十個的猛將，智將才真的是可怕呀！！一個計策下來，數萬大軍可能一瞬間就被擊破了。如果光榮三國志的智將也有這種威力就好了，我覺得光榮把一個將領的武力因素看得太重了，智將變成陪襯，這根本不符合實際狀況，打仗最主要的是靠頭腦才對。以賈詡這種智謀超高武力超低的人和許褚這種武力超高智謀超低的人，這兩個人如只能選一個來部下的話，依照光榮三國志的設定，我會選許褚，可是如果是火鳳裡的情況，我當然是選賈詡！！擁有能將鬼神呂布的軍隊打爆的智謀，就算有十個許褚也比不上！！」（http://talk.gamebase.com.tw/content.jsp?l=2002&no=267&serial_no=54053443&p1=1&order=&rc=33）。從這則言論可以看出「尚武」的《三國志》攻略遊戲跟「尚智」的《火鳳》對戰爭的理解與設計，有著本質上的差異。陳某對智謀型人物的形象塑造，確實能夠有效地打動人心。其中有一則由 gn01370926 發表的〈你常把火鳳哪句台詞用在生活對話上？〉（2004/07/23），短短二十天內居然累積 2837 次點閱，更有 54 則回應，述說哪些「火鳳名言／格言」運用在自己的日常生活當中。陳某在人物對話上創造的大量「名言／格言」，影響力比預想中來得驚人。

[52] 凱斯·詹京斯著，賈士蘅譯《歷史的再思考》（臺北：麥田，1996），頁

整而產生非常遼闊、開放的詮釋空間,所以小說家羅貫中對史學家
陳壽的三國論述不甚滿意之餘,便在歷史的巨大隙縫中,「填寫」、「繫
聯」、「改編」、「創造」,重新架構出屬於他自己的三國歷史(演義)。
章學誠所謂的「七分實事,三分虛構」[53]的敘事表現,突顯了羅貫
中的思緒如何在正史與野史之間激烈迴盪,遂產生難以抗拒的魅
力,直接影響了千百年來的三國讀者。如果我們再次回到《三國志》
的論述結構,便能重新發現許多的敘事隙縫,足以容納《蒼天航路》
和《火鳳燎原》,以及將來可能出現的,更具顛覆性的後現代三國故
事。

　　同屬大眾文化產業的三國遊戲和三國漫畫,它的消費群必然會
有所交集,某些三國漫畫的讀者受到作者對某些人物的刻劃,而改
變了原來的人物評論或操作的習慣[54]。三國漫畫可以說是在「紙版」

64-67。

[53] 這句話應該解讀成:「尊重歷史事件的真實性,是作為小說的敘述前提
和基本背景加以考慮的,它的『七分』真實多半集中於此,以便騰出手腳,
在虛構人物上略略施展,『三分虛構』即著墨於此。」詳見:周澤雄《三國
英雄基因》(臺北:遠流,2003),頁 247。所以三國裡的大戰役是實際發
生的事實,但真正由誰來主導成敗,以及各路將領的作戰表現,就不見得
遵照史實來敘述。

[54] 在《遊戲基地 gamebase》網站的討論區,可以發現許多自行比較三國
遊戲和三國漫畫的相關例子,其中一位匿稱 Angel7261(Michelle.ch.)的玩家
表示:「各位覺得樂進怎樣/在以前我玩三國志時總把他當作留守用/若不

上「分格」的三國戲曲，透過網路評價與互動，以及每期銷售成績
建構出來的讀者反應，或將改變三國故事的當代詮釋向度，不可小
覷。他們已經不像古時候的高文盲率社會底下的三國讀者，這些年
輕消費者懂得思考和比較羅貫中對正史的改造。55

　　從諸多電玩和卡漫網站討論區上面的討論內容來判斷，「正史」
的觀念能夠在台灣年輕讀者群中形成，似乎不是學校教育之功，而
是三國電玩和三國漫畫的無形驅使。一如古代說書和戲曲對老百姓
的影響。在腦海中建立歷史小說對正史的創造性／虛構性詮釋之
後，現代讀者比較能夠接受《蒼天航路》和《火鳳燎原》對三國故
事的再創作。若以曹操的人物形塑作為觀察據點，《蒼天航路》和《火
鳳燎原》對英雄（奸雄）概念與人格特質的詮釋，比《三國演義》

是斬首就是不錄用／但看過王欣太的蒼天航路後／蒼天航路的樂進和火鳳
的陷陣營高順／在我心中的評價就不同了／／樂進在蒼天航路中就像一輛
坦克／31 集樂進快掛點時和曹操的對話／更令我有很深的感觸。
（http://talk.gamebase.com.tw/content.jsp?p2=null&serial_no=53776027&no=
267&order=new）
55 這一則張貼在「遊戲基地」討論區上的留言（對話），可以看出他們對
《三國演義》的感想：「不少人都被三國演義害的很慘／小說取代歷史了」；
「因為小說寫的比正史好！」；「正確完全認同／畢竟正常歷史無法像小說
如此戲劇／不過還是要認清事實阿」。由此可見《三國演義》對正史的影響
非常可怕，要是他們仔細比對過小說對正史之處，再大的討論區也會被活
活擠爆。（http://talk.gamebase.com.tw/content.jsp?l=2002&no=267&serial_no
=54137759&p1=1&order=&rc=41）

更接近三國時期的價值觀。不過,這點看法恐怕不會得到相關學者
的認同,因為《三國演義》是經典,並非「區區漫畫」可以相提並
論。《火鳳燎原》能否成為現代三國的經典詮釋,唯有下一代讀者／
學者才能準確地評價。

五、「後三國學」:實用歷史或商戰指南

　　金聖嘆曾經感慨說:「三國者,乃古今爭天下之一大奇局;而演
三國者,又古今為小說之一大奇手也。異代之爭天下,其事較平。
取其事以為傳,其手又較庸。故迥不得與三國並也」[56]。這個「古
今爭天下之一大奇局」,先天上就有極大的「再創作」之潛力。除了
日本及台灣對三國電玩的先後開發、日韓港漫畫家的推波助瀾之
外,日本、大陸、台灣學者和作家對三國歷史及人物傳記的「再創
作」,也很值得重視。它們是東亞書市上的重要讀物,歷久而不衰。

　　一六八九年,湖南文山將《三國演義》翻譯成相當完整的五十
卷日文版《通俗三國志》,成為最流通的版本,三百年來不斷重刻再
版。一九三九年,日本極負盛名的「國民作家」吉川英治[57]

---

[56]　金聖嘆:〈金聖嘆序〉,收入羅貫中撰,毛宗崇批,饒彬校注《三國演義
　　（上）》（臺北:三民書局,1998）,頁 1。

[57]　曾經參與監修《日本歷史》的小說家吉川英治,留下八十卷作品,其
　　中最著名的代表作即是一九三五年開始連載的長篇小說《宮本武藏》,樹立

（1892-1962）開始撰寫《三國志》[58]，是現代日本第一部以三國題材為對象的歷史小說。此書一出，即取代湖南文山的《通俗三國志》，成為現代日本人的首選三國讀物。日本宗教家暨世界桂冠詩人池田大作[59]說：「在日本，說到《三國演義》的話，指的就是吉川《三國志》，它就是這樣深受愛戴。當時我們一班追隨戶田城聖先生的青年們成立一個『學習會』，就是以吉川的《三國志》作為教材的。」[60]

吉川英治的《三國志》在思想結構上，跟羅貫中同樣「尚忠」、「尚義」。小說一開始便強調劉備的「孝」，自「桃園結義」開始便貫徹「忠義」的傳統道德觀念，作者在諸葛亮身上託付了完美的道德力量和行為指標，這部《三國志》止於孔明之死，也暗示了「王道」終結，「霸道」將興。但吉川英治沒有醜化曹操，反而比較客觀、忠實地刻劃出廣納天下英雄為已用的王者風範。吉川的《三國志》在日本造就了廣大的讀者群。戰後又有柴田鍊三郎的《柴田三國志》，但影響力遠不及吉川的《三國志》。直到一九九二年初，陳舜

宮本武藏為東瀛第一劍客的不朽形象，此書亦成日本大眾小說的經典。最近由著名漫畫家井上雄彥繪製成《浪人劍客》。

[58] 中譯本為：吉川英治著，鍾憲譯《三國英雄傳》（臺北：遠流，1995）。

[59] 池田大作是世界著名佛教學者、國際社會活動家、文化教育推動者及世界桂冠詩人，國際創價學會領導人，曾獲聯合國和平獎、甘地和平獎。他是一個堅定的世界和平者，先後跟多國領袖及文化、教育界的傑出人物進行對話，並輯錄成書，更譯成世界數十種語言。

[60] 《探求一個燦爛的世紀》，頁424。

臣[61]（1924- ）以史家的獨到慧眼、小說家的生動筆觸，完成了以孔
明一生爲敘述主軸的日文歷史小說《諸葛孔明》[62]，並獲得「第二
十六屆吉川英治文學賞」，半年內在日本國內市場狂銷八十餘萬冊，
造就了三國小說在現代日本的閱讀熱潮。同年三月，此書便引進台
灣書市，成爲遠流出版社「實用歷史叢書」[63]的第二部主打書，短
短三個月內銷出五萬冊，高踞金石堂五月份排行榜榜首，掀起台灣
的「諸葛孔明旋風」，帶動其他相關書籍的出版。

　　吉川英治和陳舜臣的三國創作屬於歷史小說，不過「實用歷史

---

[61] 陳舜臣祖籍臺北新莊，祖父渡海到日本神戶經商，所以他是在神戶出生
的第二代台灣人。他精通中、日、英、印、波蘭文，他的推理小說與歷史
小說先後獲得日本大眾文學最高榮譽的「直木賞」，以及「每日出版文化
賞」、「日本推理作家協會賞」、「讀賣文學賞」、「吉川英治文學賞」、「大佛
次郎賞」、「朝日賞」、「井上靖文化賞」等重要大獎。與司馬遼太郎並列日
本歷史小說的雙璧。
[62] 中譯本爲：陳舜臣著，東正德譯的《諸葛孔明》（臺北：遠流，1991[二
卷本初版]；2002[精裝合訂新版]）。精裝新版亦暢銷一萬多本，十分驚人。
[63] 這個書系是亞洲地區三國故事的一個重要出版據點，它匯聚了台灣、大
陸、日本三地最突出的現代三學著作，更推動了台灣企管專家對三國的「另
類詮釋」，可視爲亞洲三國學的重要交流平臺。這個書系加上遠流底下另一
個性質相似的「實戰智慧書系」中的後三國創作，以及兼併了實學社的相
關出版品之後，共三十餘種。後來遠流將重新再版的三國創作書籍，冠上
「三國學」的名堂。

叢書」的開山之作——陳文德的《曹操爭霸經營史》[64]卻另闢蹊徑，
融合歷史與企管的觀點，架構出與眾不同的三國故事。曹操本來就
很值得一寫，他的軍事長才連諸葛亮都深感佩服：「曹操智計，殊絕
於人，其用兵也，彷彿孫武」（〈後出師表〉）；而北宋武學博士何去
非[65]也給予極高的評價：「言兵無若孫武，用兵無若韓信、曹公。」
（《何博士備論》）；魯迅、郭沫若、翦伯贊等人都先後替曹操翻案，
熟懂三國的毛澤東說得更明白：「曹操統一北方，創立魏國，抑制豪
強，實行屯田，興修水利，發展生產，使遭受大破壞的社會開始穩
定和發展，是有功的。說曹操是奸臣，那是封建正統觀念製造的冤
案，這個冤案要翻。」[66]

　　不過，一本單純為曹操翻案的書，在台灣書市上沒有太大的賣
點，所以陳文德雖有翻案之實，但也必須透過現代企業「經營」的
眼光，重新建構他對曹操的敘述。從《曹操爭霸經營史》的書名即

---

[64] 陳文德《曹操爭霸經營史》（臺北：遠流，1991[三卷本初版]；2003[精裝合訂新版]）。

[65] 北宋神宗曾下詔命武學博士何去非等人，核訂《孫子兵法》、《吳子兵法》、《六韜》、《尉繚子》、《黃石公三略》、《司馬兵法》、《唐太宗李衛公問對》等七書，編輯成著名的《武經七書》，作為朝廷考核武臣與選拔將領的必讀武學書籍。上述書籍最新版本為：何去非等編《武經七書》（呼和浩特：內蒙古人民，2000）；何去非著《何博士備論（浙江士恭家藏本）》（北京：中國文史，1999）。

[66] 董志新《毛澤東讀〈三國演義〉》（上海：上海人民，2001），頁334。

可看出「經營」的現代觀點。在敘述結構上，他以曹操為主軸，用
夾敘夾議的章節帶出整個三國史，當然他首要排除掉羅貫中的忠義
思想，改用現代人的眼光（不時援引《孫子兵法》）來分析和評價—
—每一場戰役的戰略指導與成敗因素、內政體系的行政措施，以及
外交策略上的得失。此外，陳文德還附上〈陳文德評說〉和〈篇後‧
實用觀點〉。以「第十章：曹操的班底」為例，他在內文中指出曹操
陣營乃「業務導向的直營事業」——「其一，曹操的事業幾乎大多
是『直營』的，他很少用聯盟來增加自己陣營的實力……其二，
曹操的經營方式是業務導向的，所以成天南征北討，如同業務經理
般的在第一線指揮作戰。……雖然險些失掉兗州，使他頓悟『經營』
比『業務開拓』更為重要，但他仍傾向將經營工作交給可信任的部
屬，讓自己有較多的時間從事開拓工作」[67]。充滿現代感的敘述與
分析，很能夠吸引現代商業社會的讀者。再加上從「組織管理」和
「企業人才培育」角度出發的〈陳文德評說〉，以及透過「業務運作」
和「企業管理」等實用於現代人的角度，重新審視歷史事件的成敗
因素和教訓的〈篇後‧實用觀點〉。在敘述主體外，輔以評說和實用
觀點的結構，完全展現出新一代「三國學」的嶄新樣式。

　　陳文德對三國史的分析主要依據正史的記載，一方面把史實還
原到陳壽《三國志》的真實記載，另一方面則申論處理戰敗的要素，

---

[67] 陳文德《曹操爭霸經營史》（臺北：遠流，2003[精裝合訂新版]），頁250。

非但完全不受羅貫中的「誤導」，他的著眼點也不一樣。譬如奠定三
分天下的赤壁之戰，他描述的重點並非曹操如何狼狽，或急於為「華
容道釋曹」翻案，他比較關心為何曹操立即下令「兩百里戰略大撤
退」，讓自己和軍隊完全脫離險境，以及如何穩定渙散的軍心。這一
種較嚴肅的敘事模式，能夠「穩住」傳統三國讀者的閱讀反應和期
得視界（horizon of expectation）。歷史視野與企管分析的相輔相成，
讓《曹操爭霸經營史》成為十餘年的長暢書，而不是紅極「一時」
的消費品。當然這部銷售量高達十餘萬冊（三卷合計）的另類曹操
傳記，無形中壓制了陳舜臣《曹操：曹魏一族》（臺北：遠流，1999）
在台灣書市的行銷聲勢。

　　《曹操爭霸經營史》不但是「實用歷史叢書」的開山之作，它
更象徵著台灣境內另一種三國詮釋——「商戰指南」——的到來。
他在翌年出版的《策略規劃家：諸葛亮大傳》（臺北：遠流，1992），
以及遠流出版社其他作者的出版品，前撲後繼地證明瞭這一個趨勢。

　　《諸葛孔明》和《曹操爭霸經營史》都是大部頭著作，在流行
「輕、薄、短、小」的閱讀趨勢中，竟能逆流而上成為長暢書達十
二年之久，不禁令人十分納悶。其中主要原因是：陳舜臣在羅貫中
的詮釋基礎上，深化了人物的內心世界，尤其他抓住演義裡最受大
眾愛戴的孔明，以他「完整」的一生為軸，從讀者較不熟悉的角度
去「再現」三國史。一方面能夠讓那些孔明的崇拜者獲得更大的滿
足，也讓熱愛《三國演義》的讀者換個位置重溫三國。

未竟之戰
──三國故事的當代詮釋與消費趨勢

　　儘管陳舜臣沒有將小說的敘述忠實地「還原」到三國的正史軌道上，也沒有顛覆什麼重要的東西，他最終呈現的是一幅白話版的三國野史（演義）。經過千餘年的讀者情感與評論之累積，「孔明」早已成為一把足以開啓現代三國閱讀市場的萬能鑰匙，陳舜臣很敏銳地抓住這一點。陳文德對曹操的掌推與重塑，除了有效引爆曹操在「三國接受史」上積累千年的「奸雄印象」，再以現代企管的眼光重新詮釋曹操的企業經營與管理的智慧。以古為鑑，莫過於此。

　　差不多同一時期，大陸學者也有多人撰寫相似的人物傳記，譬如成都市博物館館長章映閣（1937-）的《曹操》（臺北：知書房，1992）和《諸葛亮》（臺北：知書房，1993）等兩部比較忠於史實的人物敘述，就無法暢銷起來。章映閣從一九七七到八三年間，在成都武侯祠潛心探研孔明與三國史，還有相關的文物古蹟，無形中被正史綑綁得太緊，敘述施展不開，少了陳舜臣筆下人物的生命力與血肉感。這種敘述口吻比較嚴肅的三國敘述，很難成為台灣書市的暢銷書。數年後，台灣作家李約（1930-）出版了史上最厚實的《曹操大傳》（臺北：實學社，1997），全書共八卷，沈悶的敘事、冗長的篇幅，遠遠超出現代都市讀者的「時間」消費能力，當然比不上陳文德的「史／商雙重敘述」，所以也沒有亮眼的成績。

　　「重寫三國」的成敗關鍵有兩個：（一）生動易讀的文筆；（二）在敘事視角與思考層面另闢險徑或超越前驅之作。陳舜臣的敘事在翻譯後依然精彩生動，故能征服台灣讀者。這部以孔明為傳主的大

書，局部更新了三國故事的面貌，並成爲後來者難以跨越的「障礙
物」。陳舜臣的《諸葛孔明》在很多方面都強過章映閣的《諸葛亮》，
以及坊間各種孔明的傳記文學，遂成爲台灣書市的「孔明障礙」。至
於章映閣的《曹操》和李約的《曹操大傳》，則面對陳文德設下的「曹
操障礙」，雖能再版，但無法大賣。三國書籍的市場反應，即是現代
讀者對經典再詮釋的接受情形，是非常重要的研究參考指標。

　　以智取勝的曹操和孔明二人，憑著一份卓越的統領能力和政治
魅力，形成非常深厚的詮釋內容，可以在各種現代都市文化視野中
不斷生產。至於劉備、關羽、孫權、周瑜等人較不具商機，難以運
用在工作或生活當中，故不受青睞。

　　美國學者約翰‧菲斯克（John Fiske）在解讀大眾文化的時候，
特別指出「相關性」乃大眾文化的核心，因爲它使文本和生活、美
學的和日常的差異降到最低，只有民眾才知道哪些文本可以讓他們
創造出它在日常生活中起作用的意義。相關性也意味著許多大眾文
化是短暫的，隨著人們的社會環境的改變而產生變化[68]。三國故事
裡的軍事智慧原本跟一般市民的現實生活扯不上邊，它頂多用來滿
足閒暇之餘的歷史想像，形同娛樂（漫畫和電玩），但陳文德等人還
是能夠在刀光劍影當中，找出一套非關戰爭的企業經營或處世哲
學，有效地「創造出它在日常生活中起作用的意義」。這套「尚智」

---

[68] 約翰‧菲斯克著，楊全強譯《解讀大眾文化》（南京：南京大學，2001），
頁 6-7。

與「尚術」的都市化／企管化的實用歷史教程，固然可以美其名爲「實用歷史」，其實有別於「尚忠」或「尚義」的傳統歷史演義，作者的詮釋層次與方向，主要傾向於如何在現代商場上運用三國智慧，以歷史的素材來進行企管的示範教育，「歷史」只是媒介，「實用」才是重點。或許，它應該稱爲「後三國學」。「後」字的定義，主要是跟「傳統」三國學的詮釋方向形成明確的區隔，因爲它非關歷史，而是一門以現代企管／人才學爲軸心的「商戰指南」。

這一類作品主要有兩大來源：（一）大陸——出自學者霍雨佳之手的《三國人才學：商用中國式用人藝術》（1989）和《三國謀略學：商用中國式計策藝術》（1989），都是遠流旗下的長銷書，兩本加起來近十萬冊的銷售量背後，卻透露出一個很不尋常的訊息：當時大陸的資本主義程度還落後台灣甚遠，爲何能夠「預先」產生如此廣受歡迎的「後三國學」創作？（另一本由湖北中文系教授葛楚英（1925-）撰寫的《《三國演義》與人才學》（1993）也有三萬冊的銷量。）其實，霍雨佳不過是以現代企業經營的「用人觀點」跟三國故事重新對焦（而非必須仰賴實務經驗的企管行鋪角度），歸納成「人策」、「風格」、「馭人」、「鑒誠」四篇，闡述隱藏在《三國演義》裡的商戰智慧（《三國人才學》）；一旦談到謀略，便引述《孫子兵法》作爲最強而有力的佐證。葛楚英則認爲天下三分，主要在三大陣營的人才質量和運用法則。他特別例舉曹操煮酒論英雄與諸葛亮隆中對策，此二事最深刻的意義在於把事業的開創與領袖人才聯繫起

來，而且把領袖人才放在一切因素的首位。至於劉備三顧草廬的故事，則突出地表現了他招攬人才的一個手段。總之，三分鼎足之勢，主要是人才佔有造成的[69]。霍雨佳和葛楚英強調的「人才學」即是「帝王之術」，是企業體很重要的興衰要素。總之，所有的歷史事件到現代人手中，都成了「事後諸葛亮」的卓見。

中國人民大學歷史系教授徐兆仁（1955-）在一九九五年出版厚達一百二十萬字的《三國韜略學》[70]。他以《三國志》和《三國演義》為藍本，挑選出五百九十九則策略或計謀[71]，用現代語彙重新整理成「智慧法則」，進而解讀每個重大決策、歷史事件、領導者背後的「韜略」運作——韜略的互動與對抗、韜略思維的兩極及其轉化的角度，並剖析韜略的內在肌理、結構、型式、方法，並指出實踐的可能方式。此書將歷史「化整為零」，篇幅雖大，但它的寫作策略正是將產品分門別類羅列出來，有點像是一間將三國歷史按現代讀者的需求而逐項「商品化」的文化工廠，於是一部三國史被肢解成四百四十五則以時間為軸線的韜略史。非但沒有呈現突出的歷史視野，連原來的歷史感和故事性都被犧牲掉了。

---

[69] 葛楚英《《三國演義》與人才學》（臺北：遠流，1993），頁 36-40。

[70] 徐兆仁《三國韜略學》（北京：中國人民大學，1995；臺北：實學社，1996）。

[71] 全書分四卷：韜略心法 25 條、韜略家 110 人、韜略庫 19 案、韜略史 445 則。

　　或許作者（或策畫出版此書的出版社總編）以爲恢弘龐大的歷史資訊，不易消化，必須先切割成數百則「短、小」的小片段，才符合大眾的閱讀習性，並有效化解「九大冊」的閱讀壓力。這套大書的行銷焦點不在「歷史」韜略，臺北實學社把它定位成：「一套優勢行銷兵法／一套策略管理範本／一套權力使用說明書／一套生涯規劃大智典」[72]。儘管作者本身不具財經企管的學理或實際經驗，只能夠從兵法的角度整理出看似有用於行銷管理的韜略（strategem），但它照樣在兩年內暢銷一萬套。

　　後來，實學社重新編排、將鬥大的字縮成正常大小，出版一套更具市場潛力的「兩卷版」《三國韜略大辭典》（臺北：實學社，1999），名異實同，內容一字不變。這部沒有什麼學術價值的三國大書，已成爲「後三國學」裡的一項重要指標：「三國消費」邁入更輕鬆、更零散、更徹底的商業化時代。

　　這一部出自文史教授之手，卻完全濾掉沈重的史觀或大敘述的「後三國創作」，比大眾作家陳舜臣和陳文德走得更遠，成爲一部虛掛三國之名的大眾化企管讀物。至於套書的行銷文案，本身即是「一套優勢行銷兵法」，他們賣的不是再是三國的歷史內涵或文學價值（文案沒有一句涉及文史價值），而是一種被標榜、被誇耀出來的「商業智慧」。

─────────────

[72] 這是遠流出版社在「遠流博識網」上面，推薦此書的部分廣告文案。（http://www.ylib.com/hotsale/THREE/book1_d.htm）

辭典化與實用化的三國韜略，即是三國智慧的「工具化」。

在台灣書市上出自大陸作家／學者之手的「（後）三國創作」還有很多，其中銷售量較好的有：於學彬《三國啟示錄》（臺北：實學社，2003）、李炳彥、孫兢《說三國‧話權謀》（臺北：遠流，1994）、金性堯《三國談心錄》（臺北：實學社，2002）、李橫眉、趙康生《三國計謀》（臺北：廣達文化，2002）、傅隆基《解讀三國演義》（臺北：雲龍，1999）、周澤雄《三國英雄基因》（臺北：實學社，2003）；作者的三國論點、撰述策略都大同小異，但都沒有徐兆仁走得遠。

台灣本地作者則有：《遠流博識網‧三國大本營》版主羅吉甫（1959-）以《將苑》為分析藍本的領導兵法大補帖——《諸葛亮領導兵法》（臺北：遠流，1997）、還有他以全球企業定位理論、USP廣告策略和授權管理等理論觀點來剖析領導特質與行為的《臥虎藏龍三國智》（臺北：遠流，2003）；林國輝（1962-）的《三十六計說三國》（臺北：遠流，1998）借用《孫子兵法》深入探討三十六計的實際應用，以及他在《三國亂世經營學》（臺北：遠流，1999）裡，以《三國志》和《資治通鑑》為據，以《孫子兵法》和《孔明兵法》為輔，全方位探討領導人物的經營管理。

具有多年企劃管理經驗的戴宗立在前兩年出版了《兵學三國》（臺北：遠流，2002），他把《孫子兵法》針對戰爭提出的五個基本條件，貫徹到行銷學的 5P 觀念，架構出一本可供企業活用的兵學。在他看來，「企業就像是一個國家的縮影，商場競爭更是一場鬥智鬥

力的戰爭，沒有血淋淋的殺戮場面，卻一樣成敗一線，興亡立見」[73]。
這番見解正好說明爲何三國謀略可以轉化成企管智慧，運用在企業
體或個人的職業生涯。

目前正紅遍大陸的成君憶《水煮三國》（2003）一書，是一個見
證大陸蓬勃經濟發展的出版座標。成憶君是現任亞太人力資源研究
協會副秘書長，具有十年的企管顧問經驗，這本書裡的文章最早是
《成功雜誌》的專欄，後來在國際金融報連載，二〇〇三年初由中
信出版社發行後，立即稱霸各大城市的書籍銷售排行榜，在網路上
甚至可以找到許多《水煮三國》的完全版電子書。從業於管理諮詢
和營銷策劃多年的成君憶，一直把諸葛亮奉爲古代的老師，這部被
稱爲「大話體管理學」的後三國創作，以幽默的敘述和十分通俗的
手法，分析潛藏在三國故事中的管理學戰術和戰略。成君憶的通俗
化書寫遠比之前的每一本「後三國學」暢銷書都來得驚人，他操作
的通俗語言和筆法已經瀕臨「俗氣」的邊緣，卻受到「俗不可耐」
的廣大平民讀者們的高度肯定，一口氣賣出八十萬冊。

成君憶在序文裡卻說：「《水煮三國》表現的是以中國文化背景
下的人爲中心，讓管理學能夠貼切於人性的特點，一方面提倡人文
關懷，另一方面也強調通過對人的關心來提高工作績效。……在不
同時代背景下，對傳統文化應該有不同的解讀，它必須能融入到新

---

[73] 戴宗立《兵學三國》（臺北：遠流，2002），頁 15。

的時代中，才能顯示它的生命力」[74]。他對經典智慧的尊重，以及
將經典「徹底現代化」的努力，將再次掀起「經典（再）詮釋」的
波瀾。

　　成君憶的詮釋／書寫策略非常大膽，但確實有過人之處。首先，
他把搖搖欲墜的東漢朝廷定位為「東漢國有資產經營總公司」，將「三
國」分別設計成在現代商業市場競爭中的三類公司：（一）曹操：利
用計畫經濟的特點，大量佔用國家資源的傳統企業，實力雄厚，產
品佔據市場半壁江山；（二）孫權：依據本身的特色，固守一塊市場，
伺機擴張的中小企業；（三）劉備：白手起家，迅速崛起的新興企業。
這個完全現代化、企業化的「後三國版圖」，更新了所有傳統三國讀
者的刻板印象，足以產生新的閱讀誘因。

　　其次，成君憶瓦解了歷史的線性敘事，將所有的人、事、物重
新編排，以最弱勢的劉備為主要敘述視角（方能有效突顯白手興家
的歷程），從他考上「長江國際工商管理大學」開始，逐步展現他在
求學與創業過程中，企業管經與行銷策略等各方面的成長，以及面
對曹操集團時的突破；再加入諸葛亮這個高效率的管理者，「通過他
的管理，基礎薄弱、人才匱乏的蜀漢企業集團有限公司，居然成了
全國的三大巨頭公司之一」[75]。

　　其三，他筆下的歷史人物都成了現代企業裡的各種職權角色，

---

[74] 成憶君《水煮三國》（臺北：先覺，2004），頁 6-7。

[75] 《水煮三國》，頁 352。

連說話的語氣、措詞、口頭禪都是現代人的。以「第七章‧劉備的菜市場理論」為例，內分四個輕鬆的小標題（小節）：「禍不單行的年關」、「死不瞑目的呂布」、「假裝勤奮的六大高招」、「買菜與賣菜」。在「死不瞑目的呂布」一節，寫呂布自覺回天乏力，請求曹操收購他的徐州公司（被虜後，欲降魏），但劉備卻警告曹操：「徐州公司已經資不抵債，您收購它幹什麼？況且，呂布這小子心如蛇蠍，小心他一活過氣來，反過頭咬死您這個慈祥的農夫。」[76]這種毫無學術或經典壓力的口語敘述，果然成功橫掃兩岸書市，在台灣上市一個月即破萬冊（五刷）。

其四，為免此書因輕快語氣和熱門語彙的大量運用，而陷入嬉戲或輕薄的閱讀印象，成君憶在每章的章首援引經典名句，作為該章主題的楔子，從極為冷僻的雍正《庭訓格言》、順治《資政要覽》、趙蕤《長短經》、《尚書‧堯典》，到大眾較熟悉的《太公兵法》、《尉繚子》，「熱敘述」與「冷經典」交錯，意圖強化整體敘述的國學內涵；章末再附上一則〈作者評說〉從企業經營管理學角度，進行歸納與分析，語氣也回歸到較嚴肅的專業層次。如此剛柔並濟、雅俗相融，加上比「借古喻今」更進一步的「化古為今」的書寫策略，《水煮三國》遂成為一部最火紅的「後三國學」創作。

從上述東亞地區「後三國學」的出版品趨勢看來，主要的詮釋

---

[76]《水煮三國》，頁 113。正史原文作：「劉備進曰：『明公不見布之事丁建陽及董太師乎？』」（《三國志‧魏書七》）

者從大眾文學作家、中文系及歷史系學者，逐漸跨越到企管領域的專業人士，「大家對它（三國）的認識越來越深入、解讀越來越多樣，所以，很多人不再把它僅僅當成小說和歷史看待，而是視爲『人生訓、處世方、成功法、領導術、戰略論』來讀，乃至進一步稱之爲『百科全書』」[77]。

我們不知道「三國智慧」是否真的取之不盡，但它的詮釋向度卻離歷史思考越來越遠，彷彿那只是學院裡的工作。在古代原屬大眾文化讀物的《三國演義》，被學院經典化之後，再次落入現代社會的作家與群眾之手，成就了一種截然不同、屬於現代都市消費文化詮釋視野底下的「後三國學」。這個詮釋與消費的趨勢，應該會持續若干年。

六、結　語：未竟之戰

在正統的學院派論述裡，三國學術[78]的研究主要有四個方向：（一）《三國演義》的小說藝術研究；（二）三國話本、傳說和戲曲

---

[77] 於學彬〈自序：《三國演義》的新讀法〉，《三國啓示錄》（臺北：遠流，2003），頁51。
[78] 關於大陸學界的三國學研究現況，可參閱大陸學者沈伯俊的〈《三國演義》研究論爭述評〉，見《明清小說研究》網站。（http://www.mqxs.com/cjtx/shfz/010.htm）

的流傳與版本考證;(三)三國史料的匯整與考證;(四)三國兵法
與政戰研究[79]。前三項比較屬於學院精英的鑽研項目,無法普及,
唯有軍事政戰研究,比較能夠轉化成企管經營的作戰指南。譬如定
三分的「隆中決策」,有學者認為它的價值,在於能夠用有限的資源,
使最弱小的集團在列強的環伺下,克服困難創立基業。對於現代企
業的經營決策而言,有許多地方足堪借鏡。所以《三國演義》可以
說是一部決策科學的古籍[80]。此外,坊間最多的是三國歷史人物的
傳記,它也是長銷型的書籍。

　　除了第五節論及的多部「後三國學」創作之外,戴宗立的《曹
操與馬基維利》(臺北:遠流,2004)則是一個由通俗轉向歷史思考
層次的特殊例子。此書以馬基維利的《君王論》的「王權╱霸道」
思想為基礎,借曹操在政治史上實踐的「霸術」,讓西方的軍政理論
和東方的政戰實踐得以相互印證,同時涵蓋領導、決策、軍事、用
人等層面的論析。這是一部很有思想深度的書,但寫得較硬,有學
術著作的味道,雖然它開拓了另一個詮釋方向,但並不附合當前「後

---

[79] 台灣學界對三國「軍事」的研究成果並不可觀,除了散見各種國防或軍
政雜誌的單篇論文,主要的學位論文只有兩部:王忠孝《諸葛亮政治戰略
之研究》(臺北:政治作戰學校政治所碩士論文,1988)、倪振金《諸葛亮
聯吳制魏戰略之研究》(臺北:政治作戰學校政治所碩士論文,1985)。
[80] 鄧振源〈論《三國演義》隆中決策及其對現代企業經營的啟示〉,《華梵
學報》第三卷第一期(1994/11),頁87。

三國學」的詮釋與消費趨勢，只能當作個案討論。

在一些比較老舊、保守的思考裡，漫畫仍然是難登學術大雅之堂的東西，如果他們有機會認真研讀三國漫畫，必能發現許多超乎預料的現象：相較之下，三國漫畫明顯要比過度企管化的「後三國學」來得有歷史感，甚至架構出本身的史觀，並持續跟《三國志》和《三國演義》對話。

至於三國電玩，也別輕率地否定它的文化價值和深度，尤其它對青少年消費者的影響，遠遠超出我們的想像。如果前兩項依然被視為青少年的「小三國」，那「後三國學」創作，則是這個高度商業化的都市文明的必然產物，也許它過於強調隱藏其中的商業智慧，但它能夠滿足大眾的三國讀癮和謀生需求。

從東晉到明初，三國故事就是在民間流傳、繁衍，到了羅貫中才能呈現比正史來得豐富的內容。進入現代都市文明社會的《三國演義》，只是書架上的一部古典小說，美其名為經典，但它已經失去應有的生命力了。所以現代三國的「數位化」（電玩）、「視覺化」（漫畫）、「實用化」（商用），以及它從原來的「尚忠」、「尚義」母題，逐漸擴大、轉移到「尚武」和「尚智」的層面，都可以視為「古典三國」的「當代詮釋」，也是「古典三國智慧」的「甦醒與重生」。如果我們對三國的討論永遠止於經典化的《三國演義》，那三國便在學院裡死去。

「發掘一個文本或藝術的真正意義，是一個永遠未完成的旅

程。事實上，這是一個無限的過程」[81]；三國故事將在不同的時代
和知識領域裡，永續繁衍或生產，每一個世代都根據本身的需要和
文化視野，詮釋出屬於自己的三國故事，智慧的戰火將永續蔓延這
場「未竟之戰」。

---

[81] 約翰・史都瑞著，張君玫譯《文化消費與日常生活》（臺北：巨流圖書，
2002），頁 86。

亞洲閱讀：
都市文學與文化（1950-2004）

附　錄：

本書論文發表目錄

〈對峙與消融——五十年來的台灣都市詩〉

刊　載：《中國學術年刊》第 25 期（2004/03），頁 225-259。

〈定義與超越——台灣都市詩的理論建構〉

發　表：第八屆「文學與美學」國際學術研討會（淡江大學：2003/10/18）

〈詮釋的差異——當代馬華都市散文綜論〉

發　表：2003 年東南亞華文文學國際學術研討會（新加坡國立大學：
　　　　2003/02/22）

刊　載：《中國現代文學季刊》第 1 期（2004/03），頁 69-90。

亞洲閱讀：
都市文學與文化（1950-2004）

〈空間釋名與味覺的錨定——馬華都市散文的地誌書寫〉

刊　載：《人文集刊》第 2 期（2004/04），頁 103-119。

〈曼谷的縮影——當代泰華文學的湄南圖象〉

刊　載：《世界華文文學論壇》2002 年第 2 期（2002/04），頁 24-29。

〈大眾文化——論香港武俠漫畫的生產與蛻變〉

發　表：新世紀華文文學發展國際研討會（元智大學：2001/05/19）
刊　載：《國文天地》第 200 期（2002/01），頁 49-59。

〈未竟之戰——三國故事的當代詮釋與消費趨勢〉

刊　載：《中國現代文學季刊》第 2,3 期合刊號（2004/09），頁 47-82。

國家圖書館出版品預行編目資料

亞洲閱讀：都市文學與文化(1950-2004)／陳大
為著. -- 初版 -- 臺北市：萬卷樓，
2004[民 93]
面；　　　公分
參考書目：面
ISBN 957－739－496－5 (平裝)
1.文學－評論 2.亞洲－文化－評論
812　　　　　　　　　　93014613

亞洲閱讀：都市文學與文化（1950-2004）

著　　　者：陳大為

發　行　人：許素真

出　版　者：萬卷樓圖書股份有限公司

　　　　　　臺北市羅斯福路二段 41 號 6 樓之 3

　　　　　　電話(02)23216565‧23952992

　　　　　　傳真(02)23944113

　　　　　　劃撥帳號 15624015

出版登記證：新聞局局版臺業字第 5655 號

網　　　址：http://www.wanjuan.com.tw

E－mail　：wanjuan@tpts5.seed.net.tw

承 印 廠 商：晟齊實業有限公司

定　　　價：260 元

出版日期：2004 年 9 月初版

ISBN 957－739－496－5